인간 실격

인간 실격

초판 1쇄 발행 | 2022년 06월 30일
초판 2쇄 발행 | 2023년 11월 30일

지은이 | 다자이 오사무
옮긴이 | 정강연

발행인 | 김선희 · 대 표 | 김종대
펴낸곳 | 도서출판 매월당
책임편집 | 박옥훈 · 디자인 | 윤정선 · 마케터 | 양진철 · 김용준

등록번호 | 388-2006-000018호
등록일 | 2005년 4월 7일
주소 | 경기도 부천시 소사구 중동로 71번길 39, 109동 1601호
       (송내동, 뉴서울아파트)
전화 | 032-666-1130 · 팩스 | 032-215-1130

ISBN 979-11-7029-218-0 (03830)

월드클래식 시리즈 14

인간 실격

다자이 오사무 지음
정강연 옮김

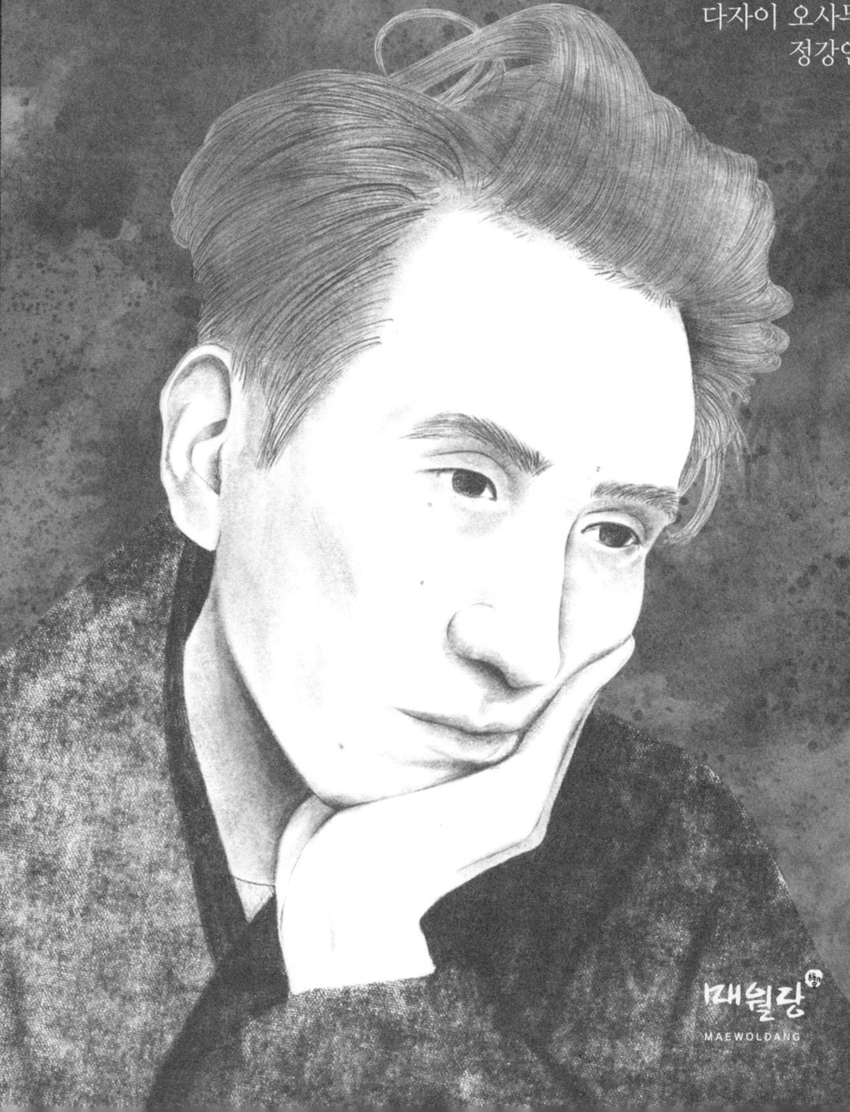

매월당
MAEWOLDANG

Contents

인간 실격

서문

나는 그 남자의 사진을 세 장 본 적이 있다.

한 장은 그 남자의 유년 시절이라고나 해야 할까. 열 살 전후로 추정되는 때의 사진인데, 그 속에는 굵은 줄무늬 바지를 입은 아이가 여자 여자들―그들은 그 아이의 누나들, 누이동생들, 그리고 사촌 누이들로 여겨진다―에게 둘러싸여 정원 연못가에 서서 고개를 왼쪽으로 삼십 도쯤 갸우뚱하게 기울이고 보기 흉하게 웃고 있다. 흉하게(?) 그렇지만 둔감한―아름다움과 추함 따위에는 관심을 갖지 않는― 사람이라면 그냥 지나가는 말로 "귀여운 도련님이군요."라고 적당히 사탕발림을 해도 그것이 완전히 입에 발린 공치사로는 들리지 않을 정도로, 말하자면 통속적인 '귀염성' 같은 것이 그 아이의 웃는 얼굴에 없다는 것은 아니다. 그러나 조금이라도 아름다움과 추함을 구별할 줄 아는 눈을 가진 사람이라면 얼핏 보기만 해도 금방 몹시 기분 나쁘다는 듯이 "정말 섬뜩한 아이로군." 하고 중얼거리며 송충이라도 털어내듯이 그 사진을 내던져버릴지도 모른다.

정말이지 그 아이의 웃는 얼굴은 자세히 보면 볼수록 뭐라 표현할 수 없는 음산하고 불길함이 느껴지는 것이다. 본래 그건 웃는 얼굴이 아니다. 이 아이는 전혀 웃고 있지 않다. 그 증거로 아이는 양손을 꽉 쥐고 서 있다. 사람은 두 주먹을 꽉 쥔 채 웃을 수는 없는 법이다. 그것은 원숭이다. 웃고 있는 원숭이다. 그저 보기 싫은 주름을 잔뜩 잡고 서 있을 뿐이다. '주름투성이 도련님'이라고 부르고 싶어질 만큼 정말이지 기묘한, 그리고 왠지 불쾌하고 묘하게 욕지기를 느끼게 하는 표정의 사진이었다. 나는 지금까지 이렇게 괴상한 표정을 지은 아이를 본 적이 한 번도 없다.

두 번째 사진 속의 얼굴, 이 사진은 또 깜짝 놀랄 만큼 변해 있었다. 교복 차림이었는데, 고교 시절인지 대학 시절인지는 분명치 않지만 어쨌든 대단한 미남이다. 그러나 이 사진 또한 이상하게도 사람이라는 느낌이 전혀 들지 않는다. 교복 왼쪽 가슴에 있는 주머니에는 하얀 손수건을 꽂고 등나무 의자에 걸터앉아 다리를 꼬고, 그리고 이번에도 역시 웃고 있다. 이때의 웃는 얼굴은 주름투성이의 원숭이 웃음이 아니라 나름대로 꽤 능란해지기는 했지만, 인간의 웃음이라고 하기에는 어딘지 내키지 않는다. 피의 무게라고나 할까 생명의 깊은 맛이라고나 할까, 그런 충실감은 전혀 없는, 새처럼 가벼운 것이 아니라 그야말로 깃털처럼 가벼운, 그저 하얀 종이 한 장처럼 그렇게 웃고 있다. 즉 하나부터 열까지 꾸민 듯한 느낌이 드는 것이다. 겉멋이 잔뜩 들었다고 하기에는 뭔가 부족하다. 경박하다는 말로도 부족하다. 교태를 부리고 있다고 하는 것도 충분하지 않다. 멋쟁이라고 하는 것도 물론 적합하지 않다. 게다가 자세히 들여다보면 여자 같은 미모를 가진 이 학생한 테서도 역시 어딘지 악몽 비슷한 섬뜩함이 느껴지는 것이었다. 나는 지금까지 이렇게 이상한 용모의 미남을 한 번도 본 적이 없다.

또 다른 한 장의 사진이 가장 기괴하다. 이제는 도무지 나이를 짐작할 수도 없을 정도다. 머리는 희끗희끗한 반백이다. 그런 남자가 몹시 더러운 방—방의 벽이 세 군데 정도 허물어져 내린 것이 그 사진에 뚜렷하게 찍혀 있었다—한쪽 구석에서 작은 화로에 두 손을 쬐고 있는데, 이번에는 웃고 있지 않다. 아무런 표정이 없다. 말하자면 쭈그리고 앉아 화로에 두 손을 쬐다가 그냥 그대로 자연스럽게 죽어간 것 같은, 정말로 기분 나쁘고 불길한 냄새를 풍기는 사진이다. 기괴한 것은 그뿐이 아니다. 그 사진에는 얼굴이 비교적 크게 찍혀 있어서 나는 그 생김새를 자세히 살필 수 있었는데 이마도 평범하고, 이마의 주름도 평범하고, 눈썹도 평범하고, 눈도 평범하고, 코도 입도 턱도…… 아아, 그 얼굴에는 표정이 없을 뿐만 아니라 인상조차 없다. 기억에 남을 만한 특징이 없는 것이다. 예를 들면 내가 이 사진을 보고 나서 눈을 감는다고 가정하면. 나는 이미 그 얼굴을 잊어버렸다. 방 안의 벽과 작은 화로는 생각나지만 그 방의 주인 얼굴은 안개가 스러지듯 사라져서 아무리 애를 써도 떠오르지 않는다. 그림이 그려지지 않는 얼굴이다. 만화조차도 안 된다. 눈을 뜬다. '아아, 이런 얼굴이었지. 이제 생각났다.' 이런 기쁨조차 없다. 극단적으로 말하자면 눈을 뜨고 사진을 다시 봐도 얼굴 생김새가 생각나지 않는 얼굴이다. 그저 무턱대고 불쾌하고 짜증이 나서, 나도 모르게 눈길을 돌리고 싶어진다.

소위 '죽을상'이라는 것에도 뭔가 좀 더 어떤 표정이라든가 인상 같은 것이 있을 텐데, 사람 몸뚱이에다 짐 끄는 말의 목이라도 갖다 붙여놓으면 이런 느낌이 되려나? 어쨌든 딱히 무엇 때문이라고 할 수도 없이 괜히 보는 사람을 섬뜩하고 역겹게 한다. 나는 이제까지 이렇게 기묘한 얼굴의 남자를 역시 단 한 번도 본 적이 없다.

첫 번째 수기

부끄러움이 많은 생애를 보냈습니다.

저는 인간의 삶이라는 것을 도무지 이해할 수 없습니다. 저는 동북 지방의 시골에서 태어났기 때문에 어느 정도 자란 다음에야 기차를 처음 보았습니다. 저는 정거장에 있는 육교를 오르내리면서도 그것이 선로를 건너기 위해서 만들어졌다는 사실은 전혀 생각하지 못하고, 다만 그것이 정거장 구내를 외국의 놀이공원처럼 복잡하고 즐겁게, 그리고 세련되게 보이기 위해서 설치된 것이라고만 믿었습니다. 그것도 상당히 오랫동안 그렇게 믿고 있었던 것입니다. 계단을 오르내리는 일이 저에게는 매우 세련된 놀이로 생각되었고, 철도청이 제공하는 서비스 중에서도 가장 괜찮은 서비스 중 하나라고 생각하고 있었습니다. 하지만 나중에 그것은 단순히 손님들이 선로를 건너다닐 수 있도록 만들어진 극히 실용적인 계단에 지나지 않는다는 사실을 알고 나서는 단번에 흥이 깨지고 말았습니다.

또 어릴 적에 그림책에서 '지하철'이라는 것을 보았을 때도, 그것 또한 실용적인 필요 때문에 고안된 것이 아니라 지상에서 차를 타기보다는 지하에서 차를 타는 것이 색다르고 재미있는 놀이이기 때문이라고만 생각했습니다.

저는 어려서부터 몸이 약해 자주 병치레를 했습니다. 그때는 자리에 누워서 요 커버, 베갯잇, 이불 홑청은 정말이지 쓸데없는 장식이라고만 생각했습니다. 그런데 그것이 뜻밖에도 실용적인 물건이라는 사실을 스무 살이 다 되어갈 즈음에서야 알게 되었고, 곧 인간의 알뜰함에 암담해지고 서글퍼졌습니다.

또 저는 배고픔이라는 것을 알지 못했습니다. 아니, 그것은 제가 의식주가 넉넉한 집안에서 자랐다는 시건방진 뜻이 아니고, '공복'이라는 감각이 어떤 것인지 전혀 알 수가 없었다는 뜻입니다. 이상하게 들리겠지만 저는 배가 고프다는 걸 느끼지 못했습니다. 초등학교 때나 중학교 때, 제가 학교에서 돌아오면 집안사람들이 "저런, 배고프지? 우리도 그랬거든. 학교에서 돌아왔을 때처럼 배고픈 때가 없지. 아마낫토(콩을 삶아서 달게 졸여 설탕에 버무린 과자)는 어때? 카스텔라도 있고 빵도 있단다."라는 등 법석을 떨었기 때문에 저는 천부적인 아부 정신을 발휘해서 "아아, 배고파."라고 중얼거리고는, 아마낫토를 열 알 정도 입에 집어넣었습니다. 하지만 공복감이라는 것이 어떤 것인지는 전혀 알지 못했습니다.

물론 저도 꽤 잘 먹었습니다. 그러나 배가 고파서 뭔가를 먹은 기억은 거의 없습니다. 특별나다고 생각되는 것, 고급스럽다고 생각되는 것을 먹었습니다. 또 남의 집에 가서 대접을 받을 때에는 억지로라도 대부분 다 먹었습니다. 그래서 어렸을 때 제가 가장 고통스러웠던 시간은 우리 집의 식사 시간이었던 것입니다. 제 시골집에서는 열 명 정도 되는 가족 모두가 제각기 독상을 두 줄로 마주보게 늘어놓고 식사를 했는데, 막내인 저는 제일 끝자리였습니다. 식사하는 그 방은 어둠침침했고, 점심 식사 때 열 명 남짓 되는 가족이 그저 묵묵히 밥을 먹는 그 모습은 저에게 언제나 섬뜩한 느낌이 들게 했습니다. 게다가 시골의 고풍스러운 집안이었기 때문에 반찬도 대체로 정해져 있어서 별나거나 고급스러운 것 등은 생각도 할 수 없었기에, 저에게는 식사 시간이 점점 더 끔찍해졌습니다. 저는 그 어두컴컴한 방의 끝자리에서 추위에 덜덜 떠는 듯한 기분으로 밥알을 조금씩 조금씩 입으로 가져다가 쑤셔 넣으며, '인간은 왜 하루 세 번, 세끼 밥을 먹는 것일까. 정말 가족 모두 엄숙한 얼굴로 하루 세 번 시간을 정해 놓고 어두컴컴한 방에 모여서 밥상을 순서대로 늘어놓고, 먹고 싶지 않아도 고개를 숙인 채 말없이 밥알을 씹는 것은 그 자체만으로도, 집안에서 꿈틀거리고 있는 영혼들에게 기도하는 의식인 것은 아닐까.' 라고 생각하곤 했습니다.

밥을 먹지 않으면 죽는다는 말은 저에게는 그저 듣기 싫은 협박으로밖에는 들리지 않았습니다. 그 미신은—지금까지도 저에게는 뭔가 미신처럼 느껴집니다만— 그러나 언제나 저에게 불안과 공포를 안겨주었습니다. '인간은 먹지 않으면 죽는다. 그러니까 일을 해서 먹고살아야 한다.' 라는 말만큼 저에게 난해하고 어렵고, 그리고 협박 비슷하게 느껴지는 말은 없었습니다.

다시 말하면 저에게는 '인간이 목숨을 부지한다.' 라는 말의 의미가 지금껏 전혀 이해되지 않았다는 뜻입니다. 제가 가진 행복이라는 개념과 이 세상 사람들의 행복이라는 개념이 전혀 다를지도 모른다는 불안. 저는 그 불안 때문에 밤이면 밤마다 잠을 이루지 못하고 몸을 뒤척이며 신음하고, 거의 발광할 뻔한 적도 있었습니다. 저는 과연 행복한 걸까요? 저는 어릴 때부터 정말이지 자주 '참 행운아다.' 라는 말을 들어왔습니다. 하지만 저 자신은 언제나 지옥 한가운데서 사는 느낌이었고, 오히려 저한테 행복하다고 하는 사람들이 비교도 되지 않을 만큼 훨씬 더 행복해 보였습니다.

나한테는 우환덩어리가 열 개쯤 있는데, 그중 한 개라도 이웃 사람이 짊어지게 되면 그것만으로도 그 사람에게는 충분히 치명타가 되지 않을까 생각한 일도 있습니다. 하지만 저는 알 수가 없었습니다. 이웃 사람들이 가지고 있는 괴로움의 성질과 정도를 전혀 짐작하지 못했던 것입니다. 실용적인 괴로움, 그저 밥만 먹을 수 있으면 그것으로 해결되는 괴로움, 그러나 그 괴로움이야말로 제일 지독한 고통이며, 제가 지니고 있는 열 개의 우환 따위는 상대도 되지 않을 만큼 처참한 아비지옥일지도 모릅니다. 하지만 모르겠습니다.

'그러나 그런 것치고는 용케 자살도 하지 않고, 미치지도 않고, 정치를 논하기도 하고, 절망도 하지 않고, 좌절하지도 않고, 살기 위한 투쟁을 계속하고 있는 걸 보면 혹시 괴롭지 않은 게 아닐까? 철저한 이기주의자가 되는 것이 당연한 일이라고 확신하고, 한 번도 자기 자신에게 회의를 느낀 적이 없는 것은 아닐까? 그렇다면 편하겠지. 하긴 인간이란 전부 다 그런 거고 또 그러면 만점 인간이 아닐까? 정말 모르겠다…… 밤에 푹 자면 아침에는 상쾌할까? 어떤 꿈을 꿀까? 길을 걸으면서 무엇을 생각하는 걸까? 돈? 설마 그것만은 아니겠지. 인간은 먹기 위해서 산다는 말은 들은 것 같지만 돈 때문에 산다는 말은 들어본 적이 없어. 아닐 거야. 그러나 어쩌면…… 아니, 그것도 알 수 없지…….'

생각하면 할수록 사람이란 것을 알 수 없었고, 저 혼자만 다른 사람과는 다른 별난 놈인 것 같은 불안과 공포가 엄습할 뿐이었습니다. 저는 이웃 사람들과 거의 대화를 나누지 못합니다. 무엇을 어떻게 말하면 좋을지 모르기 때문입니다.

그래서 생각해 낸 것이 익살이었습니다.

그것은 인간에 대한 저의 최후의 구애였습니다. 저는 인간을 극도로 두려워하면서도 인간을 단념할 수가 없었던 것 같습니다. 그렇게 해서 저는 익살이라는 가느다란 실로 간신히 인간과 연결될 수 있었던 것입니다. 겉으로는 늘 웃는 얼굴을 하고 있었지만 마음속으로는 필사적인, 그야말로 천 번에 한 번밖에 안 되는 기회를 잡아야 하는 위기일발의 진땀 나는 서비스였던 것입니다.

저는 어렸을 때부터 제 가족에 대해서조차도 아는 바가 없었습니다. 그들이 얼마나 힘들어하고 또 무엇을 생각하며 살고 있는지 전혀 짐작할 수가 없었습니다. 그저 두렵고 거북해서 그 어색함을 이기지 못한 나머지 일찍부터 숙달된 익살꾼이 되어 있었습니다. 즉 저는 언제부턴가 진실을 한 마디도 이야기하지 않는 아이가 되어버렸던 것입니다.

그 무렵 가족과 함께 찍은 사진을 보면 다른 사람들은 모두 진지한 얼굴을 하고 있는데 저 혼자 언제나 기묘하게 얼굴을 일그러뜨리고 웃고 있습니다. 그것 또한 제 어린 생각의 서글픈 익살의 일종이었던 것입니다.

또 저는 부모님이나 가족들한테 꾸중을 들어도 말대꾸를 한 적이 한 번도 없습니다. 그들이 어쩌다 하는 그 사소한 꾸중은 저에게는 청천벽력같이 느껴져서 저를 거의 미칠 지경에 이르게 했기 때문에 말대꾸는커녕 그 꾸중이야말로 말하자면 만세일계萬世一系, 즉 고대로부터 단일 계통을 이어온 일본인의 '진리'임에 틀림없다, 나한테는 그 진리를 행할 능력이 없으니까 더 이상 인간과 더불어 살 수 없는 게 아닐까 하고 확신해 버리곤 했습니다. 그렇기 때문에 저는 말싸움도 자기변명도 하지 못했습니다. 남이 저에게 욕을 하면 '그래 정말이야, 내가 매우 잘못 생각하고 있었어.'라고 믿으며 언제나 그 공격을 잠자코 받아들였습니다. 그러고는 속으로는 미칠 듯한 공포를 느꼈던 것입니다.

그야 누구든지 남이 비난을 퍼붓거나 화를 낼 때 기분이 좋을 사람은 없겠지만, 저는 화를 내는 인간의 얼굴에서 사자보다도, 악어보다도, 용보다도 더 끔찍한 동물의 본성을 보았습니다. 평상시에는 그 본성을 숨기고 있다가 어느 순간에 계기가 만들어지면, 예컨대 소가 풀밭에서 느긋하게 누워 있다가 갑자기 꼬리로 배에 앉은 쇠등에를 탁 쳐서 죽이는 것처럼, 갑자기 무시무시한 정체를 노여움이라는 형태로 분출하는 모습을 보면 저는 언제나 머리카락이 곤두서는 듯한 공포를 느꼈습니다. 이 본성 또한 인간이 되는 데 필요한 자격 중 하나일지도 모른다고 생각하면 저 자신에 대한 절망감에 휩싸이곤 했습니다.

늘 인간에 대한 공포에 떨고 전율하고, 또 인간으로서의 제 언동에 조금도 자신을 갖지 못하고, 제 자신의 고뇌는 가슴속 깊은 곳에 숨겨두고, 그 우울함과 긴장감을 숨기고 또 숨긴 채 그저 천진난만한 낙천가인 척하면서, 저는 익살스럽고 약간은 별난 아이로 점차 완성되어 갔습니다.

'뭐든 상관없으니까 그냥 웃게만 만들면 된다. 그러면 인간들은 그들이 말하는 소위 '삶'이라는 것 밖에 내가 있어도 그다지 신경 쓰지 않을지도 몰라. 어쨌든 인간들의 눈에 거슬려서는 안 돼. 나는 무無야. 바람이야. 허공이야.' 이런 생각만이 강해져서 저는 익살로 가족을 웃겼고, 또 가족보다 더 헤아릴 수 없이 이상하고 무시무시한 하인이랑 하녀들한테까지도 필사적으로 익살 서비스를 했던 것입니다.

저는 한여름에 유카타(일본의 전통 의상으로, 집 안 또는 여름철 산책할 때에 주로 입는 홑겹 옷) 안에 빨간 스웨터를 껴입고 복도를 걸어 다녀서 집안사람들을 웃기기도 했습니다. 좀처럼 웃지 않는 큰

형까지도 그런 저를 보고는 웃음을 터뜨리며 귀여워 죽겠다는 듯이 "요조, 그건 어울리지 않아."라고 말했습니다. 물론 저도 한여름에 스웨터를 입고 다닐 만큼 그렇게 더위와 추위를 가리지 못하는 괴짜는 아닙니다. 누나의 레깅스를 양팔에 끼고 유카타 소매 밖으로 내보여 마치 스웨터를 껴입은 것처럼 보이게 했던 것입니다.

제 아버님은 도쿄에 볼일이 많으셨기 때문에 우에노의 사쿠라기동에 집을 가지고 계셨고, 한 달의 태반은 도쿄에 있는 그 집에서 지내셨습니다. 그리고 돌아오실 때마다 모든 가족뿐만 아니라 친척들한테까지 정말이지 엄청나게 많은 선물을 사 들고 오셨습니다. 말하자면 그것은 아버님의 취미 같은 것이었습니다.

언젠가 도쿄로 가시기 전날 밤이었습니다. 아버님은 아이들을 손님방에 모아놓고 이번에는 어떤 선물이 좋을지 한 사람 한 사람한테 웃으며 물으셨습니다. 그리고 아이들의 대답을 일일이 수첩에 적어 넣으셨습니다. 아버지가 아이들을 그렇게 친밀하게 대하시는 것은 드문 일이었습니다.

"요조는?"

아버지가 물으셨을 때 저는 그만 우물쭈물하다가 대답을 하지 못했습니다.

'뭐가 갖고 싶지?' 하고 누군가가 물으면 저는 그 순간 아무것도 갖고 싶은 게 없어져버리곤 했습니다. '아무래도 상관없어. 어차피 나를 즐겁게 해줄 것 따위는 없어.' 라는 생각이 번개처럼 일어났던 것입니다. 그래서 저는 남이 준 것은 아무리 제 취향에 맞지 않아도 거절하지 못했습니다. 싫은 것을 싫다고 하지도 못하고, 또 좋아하는 것도 쭈뼛쭈뼛 주저하며 마치 물건을 훔치는 것처럼 전혀 즐거워하지 못했습니다. 그러고는 표현할 길 없는 공포에 몸부림쳤습니다. 즉 저에게는 양자택일하는 능력조차도 없었던 것입니다. 이것은 훗날 저의 소위 '부끄러움이 많은 생애'의 중요한 원인이 되기도 한 성격 중 하나였던 것 같습니다.

제가 입을 다문 채 우물쭈물하고 있으니까 아버님은 조금 언짢은 얼굴이 되셨습니다.

"역시 책인가? 아사쿠사 절 앞에 있는 장난감 가게에서 정월 사자춤을 출 때 쓰는, 아이들에게 알맞은 크기의 사자탈을 팔고 있던데, 갖고 싶지 않으냐?"

'갖고 있지 않으냐?'라는 말을 들었다면 다 틀려버린 겁니다. 익살스러운 대답이든 뭐든 못하게 된 것이지요. 익살꾼 노릇은 완전히 낙제입니다.

"책이 좋겠지요."

큰형이 진지한 얼굴로 말했습니다.

"그래?"

아버지는 흥이 깨진 얼굴로 적지도 않으시고 수첩을 탁 덮으셨습니다.

'이 무슨 실수란 말인가! 나는 아버지를 화나게 했다. 아버지의 복수는 분명히 끔찍할 거야. 더 늦기 전에 어떻게든 수습을 해야 할 텐데……' 그날 밤 이불 속에서 덜덜 떨면서 생각하던 저는 슬그러니 일어나 손님방에 가서 아버지가 아까 수첩을 집어넣으셨던 서랍을 열었습니다. 그러고는 수첩을 꺼내 페이지를 드르륵 넘겨 선물 목록이 적힌 곳을 찾아서 수첩에 달린 연필에 침을 발라 가며 '사자탈'이라고 써두고 잤습니다. 솔직히 저는 그 사자탈이 전혀 갖고 싶지 않았습니다. 차라리 책이 나았습니다. 하지만 저는 아버지가 그 사자탈을 저한테 사주고 싶어 하신다는 것을 눈치채고 아버지의 뜻에 따름으로써 아버지의 기분을 좋게 해드리고 싶은 마음에 한밤중에 감히 손님방에 몰래 숨어드는 모험을 감행했던 것입니다.

그리고 과연 저의 임기응변은 예상했던 대로 대성공을 거두었습니다. 얼마 후, 아버지가 도쿄에서 돌아오셨을 때 어머니에게 큰 소리로 말씀하시는 것을 저는 방에서 들었습니다.

"그 아사쿠사 절 앞에 있는 장난감 가게에서 이 수첩을 열어보았더니 아 글쎄 이것 좀 봐요. 여기 사자탈이라고 쓰여 있지 않겠소? 이건 분명 내 글씨가 아닌데, 응? 하고 의아해하다 생각이 미쳤지. 이것은 요조의 장난이오. 그 녀석은 내가 물었을 때는 히죽히죽 웃고만 있더니 나중에 아무래도 사자탈이 갖고 싶어서 견딜 수가 없었던 것 같소. 아무튼 녀석은 조금 유별나니까 말이오. 짐짓 모른 척하다가 여기에 이것을 또박또박 써놨더라고. 그렇게 갖고 싶었으면 갖고 싶다고 말하면 됐을 텐데……. 나는 그 가게 앞에서 크게 웃고 말았지. 자, 요조를 어서 이리 오라고 해요."

또 저는 하인이나 하녀들을 서양식 방에 모아놓고 하인 한 사람에게 아무렇게나 피아노 건반을 두드리게 하고는—시골이기는 했지만 우리 집에는 대체로 모든 것이 갖춰져 있었습니다— 그 엉터리 곡에 맞춰서 인디언 춤을 추어 모든 사람들을 웃게 만들었습니다. 그 와중에 둘째 형은 플래시를 터뜨리며 제 인디언 춤을 찍었고, 나중에 그 사진이 현상된 것을 봤는데 제가 허리에 두른 형 겮의—그것은 꽃무늬 보자기였습니다— 매듭 부분에서 자그마한 고추가 보였기 때문에, 다시 한 번 온 집안을 웃음바다로 만들었습니다. 저로서는 이 또한 뜻밖의 성공이었던 것입니다.

그 당시 저는 매달 열 권 이상의 신간 소년 잡지를 구독하고 있었고 또 그 밖에도 여러 가지 책을 도쿄에서 주문해서 읽고 있었기 때문에, 당시 인기 있던 연재물인 엉망진창 박사라든가 또 무슨 척척 박사라는 존재들과는 무척 친숙했습니다. 또 괴기담, 무사담, 만담, 에도(도쿄의 옛 이름)의 이야기 따위도 많이 알고 있었기 때문에 우스꽝스러운 이야기를 진지한 얼굴로 해서 집안사람들을 웃기는 데 소재가 부족했던 적은 없었습니다.

그렇지만 아아, 학교!

저는 학교에서 존경을 받을 뻔했습니다. 그런데 존경을 받는다는 개념 또한 저를 몹시 두렵게 했습니다. '존경받는다.'는 상태에 대한 제 정의는 거의 완벽하게 사람들을 속이다가 전지전능한 어떤 사람한테 간파되어 산산조각이 나고 죽기보다 더한 창피를 당하게 되는 것이었습니다. 인간을 속여서 '존경받는다.'고 해도 누군가 한 사람은 알고 있기 마련입니다. 그리고 인간들도 그 사람한테서 듣고 차차 속은 것을 알아차리게 되었을 때, 그때 인간들의 노여움이며 복수는 정말이지 도대체 어떤 것일까요. 상상만 해도 온몸의 털이 곤두설 정도였습니다.

저는 부잣집에 태어났다는 사실보다 '공부를 잘한다.'는 것 때문에 학교에서 존경을 받을 뻔했습니다. 저는 어릴 적부터 몸이 약해서 자주 한 달 두 달, 심지어는 일 년 가까이 병상에 누워 학교를 쉬곤 했습니다. 그래도 병이 낫자마자 인력거를 타고 학교에 가서 학기말 시험을 치르면 우리 반 누구보다도 가장 '잘하는' 학생이었던 것 같습니다. 건강이 좋을 때에도 저는 도통 공부를 하지 않았고, 학교에서도 수업 시간에 만화 따위나 그리고 쉬는 시간에는 그것을 같은 반 아이들한테 설명까지 해주며 보여줌으로써 웃겼습니다. 또 작문 시간에는 우스운 이야기만 써서 선생님께 주의를 들었지만 저는 그 행동을 그만두지 않았습니다. 사실은 선생님도 은근히 저의 그 우스꽝스러운 이야기를 즐기고 계시다는 것을 알고 있었기 때문입니다.

어느 날 저는 여느 때처럼 어머니와 함께 기차를 타고 상경하는 도중에 소변이 마려워서 객차 통로에 있는 가래 뱉는 항아리에다 볼일을 본 실패담을 짐짓 슬픈 필치로 써서 제출했습니다. 그러나 그때 제가 가래 뱉는 항아리인 걸 모르고 한 짓은 아니었습니다. 어린아이다운 천진난만함을 과시하기 위해 일부러 그랬던 것입니다. 선생님이 틀림없이 웃으시리라는 자신이 있었기 때문에 교무

실로 가시는 선생님 뒤를 몰래 쫓아가 보았습니다. 그랬더니 선생님은 교실을 나가자마자 우리 반 아이들의 작문 속에서 제 작문을 골라 읽기 시작하시더니 쿡쿡 웃으셨습니다. 그뿐 아니라 교무실에 들어가서는 다 읽으셨는지 얼굴이 벌겋게 되어 큰 소리로 웃으시며 다른 선생님한테도 당장 그것을 읽게 하셨습니다. 그것을 확인하고 저는 무척 만족했습니다.

장난꾸러기.

저는 소위 장난꾸러기로 보이는 데 성공했고, 존경받는 것으로부터 벗어나는 데 성공했습니다. 성적표는 전 과목 모두 10점 만점에 10점이었습니다만, 품행 점수만은 7점이거나 6점이거나 해서 그것 또한 온 집안을 웃음바다로 만들었습니다.

그렇지만 제 본성은 장난꾸러기 같은 것과는 도대체 정반대였습니다. 그 당시 이미 저는 하녀와 하인에게서 서글픈 짓을 배웠고 순결을 잃었습니다. 어린아이한테 그런 짓을 하는 것은 인간이 저지를 수 있는 범죄 가운데서도 가장 추악하고 천박하고 잔인한 범죄라고 지금은 생각합니다. 그러나 저는 참았습니다. 그것으로 또 한 가지 인간의 특질을 알게 됐다는 생각까지 들었고, 허탈하게 웃고 말았습니다. 만일 제가 진실을 말하는 습관에 길들여져 있었다면 당당하게 그들의 범죄를 아버지 어머니께 말할 수 있었을지도 모릅니다. 그러나 저는 아버지와 어머니조차도 전혀 이해할 수가 없었던 것입니다.

'인간에게 호소한다?' 저는 그런 수단에는 조금도 기대를 걸 수가 없었습니다.

'아버지한테 호소해도, 어머니한테 호소해도, 경찰한테 호소해도, 정부에 호소해도 결국은 처세술에 능한 사람들의 논리에 휘말리게 될 것이 뻔하지 않을까? 틀림없이 편파적일 게 뻔해. 결국 인간에게 호소하는 것은 쓸데없는 일이다.' 그래서 저는 아무것도 사실대로 말하지 않고 참으며, 익살꾼 노릇을 계속해 갈 수밖에 없다는 마음이 되었습니다.

'뭐야, 인간에 대한 불신不信을 말하고 있는 거야? 흥, 네가 언제부터 그리스도교인이 됐는데?'라며 비웃을 사람도 혹시 있을지 모릅니다. 그러나 저는 인간에 대한 불신이 반드시 곧장 종교의 길로 통하는 것은 아니라고 생각합니다. 사실 그 조소하는 사람을 포함해서 인간은, 서로를 불신하면서 여호와건 뭐건 염두에 두지 않고 태연하게 살아가고 있지 않습니까?

역시 제가 어렸을 때의 일입니다만 아버지가 소속하고 계셨던 어떤 정당의 고명하신 분이 연설을 하기 위해 우리 마을에 온 적이 있습니다. 저는 하인들과 함께 극장에 갔고, 극장 안은 만원이었습니다. 특히 저는 그 안에서, 이 도시에서 아버지와 친하게 지내시는 분들의 얼굴을 전부 보았는데 그들 모두는 열렬히 박수를 치고 계셨습니다. 그런데 연설이 끝난 후 눈이 내리는 밤길을 삼삼오오 무리 지어 집으로 돌아가던 청중들이 너 나 할 것 없이 그날 밤의 연설을 마구 깎아내리는 것이었습니다. 그중에는 아버지하고 아주 친하신 분의 목소리도 섞여 있었습니다. 아버지의 개회사도 형편없었고 그 고명하신 분의 연설이라는 것도 뭐가 뭔지 도통 알 수가 없었다고, 소위 아버지의 '동지들'이 화가 난 듯한 어조로 떠들고 있었던 것입니다. 그리고 그 사람들이 우리 집에 들러서 객실에 들어와서는 아버지한테 오늘 밤의 연설회는 대성공이었다고 진심으로 기뻐하는 듯한 얼굴로 말했습니다. "오늘 밤 연설회가 어떠했는가?"라고 어머니가 물으시자, 하인들까지도 "아주 재미있었어요."라고 천연덕스럽게 대답했던 것입니다. "연설회만큼 재미없는 건 없어."라고 돌아오는 내내 투덜거렸는데 말입니다.

그러나 이런 것은 정말이지 하찮은 예에 지나지 않습니다. 서로 속이면서, 게다가 이상하게도 아무런 상처를 입지 않고, 서로가 서로를 속이고 있다는 사실조차 알아차리지 못하는 듯, 정말이지 멋지고 깨끗하고 밝고 명랑한 불신이 인간의 삶에는 충만한 것으로 느껴집니다. 하지만 저는 서로가 서로를 속이고 있다는 사실 따위에는 그다지 관심이 없습니다. 저도 익살로 아침부터 밤까지 인간들을 속이고 있으니까요. 저는 바른생활 교과서에 나오는 정의니 뭐니 하는 도덕 따위에는 별로 관심이 없습니다. 저한테는 서로 속이면서도 당당하게 살아가는, 혹은 살아갈 자신이 있는 것처럼 보이는 인간이야말로 이해하기 어려웠습니다. 인간은 끝내 저한테 그 요령을 가르쳐주지 않았습니다. 그것만 터득했더라면 제가 인간을 이렇게 두려워하지도, 또 필사적으로 익살꾼으로서의 서비스 같은 것은 안 해도 됐을 텐데 말입니다. 그리고 인간의 삶과 대립되어 밤이면 밤마다 마치 지옥과도 같은 괴로움을 맛보지 않아도 되었을 텐데 말입니다. 즉 제가 하인과 하녀들의 그 가증스러운 범죄조차 아무한테도 호소하지 않았던 것은 인간에 대한 불신 때문도 아니고, 또 물론 그리스도교적인 박애주의 때문도 아니었으며, 그저 인간들이 저 요조에게 신용이라는 껍질을 단단히 닫고 있었기 때문이라고 생각합니다. 부모님조차도 제가 이해할 수 없는 면을 종종 보이셨으니까요.

그리고 그 누구에게도 호소하지 못하는 저의 이 고독한 냄새를 많은 여성들이 본능적으로 맡았습니다. 그것이 바로 훗날 그녀들이 제게 접근하게 된 이유 중 하나인 것같이 느껴집니다.

즉 저는 여성들이 보기에 사랑의 비밀을 지킬 수 있는 사나이였던 것입니다.

두 번째 수기

　바닷가, 파도가 바로 곁에서 친다고 할 수 있을 만큼 가까운 해 안가에 위치한 동북 지방의 어떤 중학교에 저는 시험공부도 제대로 하지 않았는데도 그럭저럭 입학할 수 있었습니다. 그 학교는 주변에 꽤 크고 시커먼 줄기의 산벚나무가 스무 그루 이상이나 늘어서 있어서 신학기가 시작되면 푸른 바다를 배경으로 산벚꽃이 끈끈해 보이는 갈색의 어린잎과 함께 찬란한 꽃을 피우고, 이윽고 꽃이 질 때에는 꽃잎이 수없이 바다에 흩뿌려져 해수면을 아로새기며 떠돌다 이내 파도에 실려 다시 기슭으로 되돌아오는 벚꽃 모래사장을 그대로 교정으로 사용하고 있었습니다. 그런 까닭에서인지 그 중학교의 모자 휘장에도, 교복 단추에도 도안된 벚꽃이 피어 있었습니다.

　학교 바로 가까이에 저희 집안과 먼 친척 되는 분의 집이 있었기 때문에 아버지께서는 그 바다와 벚꽃의 중학교를 저한테 골라 주셨던 것입니다. 아무튼 저는 그 집에 맡겨졌고, 학교가 바로 옆이었기 때문에 학교 종이 울리는 것을 듣고 나서야 뜀박질을 해서 등교하는 꽤나 게으른 중학생이었습니다만, 그래도 그 익살 덕분에 반에서의 인기는 나날이 치솟았습니다.

그때 저는 태어나서 처음으로 타향에 나온 것이었습니다. 그런데도 저한테는 그 타향이 제가 태어난 고향보다도 훨씬 마음 편하게 느껴졌습니다. 그것은 제 익살도 그때쯤에는 좀 더 확고하게 몸에 배어 남을 속이는 데에 예전만큼 고심할 필요가 없었기 때문이라고 할 수도 있겠지만, 그보다는 가족과 타인, 고향과 타향 사이에는 연기하는 데 쉽고 어려움의 차이가 어떤 천재라 하더라도, 예컨대 하느님의 아들인 예수님한테도 반드시 존재하지 않을까요? 배우가 제일 연기하기 어려운 곳은 고향의 극장일 것입니다. 더욱이 일가친척이 모두 모여 앉은 좁은 공간에서는 아무리 명배우라 해도 연기를 한다는 것은 어려운 일이 아닐까요? 그래도 저는 연기해 냈습니다. 그것도 제법 성공적으로 말입니다. 그만큼 산전수전 다 겪은 제가 타향에 나와서 만에 하나라도 잘못 연기하는 일이 없는 것은 당연했습니다.

제가 가지고 있는 인간에 대한 공포는 예전 못지않게 격렬하게 가슴 밑바닥에서 요동치고 있었지만, 연기는 정말로 자연스럽고 활달해져서 교실에서는 늘 반 아이들을 웃겼습니다. 선생님들도 "이 반은 오바(작중 화자인 요조의 성姓)만 없으면 참 괜찮은 반인데."라고 말로는 탄식하시면서 손으로 입을 가리고 웃으셨습니다. 저는 천둥처럼 야만스러운 목소리를 내지르는 배속 장교(당시

중·고등학교에 배치되었던 교련 담당 군인)까지도 정말이지 간단하게 웃길 수 있었던 것입니다.

이제는 제 정체를 완벽하게 은폐시켰나 보다 하고 마음을 놓으려던 참에 저는 실로 뜻하지 않게 등 뒤에서 칼을 맞았습니다. 등 뒤에서 남을 찌르는 사람이면 대부분 그러하듯이 내 등을 찌른 아이도 반에서 가장 빈약한 몸집에 얼굴도 푸르스름하게 부어오르고, 아버지나 형한테 물려받은 것이 분명하고 쇼토쿠 태자(일본 요메이 천황의 둘째 왕자)의 옷처럼 소매가 긴 윗도리를 입은, 공부는 전혀 잘하지 못하고 교련이나 체육 시간에는 언제나 견학을 하는 백치에 가까운 학생이었습니다. 그래서 저조차도 미처 그 학생까지 경계할 필요성은 못 느끼고 있었던 것입니다.

그것은 바로 체육 시간에 있었던 일입니다. 그 학생—성은 기억나지 않지만 이름은 다케이치였던 것으로 기억하고 있습니다—다케이치는 여느 때와 같이 견학하고 있었고 저희들은 철봉 연습을 하고 있었습니다. 그때 저는 일부러 될 수 있는 대로 엄숙한 얼굴로 철봉을 향해 '얍' 하고 소리 지르며 달려가서는 그대로 멀리뛰기 하는 것처럼 앞으로 날아가서 모래밭에 쿵 엉덩방아를 찧었습니다. 물론 그 모든 것은 저의 계획적인 실패였습니다. 예상했던 대로 모두 폭소를 터뜨렸고 저도 짐짓 쓴웃음을 지으면서 일어나 바지에 묻은 모래를 털고 있는데, 언제 다가왔는지 다케이치가 제 등을 찌르면서 낮은 목소리로 이렇게 속삭이는 것이었습니다.

"일부러 그랬지?"

저는 세상이 뒤집히는 것 같았습니다. 일부러 실패했다는 사실을 다른 사람도 아닌 다케이치한테 간파당할 것이라고는 전혀 생각하지 못했기 때문입니다. 저는 온 세상이 순식간에 지옥의 업화業火(불같이 일어나는 노여움)에 휩싸여 불타오르는 것을 눈앞에 보는 듯하여 '으악' 하고 소리치면서 발작이라도 일으킬 것 같은 기색을 필사적으로 억눌렀습니다.

그때부터 계속된 나날의 불안과 공포!
겉으로는 여전히 서글픈 익살을 연기해서 모두를 웃기고 있었지만, 문득 저 자신도 모르게 괴로운 한숨이 나왔습니다. '무슨 짓을 하든지 모두 다케이치가 낱낱이 간파하고 있다. 그리고 그 녀석이 이제 곧 아무한테나 이 얘기를 떠들어대고 다닐 게 틀림없을 것이다.' 라고 생각하면 이마에선 축축하게 진땀이 솟았고, 공연히 미치광이 같은 묘한 눈초리로 희번덕거리며 주변을 둘러보게 되었습니다. 할 수만 있다면 아침, 낮, 밤, 스물네 시간 꼬박 다케이치 곁에서 떨어지지 않고 그가 비밀을 퍼뜨리지 못하게 감시하고 싶었습니다. 그한테 들러붙어 있는 동안 내 익살이 '일부러 하는 행동' 이 아니라 진짜였다는 것을 알려주기 위해 제가 할 수 있는 노력이란 노력은 다하고 싶었습니다. 또 가능만 하다면 녀석과 둘도 없는 친구가 되어버리고 싶다고도 생각했습니다. 하지만 만일 이도저도 다 불가능하다면 그때는 그의 죽음을 바랄 수밖에 없다고까지 생각했습니다. 그렇지만 아무리 그래도 그를 죽이려는 마음만은 결코 일어나지 않았습니다. 저는 지금까지 살아오면서 남이 저를 죽여줬으면 하고 바란 적은 여러 번 있었지만 남을 죽이고 싶다고 생각한 적은 단 한 번도 없습니다. 그것은 오히려 상대방을 행복하게 만드는 일이라고 생각했기 때문입니다.

그날 이후 저는 그를 제 손아귀에 넣기 위해 우선 얼굴에 사이비 그리스도교인같이 '정다운' 미소를 띠고, 고개를 삼십 도 정도 왼쪽으로 갸우뚱하게 기울이고는 그의 작은 어깨를 가볍게 끌어안은 채, 여자를 꼬드길 때나 하는 달콤한 목소리로 제가 하숙하고 있는 집으로 놀러 가자고 종종 말했습니다. 그러나 그는 언제나 멍청한 눈초리를 한 채 아무 말도 하지 않았습니다. 그러던 어느 날이었습니다. 방과 후—분명히 초여름 무렵의 일입니다— 소낙비가 무섭게 쏟아져서 다른 아이들은 어떻게 집에 갈까 발을 동동 구르고 있었던 것 같습니다. 하지만 저는 집이 바로 옆이었기 때문에 개의치 않고 밖으로 튀어 나가려다 문득 신발장 옆에 다케이치가 풀이 죽은 표정으로 서 있는 것을 발견했습니다.

"같이 가자, 우산 빌려줄게."

라고 말하고 주저하는 다케이치의 손을 끌고 함께 소낙비 속을 달려 내가 하숙하고 있는 집으로 갔습니다. 저는 우리 두 사람의 윗도리를 아주머니한테 말려달라고 부탁하고 다케이치를 2층에 있는 제 방에 끌어들이는 데 성공했습니다.

그 집에는 쉰이 넘은 아주머니와 나이가 서른 정도 된, 어딘가 병색이 있어 보이는 얼굴에 안경을 쓴 키가 큰 누나—이 딸은 한 번 시집갔다가 집에 돌아와 있는 사람이었습니다. 저는 이 사람을 이 집 식구들이 부르는 것처럼 언니라고 불렀습니다— 그리고 최근에 여학교를 갓 졸업한 것 같은, 언니와는 달리 키가 작고 얼굴이 둥근 여동생 세쓰, 이렇게 세 사람이 살고 있었습니다. 아래층에 있는 가게에 문방구랑 운동용품 등을 약간 늘어놓고 팔고 있었습니다. 하지만 주된 수입은 돌아가신 주인이 남겨놓은 대여섯 채되는 작은 셋집에서 나오는 집세인 것 같았습니다.

"귀가 아파."

다케이치가 선 채로 말했습니다.

"비를 맞았더니 귀가 아파."

제가 그의 귀를 들여다보니까 양쪽 귀가 심하게 곪아서 금방이라도 고름이 귀 밖으로 흘러나올 것처럼 가득 차 있었습니다.

"야, 이것 안 되겠네. 많이 아프겠다."

저는 허풍스럽게 놀라는 척했습니다.

"빗속을 끌고 와서 미안해."

여자 같은 말투로 '다정하게' 사과하고, 그러고 나서 아래층에 가서 솜과 알코올을 얻어 가지고 와서 다케이치를 제 무릎에 눕히고 정성껏 귀 청소를 해주었습니다. 다행히 다케이치도 저의 그런 행동이 위선에 찬 계략이라고는 눈치채지 못한 듯 제 무릎에 누운채 이렇게 아부를 했을 정도였습니다.

"너한테는 여자들이 틀림없이 홀딱 반할 거야."

그러나 저는 그 말이 다케이치 자신도 의식하지 못했던 끔찍한 악마의 예언 같은 것이었음을 훗날 깨달았습니다. 반한다느니 남이 반하게 되었다느니 하는 말은 퍽 천박하고 능글맞은 느낌입니다. 그래서 제아무리 소위 '엄숙'한 장면이라고 해도 그 자리에 이 말이 불쑥 얼굴을 내미는 순간, 진지하고 고고한 대가람은 붕괴되고 그저 두루뭉술하고 밋밋해져버리는 것처럼 느껴집니다. 그러나 '반하는 괴로움' 등의 속된 말이 아니라 '사랑받는 불안'과 같은 문학적 용어를 사용하면 그런대로 고고한 대가람이 붕괴되는 일은 없는 듯하니 참 신기합니다.

다케이치는 제가 귀의 고름을 닦아주자 장차 '여자들이 너한테 반할 거야.'라는 바보 같은 아부를 했고, 저는 그때 얼굴이 붉어져서 그냥 웃기만 하고 아무 말도 하지 못했습니다만, 사실은 희미하게 짐작되는 바가 있었던 것입니다. 하지만 '여자들이 반할 거야.'와 같은 야비한 말이 자아내는 천박한 분위기에 대해 그렇게 듣고 보니 짐작되는 바가 있다고 쓰는 것은 만담에 등장하는 덜떨어진 부잣집 서방님의 대사처럼 어리석은 감회를 나타내는 것 같기는 합니다. 그렇지만 제가 그런 실없고 능글맞은 마음으로 '짐작되는 바가 있다.'고 한 것은 아닙니다.

저한테는 인간 중에서도 여성 쪽이 남성보다도 몇 배나 더 이해하기 어려웠습니다. 제 가족은 여자가 남자보다 훨씬 많았고 또 친척 중에도 여자아이가 많았으며, 앞서 말한 '범죄'를 저지른 하녀 등도 있어서 저는 어렸을 때부터 여자하고만 놀며 컸다고 해도 과언이 아닙니다. 하지만 저는 정말이지 살얼음을 밟는 심정으로 그 여자들을 대해 왔습니다. 거의, 아니 전혀 짐작도 할 수 없었습니다. 어쩌다 호랑이 꼬리를 밟는 실수를 저질러서 끔찍한 상처를 입기도 했는데, 그게 또 남자들한테서 받는 상처하고는 달라서 내출혈처럼 몹시 불쾌하게 내부 깊숙이 파고들어 좀처럼 치유가 되지 않는 상처였던 것입니다.

여자는 자기가 먼저 유혹했다가도 내치고, 또 남이 있는 곳에서는 저를 경멸하고 함부로 대하다가도 아무도 없으면 꼭 끌어안고, 죽은 것처럼 깊은 잠이 듭니다. 여자란 잠자기 위해서 사는 것이 아닐까 등등 그 밖에도 여자에 대한 갖가지 관찰을 저는 일찌감치 어릴 때부터 해왔습니다만, 여자는 똑같은 인류 같으면서도 남자하고는 완전히 다른 생물처럼 느껴졌습니다. 그런데 또 이 이해할 수 없고 마음을 놓을 수 없는 생물들은 기묘하게도 저를 돌봐주고 싶어 하는 것이었습니다. '너한테 반할 거야.' 따위의 말이나 '좋아할 거야.'라는 말은 제 경우에는 전혀 적합하지 않고, 돌봄을 받는다고 하는 편이 실상을 설명하는 데 좀 더 적합할지도 모르겠습니다.

아무튼 여자는 남자보다 익살에 경계심이 없는 것 같았습니다. 제가 아무리 열심히 익살을 연기해도 남자들은 언제까지나 낄낄거리지는 않았고, 저도 남자들한테는 너무 신명 나서 익살을 떨면 실패한다는 사실을 잘 알고 있었기 때문에 적당한 선에서 그만두도록 조심했습니다. 그러나 여자는 적당하다는 것이 뭔지 모르는 생물 같아서 언제까지나 저한테 익살을 떨어달라고 요구했고, 저는 그 끝없는 앙코르에 응하느라 녹초가 되어버리곤 했습니다. 정말이지 여자들은 잘도 웃어댔습니다. 대체로 여자가 남자보다 쾌락에는 훨씬 더 탐욕스러운 듯합니다.

제가 중학교 시절에 신세를 지던 하숙집 누나와 여동생도 마찬가지였습니다. 그들은 틈만 있으면 2층 제 방에 올라왔고, 저는 그때마다 튀어오를 만큼 깜짝 놀랐고 그저 두려울 따름이었습니다.

"공부해?"

"아니요."

저는 미소 지으면서 책을 덮었습니다.

"오늘 말이죠, 학교에서 말이죠, 곤봉이라는 지리 선생이 말이죠."

슬슬 입에서 나오는 것은 마음에도 없는 우스갯소리였습니다.

"요조, 안경 좀 써봐."

어느 날 밤, 여동생 세쓰가 언니와 함께 제 방에 놀러 와서 저에게 실컷 익살을 떨게 한 후에 그렇게 말했습니다.

"왜?"

"글쎄, 한번 써봐. 언니 안경을 빌려서."

그들은 언제나 이렇듯 난폭한 명령조로 말하는 것이었습니다. 익살꾼은 순순히 언니의 안경을 썼습니다. 그 순간 두 여자는 데굴데굴 구르면서 배를 움켜쥐고 웃음을 터뜨렸습니다.

"꼭 닮았어. 로이드하고 똑같아."

당시 해럴드 로이드라는 외국의 희극 배우가 일본에서 인기가 있었습니다. 저는 일어서서 한 손을 들고 말했습니다.

"여러분."

그러고는 일장 연설을 시작했습니다.

"이번에 일본의 팬 여러분에게……."

이렇게 해서 두 여자를 더욱더 박장대소하게 만들었습니다. 그러고 나서 저는 로이드의 영화가 극장에서 상영될 때마다 보러 가서는 몰래 그의 표정 등을 연구했습니다.

또 어느 가을밤에는 이런 일도 있었습니다. 제가 누워서 책을 읽고 있으려니까 언니가 새처럼 날쌔게 방에 들어오더니 갑자기 제 이불 위에 쓰러져 울기 시작했습니다.

"요조가 날 도와주겠지, 그렇지? 이런 집에서 함께 나가버리는 게 낫겠어. 날 도와줘. 응? 도와줘."

이처럼 과격한 말을 하고는 또 우는 것이었습니다. 그렇지만 저는 여자가 그런 행동을 하는 걸 처음 보는 것이 아니었기 때문에 언니의 과격한 말에도 그다지 놀라지 않았습니다. 오히려 그 진부하면서 아무런 내용이 없는 것에 흥이 깨져버리고 말았습니다. 살그머니 이불에서 빠져나와 책상 위의 감을 깎아서 한 쪽을 언니에게 건네주었습니다. 그러자 언니는 훌쩍거리면서 그 감을 먹고는 말했습니다.

"뭐 재미있는 책 없어? 빌려줘."

저는 나쓰메 소세키(일본 소설가 겸 영문학자이며, 주요 저서로 《나는 고양이로소이다》, 《도련님》, 《그 후》 등이 있음)가 쓴 《나는 고양이로소이다》라는 책을 책장에서 골라주었습니다.

"잘 먹었어."

언니는 부끄러운 듯이 웃으면서 방에서 나갔습니다만, 언니뿐 아니라 여자들이 도대체 어떤 마음으로 살고 있는가를 추측하는 일이 저한테는 지렁이의 생각을 탐색하는 것보다도 까다롭고, 성가시고, 소름 끼치는 일로 느껴졌습니다. 저는 다만 여자가 그런식으로 갑자기 울 때는 단맛이 나는 무언가를 주면 기분이 나아진다는 사실만은 어렸을 때부터의 경험으로 알고 있었습니다.

또 여동생 세쓰는 친구들을 제 방으로 데리고 와서는 저로 하여금 여느 때처럼 모두를 웃기게 한 후에, 친구가 돌아가고 나면 언제나 그 친구 험담을 하곤 했습니다. 심지어는 "그 애는 불량소녀니까 조심해."라고 말하며 제게 주의를 주는 것이었습니다. 만약 그렇다면 일부러 끌고 오지 않으면 될 텐데 말입니다. 여하튼 그두 자매 덕분에 제 방에 오는 손님은 거의 전부 여자가 되어버렸습니다.

그렇지만 그것은 아직 다케이치가 말한 아부의 말인 '여자들이 너한테 반할 거야.' 라는 얘기의 실현은 결코 아니었습니다. 즉 저는 일본 동북 지방의 해럴드 로이드에 지나지 않았던 것입니다. 다케이치의 무지한 아부가 역겨운 예언으로 생생하고도 불길한 형태로 현실이 된 것은 그리고 나서도 몇 년이 더 지난 뒤였습니다.

다케이치는 저한테 또 하나의 중요한 선물을 주었습니다.

"도깨비 그림이야."

언젠가 다케이치가 2층 제 방에 놀러 와서는 한 장의 원색판 삽화를 자랑스럽게 보여주면서 그렇게 설명했습니다.

그때 저는 '아니, 저런!' 하고 생각했습니다. 지금에야 드는 생각이지만 그 순간에 제 갈 길이 결정되었던 것 같습니다. 저는 알고 있었습니다. 그것이 고흐의 자화상에 지나지 않는다는 사실을. 저희가 소년이었던 시절, 일본에서는 프랑스 인상파의 그림이 대유행이어서 서양화 감상의 첫걸음은 대체로 거기부터 시작되었고 고흐, 고갱, 세잔, 르누아르 같은 사람들의 그림은 시골 중학생이라 하더라도 대개 사진으로 보아서 알고 있었던 것입니다. 저도 고흐의 컬러 화집을 꽤 많이 보았고 그 기법의 뛰어남, 색채의 선명함에 흥미를 느끼고 있었습니다. 그러나 도깨비 그림이라고는 단 한 번도 생각한 적이 없었습니다.

"그럼 이런 건 어때? 역시 도깨비 같아?"

저는 책장에서 모딜리아니의 화집을 꺼내 햇볕에 탄 구릿빛 피부의 나체 여인 그림을 다케이치에게 보여주었습니다.

"굉장한데."

다케이치의 눈이 휘둥그레지며 감탄했습니다.

"지옥의 말 같아."

"역시 도깨비인가?"

"나도 이런 도깨비 그림을 그리고 싶어."

인간을 너무 두려워하는 사람들이 오히려 더 무시무시한 요괴를 자기 눈으로 확실히 보고 싶어 하는 심리, 또는 신경이 날카롭고 쉽게 겁먹는 사람일수록 폭풍우가 더 강하게 몰아치기를 바라는 심리 같은 것이라고나 할까요. 아아, 이 일련의 화가들은 인간이라는 도깨비에게 상처를 입고 위협받다 끝내는 환영을 믿게 되었고, 대낮의 자연 속에서 생생하게 요괴를 본 것입니다. 그리고 그들은 그것을 익살 따위로 얼버무리지 않고 본 그대로 표현하려고 노력했고, 과감하게 '도깨비 그림'을 그려낸 것입니다. 그때 저는 여기 장래의 제 동료가 있다고 느꼈기 때문에 눈물이 날 정도로 흥분했습니다. 그리고 왜 그랬는지는 잘 모르겠지만 아주 낮은 목소리로 다케이치에게 이렇게 말했습니다.

"나도 그릴 거야. 도깨비 그림을 그릴 거야. 그리고 지옥의 말도 그릴 거야."

저는 초등학교 때부터 그림을 그리는 것도, 보는 것도 좋아했습니다. 그렇지만 제가 그린 그림은 제가 쓴 작문만큼 평판이 좋지는 않았습니다. 저는 원래 인간의 말을 도통 신용하지 않았기 때문에 제게 있어서 작문 같은 것은 그저 익살꾼의 인사말 같은 것이어서 초등학교, 중학교 때까지 계속해서 선생님들께 기쁨을 선사했습니다만 저 자신은 전혀 재미를 느끼지 못했습니다. 그러나 그림만은—만화 같은 것은 별도입니다만— 어린아이 수준의 아류작에 불과했지만 그 대상을 표현하느라 나름대로 다소 고심했던 것입니다. 그런데 미술 시간에 견본으로 쓰는 그림은 시시했고 선생님의 그림도 형편없어서, 저는 스스로 표현 기법을 완전히 엉터리일망정 혼자 연구하고 실험해 보지 않으면 안 되었던 것입니다. 저는 중학교 때 유화 도구도 한 벌 가지고 있었는데, 인상파 화풍을 따라 그려봐도 제가 그린 것은 마치 일본의 전통 종이 공예처럼 밋밋한 게 도무지 쓸 만한 것이 되지 못했습니다. 그렇지만 저는 다케이치의 말을 듣고 제가 그때까지 그림에 대해 가지고 있던 마음가짐이 완전히 잘못된 것이었음을 깨달았습니다. 아름답다고 느낀 것을 아름답게만 표현하려고 노력하는 안이함과 어리석음! 제가 존경하는 대가들은 아무것도 아닌 것을 주관에 의해 재해석해 아름답게 창조하고, 혹은 추악한 것에 구토를 느끼면서도 그에 대한 흥미를 감추지 않고 표현하는 희열에 잠겼던 것입니다. 즉 남이 어떻게 생각하든 조금도 상관하지 않는다는 원초적인 비법을 다케이치로 인해 깨달은 저는 그날부터 제 방을 방문하는, 예의 여자 손님들 몰래 조금씩 자화상 제작에 착수했습니다.

그 결과, 제가 봐도 소름이 끼칠 정도로 음산한 그림이 완성되었습니다. '이것이야말로 가슴속 깊이 꼭꼭 눌러서 감추고 감추었던 내 정체다. 겉으로는 명랑하게 웃으며 남들을 웃기고 있지만 사실 나는 이렇게 음산한 마음을 가지고 있는 것이다. 어쩔 수 없지.' 하고 혼자 인정했지만 그 그림은 다케이치 외에는 아무한테도 보여주지 않았습니다. 물론 제 익살 밑바닥에 있는 음산함을 들킴으로써 하루아침에 경계를 당하게 되는 것도 싫었고, 또 어쩌면 이것이 내 정체인 줄 모르고 또 다른 새로운 취향의 익살로 간주되어 웃음거리가 될지도 모른다는 의구심도 있었기 때문입니다. 만일 그렇게 된다면 그건 제일 가슴 아픈 일이 되었을 것이기 때문에 그 그림은 바로 이불장 깊숙이 숨겨두었습니다.

그리고 미술 시간에는 그 도깨비 화법은 숨긴 채 그때까지 하던 대로 아름다운 것을 아름답게 그리는 그런 평범한 기법을 사용해 그림을 그렸습니다.

다케이치한테만은 전부터 저의 상처 입기 쉬운 내면을 예사롭게 보여주었기 때문에 저는 이번 자화상도 다케이치한테는 마음 놓고 보여서 대단한 칭찬을 들었고, 잇따라 도깨비 그림을 두세 장 더 그려 다케이치한테서 "너는 위대한 화가가 될 거야."라는 또 하나의 예언을 듣게 되었던 것입니다.

'여자들이 너한테 반할 거야.' 라는 예언과 '위대한 화가가 될 거야.' 라는 예언, 바보 다케이치는 이 두 가지 예언을 제 이마에 각인시켜주었고 저는 이윽고 도쿄로 상경했습니다.

저는 미술 학교에 진학하고 싶었지만 아버님은 전부터 저를 고등학교에 넣어서 장차 관리로 만들 생각이셨고 저한테도 그 말씀을 분명하게 하셨기 때문에 말대꾸 한번 해보지 못하고 저는 순순히 그 말씀을 따랐습니다. 4학년이 되자 시험을 쳐보는 게 어떻겠냐고 말씀하시기에 저도 벚꽃과 바다에 둘러싸인 중학교에 어지간히 싫증이 나 있던 참이라 5학년으로 진급하지 않고 4학년을 수료한 후 도쿄의 고등학교에 시험을 쳤습니다. 다행히 합격한 저는 곧바로 기숙사 생활로 들어갔습니다. 그러나 그 불결하고 조악스러운 환경에 질려 익살을 떨기는커녕 의사한테 폐결핵이라는 진

단서를 받아가지고 그길로 기숙사에서 나와 우에노의 사쿠라기동에 있는 아버지의 별택으로 옮겼습니다. 저한테는 단체 생활이라는 것이 아무래도 불가능해 보였습니다. 그리고 또 '청춘의 감격'이라든가 '젊은이의 긍지'라든가 하는 말은 듣기만 해도 닭살이 돋았고, '고교생의 기개'라느니 하는 것은 도저히 따라갈 수가 없었던 것입니다. 교실도 기숙사도 비뚤어진 성욕의 쓰레기통으로 느껴졌으며, 저의 완벽에 가까운 익살도 그곳에서는 아무 소용이 없었습니다.

아버지는 의회가 없을 때에는 한 달에 일주일이나 이 주일 정도만 그 집에 묵으셨기 때문에, 아버지가 안 계실 때에는 상당히 넓은 그 집에 집을 지키는 노부부와 저, 이렇게 셋뿐이었습니다. 무서운 존재의 부재는 저로 하여금 슬쩍슬쩍 학교를 결석하게 했습니다. 하지만 그렇다고 도쿄를 구경하고 싶은 마음도 없어서—저는 끝내 메이지 신궁도, 구스노키 마사나리의 동상도, 센가쿠사에 있는 사십칠 의사義士의 무덤도 가보지 못했습니다— 그저 집에서 하루 종일 책을 읽거나 그림을 그리며 보냈을 뿐입니다. 물론 아버지가 상경하시면 저는 매일 아침 서둘러 등교했습니다만, 사실은 혼고의 센다기동에 있는 서양화가 야스타 신타로 선생 화실에 가서 세 시간이고 네 시간이고 데생 연습을 하기도 했습니다. 기숙사에서 나오고 나니까 제가 등교해서 수업에 들어가도 마치 청강생 같은 특별한 위치에 있는 것같이 느껴졌습니다. 어쩌면 그건 저의 자격지심이었는지도 모르겠습니다만 뭐라 할까 저 스스로 흥을 잃게 되어 점점 학교에 가는 것이 내키지 않게 되었던 것입니다. 결국 저는 초등학교, 중학교, 고등학교를 다니면서도 끝내 애교심이라는 것을 이해하지 못한 채 마쳐버렸습니다. 교가라는 것을 배우거나 한 번도 외우려고 한 적이 없었습니다.

그렇게 지내던 어느 날, 저는 그 화실에서 그림을 배우고 있던 어떤 미술 학도로부터 술과 담배와 매춘부와 전당포와 심지어 좌익 사상까지 배우게 되었습니다. 참으로 묘한 배합입니다만 사실입니다.

그 미술 학도의 이름은 호리키 마사오라고 하는데, 도쿄에서 주로 상인 계층이 사는 시타마치(도쿄의 서민 동네를 가리키는 말)에서 태어났고 나이는 저보다 여섯 살이나 많았습니다. 그는 사립 미술 학교를 졸업했으나 집에 아틀리에가 없어서 이 화실에 다니면서 서양화 공부를 계속하고 있는 것이라고 했습니다.

"오 엔만 빌려줄 수 없을까?"

그때까지 우리는 그저 서로 얼굴을 알고 있는 정도의 사이였을 뿐 말 한마디 나눈 적도 없었습니다. 저는 당황해서 어쩔 줄 몰라 하며 오 엔을 내밀었습니다.

"좋아, 마시자. 내가 너한테 한턱내는 거야. 착한 꼬마로군."

차마 거절하지 못하고 화실에서 가까운 화이동의 카페로 끌려간 것이 그와의 교우의 시작이었습니다.

"전부터 자네를 주목하고 있었지. 그래 맞아, 바로 그거야. 그 수줍어하는 듯한 미소. 그게 바로 장래성 있는 예술가 특유의 표정이라고. 자, 서로 알게 된 기념으로 건배! 기누 씨, 이 녀석 미남이지? 그렇다고 반하면 안 돼. 이 녀석이 화실에 온 후부터 유감스럽게도 난 화실에서 두 번째 미남이 되어버렸어."

호리키는 피부가 가무잡잡하고 단정한 얼굴에, 그림 그리는 학생으로서는 드물게 말끔한 양복을 입고, 넥타이를 고르는 취향도 수수한 편이었으며, 머리는 한가운데 가르마를 탄 후 포마드를 발라 찰싹 붙이고 다녔습니다.

저는 그곳이 익숙하지 않은 장소이기도 한 데다 그저 겁만 나서 팔짱을 끼었다 풀었다를 반복하며, 말 그대로 수줍어하는 듯한 미소만 짓고 있었습니다. 그러다가 맥주를 두서너 잔 마시는 동안에 묘하게 해방된 것 같은 홀가분함을 느끼기 시작했던 것입니다.

"저는 미술 학교에 들어가고 싶었는데……."

"야야, 시시해. 그런 곳은 시시하다고. 본래 학교란 시시한 거야. 우리의 스승은 자연 속에 있다네! 자연에 대한 정열!"

그러나 저는 그의 말에 도통 경의를 느끼지 못했습니다. '바보군, 그림도 시원찮을 게 틀림없어. 그렇지만 놀기에는 괜찮은 상대일지도 모르겠군.' 이렇게 생각했습니다. 즉 저는 그날 태어나서 처음으로 진짜 도회지의 건달을 만난 것입니다. 그는 저와 형태는 달랐지만 그 역시 이 세상 인간의 삶에서 완전히 동떨어져 갈피를 못 잡고 있다는 점에서는 분명히 나와 같은 종류의 인간이었습니다. 다른 점이 있다면 그것은 그가 의식하지 못한 채 익살꾼 노릇을 하고 있다는 것, 게다가 익살꾼으로서의 비참함을 전혀 깨닫지 못하고 있다는 것이 저하고는 본질적으로 다른 점이었습니다.

'그저 노는 것뿐이야, 놀이 상대로 사귀는 것뿐이야.' 라며 저는 언제나 그를 경멸했습니다. 때로는 그와의 교제를 부끄럽게 여기기까지 했으면서도 그와 같이 다니는 사이에 저는 결국 그한테조차 당하고 말았습니다.

그렇지만 처음에는 이 남자를 호인, 그중에서도 아주 드문 호인이라고만 생각하고 그렇게 인간 공포증이 심한 저도 완전히 경계심을 풀고 방심하고 말았습니다. 그저 도쿄를 구경시켜 줄 좋은 안내자가 생겼다 정도로만 생각하고 있었습니다. 사실 저는 혼자서 전차를 타면 차장이 무섭고, 가부키 극장(음악과 무용, 기예가 어우러진 일본의 전통연극)에 가고 싶어도 붉은 카펫이 깔려 있는 현관 계단 양쪽에 죽 늘어서 있는 안내양들이 무서웠습니다. 또 레스토랑에서는 등 뒤에 조용히 서서 접시가 비워지기를 기다리는 웨이터가 무섭고, 특히나 돈을 치를 때 아아, 그 어색한 손동작이라니! 저는 물건을 사고 나서 돈을 건넬 때면 인색해서가 아니라 너무 긴장을 하고, 너무 부끄럽고, 너무 불안하고, 너무 두려운 나머지 어찔어찔 현기증이 나고 눈앞이 캄캄해지며 거의 반쯤 미친 상태가 되어, 값을 깎기는커녕 거스름돈 받는 것도 잊어버리곤 했습니다. 뿐만 아니라 가끔은 구입한 물건을 들고 나오는 것을 잊은 적도 있었기 때문에 도저히 혼자서는 도쿄 거리를 다닐 수가 없었습니다. 그래서 온종일 집안에서 뒹굴기만 했던 것도 어쩔 수 없는 그런 속사정이 있었던 것입니다.

그런데 호리키는 저와는 달랐습니다. 그에게 지갑을 맡기고 다니면 호리키는 엄청나게 값을 잘 깎을 뿐만 아니라 잘 놀 줄 안다고나 할까, 아무튼 얼마 안 되는 돈으로 최대의 효과가 나게 돈을 썼습니다. 또 비싼 택시는 타지 않는 대신에 전차, 버스, 증기선 등을 각각 잘 활용해서 최단 시간 내에 목적지에 도착하는 수완도 보였습니다. 또 아침이 되어 매춘부 집에서 돌아올 때면 무슨무슨 요정에 들러 목욕을 한 후 살짝 데친 따끈한 두부를 안주 삼아 가볍게 술 한잔하는 것이, 몇 푼 들지 않으면서도 호사스러운 기분을 느끼게 해준다고 현장 실습도 시켜주었습니다. 그 외에도 포장마차의 소고기 덮밥이나 참새구이가 싸면서도 자양분이 풍부하다는 사실을 설교했고, 전기 브랜디(아사쿠사에 있는 바에서 파는, 마시면 온몸에 전기가 찌르르 흐르는 것처럼 느껴지는 브랜디)만큼 술기운이 빨리 도는 것은 없다고 장담했고, 어쨌든 계산하는 일에 관해서는 저한테 일말의 불안이나 공포도 느끼게 한 적이 없었습니다.

호리키와 교제하면서 또 좋았던 점은 호리키가 상대방의 생각 따위는 완전히 무시하고 그의 소위 정열이 분출하는 대로—어쩌면 정열이란 상대방의 입장을 무시하는 것인지도 모르지요— 온종일 시시한 얘기를 계속 지껄였다는 것입니다. 즉, 둘이서 걷다가 지쳐도 어색한 침묵에 빠지게 될 염려가 전혀 없었습니다. 사람과 접촉할 때마다 끔찍한 침묵이 그 자리에 나타날 것을 경계하느라 원래는 입이 무거운 편이었던 저는 필사적으로 익살을 떨었던 것입니다. 그런데 지금은 호리키 이 바보가 무의식적으로 자진해서 그 익살꾼 역할을 대신해 주었기 때문에 저는 대답도 제대로 하지 않고 그저 흘려들으면서 가끔씩 '설마' 하고 맞장구치면서 웃어주기만 하면 되었던 것입니다.

술, 담배, 창녀……. 저는 얼마 후 이런 것들이 인간에 대한 공포를 잠시나마 잊게 해주는 상당히 괜찮은 수단이라는 사실을 알게되었습니다. 그런 수단들을 구하기 위해서라면 제 소유물을 몽땅 팔아치워도 후회하지 않을 것 같은 마음이었습니다.

저한테 창녀라는 것은 인간도 여성도 아닌 백치 혹은 미치광이처럼 느껴졌습니다. 그런 까닭에 그 품 안에서는 완전히 안심하고 푹 잠들 수 있었습니다. 그들은 모두가 서글플 만큼, 정말이지 티끌만큼도 욕심이라는 것이 없었습니다. 그리고 그들은 제게서 동류로서의 친근감 같은 것을 느꼈는지, 언제나 거북하지 않을 정도의 자연스러운 호의를 베풀었습니다. 아무 이해타산도 없는 호의, 강요하지 않는 호의, 그리고 두 번 다시 오지 않을지도 모르는 사람에 대한 호의를 말입니다. 저는 백치 아니면 미치광이 같은 그 창녀들한테서 마리아의 후광을 실제로 본 적도 있습니다.

그러나 제가 인간에 대한 공포에서 도망쳐 조촐한 하룻밤의 안식을 찾아 그야말로 저와 '동류'인 창녀들하고 어울리는 동안, 어느 틈인지 저도 의식하지 못하는 사이에 일종의 역겨운 기운이 저에게서 풍기기 시작한 모양입니다. 그것은 저도 전혀 예상하지 못했던 소위 '부록'이었습니다만 그 부록은 점차 선명하게 표면으로 떠올랐고, 급기야 저는 호리키한테 그 사실을 지적당하고는 아연실색했고 기분이 나빠졌습니다. 그 부록이란, 속된 말로 표현한다면 제가 창녀를 통해 여자들에게 인기를 얻는 법을 배웠고, 게다가 최근에는 여자 다루는 솜씨가 눈에 띄게 좋아졌다는 것입니다. 한마디로 '여자 수행'을 쌓았다는 것이었습니다. 여자 수행은 창녀한테서 쌓는 것이 제일 엄격하고 효과도 있다고 하던데, 이미 저한테는 '여자를 잘 다루는 도사' 같은 냄새가 배어버려서 여자들이—창녀뿐 아니라— 본능적으로 그 냄새를 맡고 접근할 정도가 되어버렸습니다. 그런 추잡하고도 불명예스러운 분위기가 몸에 배게 되었고, 그쪽이 제가 창녀들에게서 얻은 정신적 휴양 따위보다도 훨씬 더 두드러지게 눈에 띄었나 봅니다.

물론 호리키는 그 말의 반은 자신의 공치사로 한 것이겠지만 슬프게도 저 또한 짚이는 바가 있었습니다. 예컨대 다방 여종업원한테서 유치한 편지를 받은 적도 있고, 사쿠라기동의 우리 옆집에 사는 장군 댁의 스무 살 정도 되는 따님이 매일 아침 제가 등교하는 시간에 맞추어 별로 볼일도 없는 것 같은데 옅은 화장을 하고 자기 집 문을 들락거리기도 하고, 소고기를 먹으러 가면 제가 점잖게 아무 말 없이 있어도 일하는 여자가…… 또 단골 담배 가게 딸이 건네준 담뱃갑 안에…… 또 가부키를 보러 갔을 때 옆자리에 앉았던 여자한테서…… 또 한밤중에 전철에서 취해서 잠을 자다가…… 또 생각지도 않았던 고향의 친척 집 딸한테서 애절한 편지가 오고…… 또 제가 집을 비운 사이에 누군지 알 수 없는 아가씨가 손수 만든 듯한 인형을 두고 간……. 제가 극도로 소극적이었기 때문에 그 어느 것도 그뿐으로 끝나버려서 그 이상의 진전은 전혀 없었습니다만, 뭔가 여자들로 하여금 꿈을 꾸게 만드는 분위기가 저의 어딘가에 맴돌고 있다는 것은 부정할 수 없는 사실인 듯합니다. 이건 '여자 복이 있다.'는 식의 자랑이니 뭐니 하는 그런 바보 같은 농담이 아니었던 것입니다. 저는 그 사실을 호리키 같은 놈한테서 지적받고 일종의 굴욕 비슷한 씁쓸함을 느낌과 동시에, 창녀들과 같이 지내는 일에도 갑자기 흥미를 잃고 말았습니다.

또 호리키는 그 최신 유행을 좇는 허영심에서—저는 지금도 그 외의 이유는 생각할 수가 없습니다— 어느 날 저를 공산주의 독서회라고 하는—R.S.라고 했던 것 같은데 기억이 분명치 않습니다— 그런 비밀 연구회에 데리고 갔습니다. 호리키 같은 인물에게는 공산주의 비밀 모임도 예의 '도쿄 안내' 가운데 하나에 지나지 않았는지도 모릅니다. 호리키는 저를 소위 '동지들'한테 소개해주었고, 저는 팸플릿을 몇 개 샀습니다. 그리고 상석에 있던 퍽 못생긴 청년한테서 마르크스 경제학에 대한 강의를 들었는데, 저한테는 그 내용이 너무도 당연하고 빤한 얘기로 느껴졌습니다. 그렇지만 인간의 마음에는 도무지 속을 알 수 없는 보다 더 끔찍한 것이 있습니다. 욕심이라는 말로도 부족하고, 허영이라는 말로도 부족하고, 색色과 욕慾, 이렇게 두 개를 나란히 늘어놓고 보아도 부족한 그 무엇 말입니다. 저로서는 그것이 무엇인지 정확하게 알 수 없었지만 인간 세상의 밑바닥에는 경제만이 아닌, 묘한 괴담 같은 것이 있는 것처럼 느껴졌습니다. 그 괴담에 잔뜩 겁먹은 저는 소위 유물론이라는 것에 물 흐르듯 자연스럽게 수긍하면서도, 그것을 통해 인간에 대한 공포에서 해방되고 새싹을 보며 희망의 기쁨을 느끼지는 않았습니다. 그렇지만 저는 한 번도 빠지지 않고 그 R.S.—라고 했던 걸로 기억합니다만 틀릴지도 모릅니다—라는 곳에 출석했고, '동지'들이 무슨 큰일이나 되는 것처럼 굳은 얼굴로 '1 더하기 1은 2' 나 다름없는, 거의 초등 수학 비슷한 이론 연구에 몰두하고 있는 것이 우스꽝스러워서 제 익살로 모임의 긴장감을 풀어주려고 노력했습니다. 그 덕분인지 점차 연구회의 무거운 분위기도 풀어져서 저는 그 모임에 없어서는 안 되는 인기 있는 존재가 되었습니다. 이 단순하기 그지없는 사람들은 저를 자기들처럼 단순하고 낙천적인 익살꾼 동지 정도로 생각하고 있었는지도 모릅니다. 만일 그렇다면 저는 그 사람들을 하나부터 열까지 철저하게 속이고 있었던 셈입니다. 한마디로 저는 그들의 동지가 아니었으니까요. 그래도 그 모임에 빠지지 않고 꼬박꼬박 출석해서 모두에게 익살을 서비스했습니다.

물론 제가 그것을 좋아했고 그 사람들이 마음에 들었기 때문입니다. 그러나 반드시 마르크스로 맺어진 친근감 때문은 아니었습니다.

비합법非合法. 저는 그것을 어렴풋하게나마 즐기고 있었던 것입니다. 오히려 그쪽이 마음이 편했던 것입니다. 이 세상의 합법이라는 것이 오히려 두려웠고—거기서는 속을 헤아릴 수 없이 한없는 강인함이 느껴졌습니다―그 구조도 이해되지 않아서, 도저히 창문도 없고 냉기가 뼛속까지 스며드는 그 방에 앉아 있을 수가 없어서 바깥이 비합법의 바다라 해도 차라리 거기에 뛰어들어 헤엄치다 죽음을 맞이하는 편이 저한테는 오히려 마음이 편했던 것 같습니다.

세상에는 '음지의 삶을 사는 사람'이라는 말이 있습니다. 인간 세상에서는 비참한 패자, 또는 악덕한 자를 일컫는 말 같습니다. 하지만 저는 태어날 때부터 음지의 존재였던 것 같은 생각이 들어서, 이 세상에서 떳떳하지 못한 놈이라고 손가락질당하는 사람들을 만나면 언제나 다정한 마음이 되곤 했습니다. 그리고 저의 그 '다정한 마음'은 저 자신도 황홀해질 정도로 정다운 마음이었던 것입니다.

또 '범인犯人 의식'이라는 말도 있습니다. 저는 이 인간 세상에서 평생 동안 범인 의식으로 괴로워하겠지만 그것은 조강지처 같은 저의 좋은 반려자니까, 그 녀석하고 둘이 쓸쓸하게 노니는 것도 제가 살아가는 방식 중 하나일지도 모릅니다. 또 속된 말로 '정강이에 상처가 있는 사람(떳떳하지 못하고 무엇인가 켕기는 것이 있다는 일본의 속담)'이라는 말도 있습니다만, 그 상처는 제가 아기였을 때부터 저절로 한쪽 정강이에 생긴 것이 성장하면서 치유되기는커녕 점점 더 심해져서 이제는 뼛속까지 사무쳐 밤마다 겪는 고통은 변화무쌍한 지옥과도 같았습니다.

그러나―이것은 퍽 이상한 표현입니다만― 그 상처가 점차 혈

육보다 더 정답게 느껴지고 그 통증은 상처의 살아 있는 감정, 사랑의 속삭임으로까지 느껴졌습니다. 그래서인지 저라는 남자에게 지하 운동 그룹의 분위기는 묘하게 마음이 놓이고 편안했습니다. 즉 운동 본래의 목적보다도 그 운동의 겉으로 드러나는 모습이 저한테 잘 맞았던 것입니다. 그러나 호리키의 경우는 그저 바보 같은 놈이 집적거리는 것에 불과해서, 저를 소개하기 위해 딱 한 번 그 모임에 갔을 뿐입니다. 그는 '마르크스주의자에게는 생산 면의 연구와 함께 소비 면의 시찰도 필요한 거야.' 라는 둥 돼먹지 못한 흰소리나 지껄여대면서 그 모임은 가까이 하지도 않았고, 그저 저를 그 소비 면의 시찰 쪽으로만 끌고 다니고 싶어 했습니다.

지금 생각해 보면 당시에는 다양한 형태의 마르크스주의자가 있었던 것 같습니다. 호리키처럼 유행을 좇는 허영에서 마르크스주의자라는 허울을 뒤집어쓴 사람도 있었고, 자칭 마르크스주의자라고 떠들어대는 사람도 있었으며, 또 저처럼 그저 비합법적 분위기가 마음에 들어서 거기 눌러앉은 사람도 있었습니다. 만일 이런 실상을 진짜 마르크스주의 신봉자가 간파했더라면 호리키도 저도 호되게 야단맞고 비열한 배신자로 낙인 찍혀 금방 쫓겨났을 것입니다. 그렇지만 저도 호리키도 좀처럼 제명 처분 당하지 않았으며 특히나 저는 합법적인 세계에 있을 때보다도 그 비합법적인 세계에서 오히려 더 자유롭게, 소위 '건강' 하게 행동할 수 있었기 때문에 장래성 있는 동지로 여겨졌습니다. 심지어는 픽 하고 웃음이 날 정도로 과장되고 비밀스레 다루어지던 갖가지 임무를 떠맡기도 했습니다. 실제로 저는 그런 임무를 한 번도 거절하지 않고 태연하게 뭐든지 떠맡았고, 쓸데없이 긴장해서 개—동지들은 경찰을 그렇게 부르고 있었습니다—한테 의심을 사거나 불심 검문을 당해서 실패하는 일도 없었습니다. 저는 웃으면서, 또 남들을 웃기면서 그들이 위험하다고 칭하는 일을 어쨌든 확실하게 해치웠습니다. 그 운동에 가담한 패거리들은 무슨 큰일이나 되는 것처럼 긴장하고 심지어는 시원찮은 탐정 소설 흉내까지 내면서 극도로 경계했습니다. 그러면서 저한테 부탁하는 일이란 정말이지 어이가 없을 정도로 시시한 것이었습니다만, 그들은 엄청 위험하다는 듯 잔뜩 긴장하고 있었던 것입니다. 그 당시 제 마음은 당원의 신분이 발각되고 체포되어서 평생을 형무소에서 보내게 된다 해도 겁나지 않았습니다. 이 세상 사람들의 '삶'이라는 것을 두려워하면서 매일 밤 잠도 이루지 못한 채 지옥에서처럼 신음하기보다는, 오히려 감옥 쪽이 편할지도 모른다고까지 생각했습니다.

사쿠라기동의 별택에서 아버지가 머무르실 때도 손님을 맞이하거나, 외출을 하셔서 같은 집에 살아도 사흘이고 나흘이고 저와 얼굴을 마주치는 일이 없을 정도였습니다. 그래도 저는 어쩐지 아버지가 어렵고 무서워서 이 집에서 나가 다른 곳에서 하숙이라도 하고 싶다는 생각을 하면서도 차마 그 말을 꺼내지 못하고 있던 차에, 집을 지키는 노인한테서 아버지가 그 집을 팔 생각인 것 같다는 얘기를 들었습니다.

아버지의 의원 임기도 거의 끝나가고 있었고 또 그 외에도 여러 가지 사정이 있었던 것이 틀림없습니다. 아무튼 이제는 더 이상 선거에 나갈 의사도 없으신 것 같았고 고향에 은거할 집도 지어놓았기 때문에 도쿄에 미련이 없으신 것 같았습니다. 그렇다고 이제 겨우 고교생에 지나지 않는 저를 위해 저택과 하인을 두는 것도 낭비라고 생각하셨는지 —저는 아버지의 마음 또한 다른 세상 사람들의 마음처럼 잘 모르겠습니다만— 어쨌든 그 집은 얼마 후에 남에게 팔렸고, 저는 혼고의 모리가와동에 있는 센유관이라고 하는 낡은 하숙집의 어두컴컴한 방으로 이사했고 금방 돈에 쪼들리기 시작했습니다.

그때까지 저는 아버지한테서 매달 정해진 액수의 용돈을 받아 왔고 그 돈은 이삼 일 안에 금방 없어졌지만, 담배나 술, 치즈, 과일은 늘 집에 넉넉하게 있었고 책이랑 문방구, 옷에 관한 것 일체는 언제나 근처에 있는 가게에서 아버지 이름을 말하고 외상으로 살 수 있었습니다. 아버지가 단골이셨던 동네 식당에서는 가끔 호리키한테 메밀국수라든가 새우튀김덮밥 같은 것을 사주어도 그냥 가게에서 나오기만 하면 됐습니다.

그러다가 갑자기 하숙집에서 혼자 지내게 되면서 모든 것을 다달이 받는 일정한 용돈으로 생활해야만 하는 상황에 저는 당황했습니다. 아버지가 송금해 주는 용돈은 역시 이삼 일 사이에 바닥이 나버렸고 저는 덜컥 겁이 나고 불안해 미칠 것 같아 아버지, 형, 누나들한테 번갈아 돈을 부탁하는 전보와 "자세한 얘기는 편지로써 보내겠습니다."라는 편지를 연발했습니다. 그 편지의 내용은 하나같이 익살의 허구였습니다. 저는 누군가에게 뭔가 부탁하려면 먼저 그 사람을 웃기는 것이 상책이라고 생각했던 것입니다. 그러는 한편, 호리키가 가르쳐준 전당포에 부지런히 다니기 시작했지만 그래도 늘 돈에 쪼들리는 생활은 조금도 나아지지 않았습니다.

결국 저한테는 아무런 연고도 없는 하숙집에서 혼자 '생활' 해나갈 능력이 없었던 것입니다. 저는 하숙집 방에서 혼자 가만히 있는 것이 끔찍했고, 금방이라도 누군가가 갑자기 튀어 나와 일격을 가할 것만 같았습니다. 그래서 거리로 뛰쳐나가 그 지하 운동과 관련된 심부름을 하거나 호리키와 싼 술을 마시며 돌아다니면서 학업도, 그림 공부도 거의 포기하고 말았습니다. 심지어는 고등학교에 들어간 지 이 년째 되는 11월에, 연상의 유부녀와 정사情死 비슷한 사건까지 일으켰습니다. 그리고 제 운명은 큰 변화가 일어났습니다.

당시 저는 밥 먹듯이 학교를 결석했고, 학교 공부는 조금도 하지 않았습니다. 그런데도 묘하게 시험 답안 쓰는 요령이 좋았는지 그때까지는 그럭저럭 성적을 유지할 수 있었기 때문에 고향의 가족들을 속일 수 있었습니다. 그러나 점차 출석 일수 부족 등으로 학교 쪽에서 은밀히 고향의 아버지한테 통지를 보낸 모양입니다. 어느 날 저는 아버지를 대신하여 큰형이 보낸 준엄한 문장의 긴 편지를 받게 되었던 것입니다. 그렇지만 저의 직접적인 고통은 그런 것보다도 돈이 없다는 것과, 그 지하 운동과 관련된 심부름이 도

저히 놀이 기분으로는 할 수 없을 만큼 격심해지고 바빠졌다는 것
이었습니다. 저는 중앙 지구라고 했는지 무슨 지구라고 했는지,
어쨌든 혼고, 고이시가와, 시다야, 간다 등 주변에 있는 학교 전체
의 '마르크스 학생 행동대 대장' 이라는 지위를 갖게 된 것입니다.
무장봉기라는 말을 듣고는 작은 주머니칼을 사고—지금 생각하면
그것은 연필을 깎기에도 너무 약해 쓸모가 없어 보이는 주머니칼
이었습니다— 그것을 레인코트 주머니에 넣고 여기저기 뛰어다
니면서 소위 '연락' 을 했습니다.

　술을 마시고 한잠 푹 자고 싶었지만 제게는 돈이 없었습니다. 게
다가 P—당을 그런 은어로 불렀던 것으로 기억합니다만 아닐지도
모릅니다— 쪽에서는 숨 돌릴 틈도 없이 잇따라 일거리를 부탁했
기 때문에 저의 약한 몸으로는 도저히 감당해 낼 수가 없는 지경
에 이르렀습니다. 원래 비합법이라는 것에 대한 흥미에서 그 지하
운동의 심부름을 해온 저로서는 그야말로 농담이 진담 된 격으로
정신없이 바빠지게 되자 속으로 P 사람들한테 '이것 번지수가 잘
못된 거 아닙니까? 당신들 직계한테 일을 시키는 게 낫지 않겠어
요?' 라고 묻고 싶은 짜증스러운 감정을 품지 않을 수 없게 되었고,
결국 도망쳤습니다. 도망은 쳤지만 기분이 좋을 리 없게 되었고,
그래서 죽기로 결심했습니다.

　그 당시 저한테 특별한 호의를 보이던 여자가 세 명 있었습니다.
그중 한 사람은 제가 하숙하고 있던 센유관의 딸이었습니다. 이
아가씨는 제가 지하 운동과 관련된 심부름 때문에 기진맥진해져

서 돌아와 밥도 먹지 않고 쓰러져 잠에 곯아떨어지고 나면, 꼭 편지지와 만년필을 들고 제 방에 들어와서는 "미안해요, 아래층에서는 여동생이랑 남동생이 시끄럽게 굴어서 차분하게 편지도 쓸 수가 없거든요."라고 하면서 제 책상 앞에 앉아서 뭔가를 한 시간 이상 끼적거리곤 했습니다.

저도 또 모른 척하고 그냥 자면 될 텐데 제가 뭔가 말해 줬으면 하는 기색이 그 아가씨에게 역력한 것 같아서 예의 수동적인 봉사 정신을 발휘해 ─사실은 단 한 마디도 하고 싶지 않은 기분이었지만─ 지쳐빠진 몸에 음 하고 기합을 넣고는 배를 깔고 누워 담배를 태우면서 말했습니다.

"여자한테서 온 연애편지로 피운 불로 물을 데워서 목욕한 남자가 있다더군요."

"어머나, 그런 말 싫어요. 당신이죠?"

"우유를 데워서 마신 적은 있지요."

"그런 분과 함께 있다니 영광이네요. 우유 많이 드세요."

'이 여자 좀 빨리 안 돌아가나…… 편지라니 속이 너무 빤히 들여다보이는 거 아니야?' 모르긴 해도 틀림없이 쓸데없는 글자들만 끼적거리고 있을 게 뻔합니다.

"어디 좀 보여줘 봐요."

솔직히 죽어도 안 보고 싶은 마음이지만 예의상 이렇게 말하면 "아이 싫어, 어머나 싫어요." 하면서 좋아하는 꼴이라니 정말 역겹고 흥이 깨질 뿐입니다. 그래서 저는 심부름이라도 시켜야겠다고 생각하게 되는 것입니다.

"미안하지만 전차 길가 약방에 가서 칼모틴 좀 사다 줄래요? 내가 지금 너무 피곤해서 얼굴이 후끈거리고 잠이 안 와서 그래요. 미안해요, 돈은……"

"괜찮아요, 돈 따위."

그녀는 기뻐하며 일어섭니다. 심부름을 시킨다는 것은 결코 여자를 실망시키는 일이 아니라 오히려 여자를 기쁘게 하는 일이라는 사실 또한 저는 이미 알고 있었던 것입니다.

또 한 사람은 여자 고등 사범학교 문과생으로, 소위 '동지'였습니다. 이 사람하고는 지하 운동을 같이 하는 동지였기에 임무 때문에 싫어도 매일 얼굴을 마주하지 않으면 안 되었던 것입니다. 협의가 끝나고 난 뒤에도 그 여자는 언제까지나 저를 쫓아다니며 아무것이나 닥치는 대로 이것저것을 사주곤 했습니다.

"나를 진짜 누나라고 생각해도 돼."

저는 그녀의 같잖음에 닭살이 돋았습니다.

"그렇게 생각하고 있어요."

하지만 저는 우수 어린 미소를 짓고 이렇게 대답했습니다. '어쨌든 여자를 화나게 하면 무섭다.' 오로지 어떻게든 얼버무려야 한다는 생각 때문에 저는 그 추하고 역겨운 여자에게 점점 더 봉사하게 되었습니다. 물건을 받으면—그 물건들이라는 게 정말이지 악취미인 것뿐이어서 저는 대개 그것을 참새구이 집 할아버지 같은 사람한테 얼른 주어버렸습니다— 기쁜 표정을 짓고, 농담을 해서 웃기기도 했습니다. 그러던 어느 여름날 밤 그 여자가 아무리 해도 떨어지려고 하지 않기에, 그만 가주었으면 하는 마음으로 어두운 곳에서 키스를 해주었습니다. 그랬더니 천박하게도 미친 듯이 흥분해서는 자동차를 불러서 사람들이 운동을 위해 비밀리에 빌려둔 좁은 방으로 저를 끌고 가 날이 밝을 때까지 난리굿을 쳤습니다. 그때 저는 그저 엉뚱한 누나로군 하고 몰래 쓴웃음만 지었습니다.

하숙집 딸이든 이 동지 누나든 아무래도 매일 얼굴을 마주하지 않으면 안 되는 사람들이었기 때문에 지금까지의 여러 여자들처럼 적당히 피할 수 없다는 불안감에 두 사람의 비위를 그저 열심히 맞춘 것이 결국 저를 완전히 옴짝달싹 못하는 지경으로 몰아넣고 말았습니다.

그즈음 저는 또 긴자에 있는 어떤 큰 카페의 아가씨한테 뜻밖의 신세를 지게 됐습니다. 겨우 딱 한 번 만났을 뿐인데도 신세진 게 마음에 걸려서 역시 옴짝달싹 못할 만큼 걱정과 두려움에 휩싸여 있었습니다. 그때쯤에는 저도 구태여 호리키가 안내해 주지 않아도 혼자 전철도 탈 수 있었고, 가부키 극장에도 갈 수 있었고, 또 가스리(붓으로 살짝 스친 것 같은 작은 무늬가 있는 천으로 만든 싼 옷)를 입고도 카페에 들어갈 수 있을 정도로 다소의 뻔뻔스러움도 생겼습니다. 마음속으로는 여전히 인간들의 자신감과 폭력을 믿지 못하고 두려워하고 괴로워하면서도, 겉으로는 조금씩 남과 제대로 인사를 나누었습니다. 아니 좀 더 정확히 말하면 저는 역시 패배한 익살꾼의 괴로운 웃음을 동반하지 않고는 인사조차 하지 못하는 성격이었습니다만 어쨌든 정신없고 우물쭈물한 인사이긴 하지만 그 정도는 할 수 있게 되었습니다. 이러한 '기량' 을—지하 운동 때문에 뛰어다닌 덕택인지, 혹은 여자? 혹은 술의?— 금전적으로 부자유스러워진 덕분에 체득해 가고 있었던 것입니다. 어디에 있어도 안정되지 않고 두려워서, 오히려 큰 카페에서 수많은 취객 혹은 아가씨들이나 보이들과 섞여 있으면 저의 이 끊임없이 쫓기는 듯한 마음도 진정되지 않을까 싶어 십 엔을 들고 긴자에 있는 큰 카페에 혼자 들어가 웃으면서 여급한테 "십 엔밖에 없으니 알아서 해줘요."라고 말했습니다.

"걱정 마세요."

그녀의 말투 어딘가에 관서 지방(교토, 오사카, 고베 지역을 아울러 부르는 호칭)의 사투리가 섞여 있었습니다. 그리고 그 한 마디가 두려움에 와들와들 떨던 제 마음을 묘하게 가라앉혀 주었습니다. 물론 그것은 돈 걱정이 없어졌기 때문은 아니었습니다. 그 사람 곁에 있으면 왠지 걱정이 사라진 것처럼 느껴졌기 때문입니다.

저는 술을 마셨습니다. 그 사람한테는 마음이 놓였기 때문에 익살 따위를 연기할 마음도 나지 않아서, 거의 말없고 음산함이 천성인 제 면모를 있는 그대로 드러내 보이면서 잠자코 술을 마셨습니다.

"이런 것 좋아하세요?"

여자는 갖가지 요리를 제 앞에 늘어놓았습니다. 저는 고개를 저었습니다.

"술만 마실 거예요? 저도 마시겠어요."

추운 가을밤이었습니다. 저는 쓰네코—라고 한 것으로 기억합니다만 기억이 희미해서 확실하지는 않습니다. 함께 정사情死를 기도한 상대방의 이름조차 잊어버리는 저입니다—가 시키는 대로 긴자 뒷골목 어떤 초밥 노점상에서 정말로 맛이 없는 초밥을 먹으면서 그 사람을 기다리고 있었습니다. 그 사람의 이름은 잊었지만 그때 초밥이 맛이 없었다는 사실만은 어떻게 된 셈인지 확실하게 기억하고 있습니다. 그리고 구렁이 같은 얼굴의 까까머리 주인이 목을 흔들어 가며 능숙한 척 얼버무리면서 초밥을 만들던 모습도 눈앞에 보이는 듯 선명하게 떠오릅니다. 그래서 훗날 전차 같은 데에서 어디서 본 듯한 얼굴인데 하며 이리저리 생각하다가 '뭐야, 그때 그 초밥집 주인 닮은 거구나.' 하고 쓴웃음을 지은 적도 여러 번 있을 정도입니다.

그 사람의 이름과 얼굴 모습조차 기억에서 멀어진 지금도 여전히 그 초밥집 주인의 얼굴만은 그림으로 그릴 수 있을 정도로 정확하게 기억하고 있다니, 그때 초밥이 어지간히 맛이 없어서 저한테 추위와 고통을 느끼게 했나 봅니다. 원래 저는 누가 맛있는 초밥집이라고 소문난 가게에 데리고 가도 맛있다고 느낀 적이 한 번도 없습니다. 크기가 너무 컸기 때문입니다. 저는 '엄지손가락 정도의 크기로 단단하게 만들 수는 없는 것일까?' 라고 늘 생각하고 있습니다.

그 사람은 혼조에 있는 목수네 집 2층에 세 들어 살고 있었습니다. 저는 그 2층에서 평상시 저의 음산한 마음을 조금도 숨기지 않고, 심한 치통이라도 앓는 것처럼 한쪽 손으로 볼을 누른 채로 차를 마셨습니다. 그런데 그런 제 모습이 오히려 그 사람 마음에 들었던 것 같습니다. 그 사람도 주위에서 차가운 바람이 불고 낙엽만이 휘날리는 듯한, 완전히 고립된 느낌의 여자였습니다.

함께 자면서 그 사람은 나보다 두 살 연상이라는 것, 고향은 히로시마라는 사실을 알게 됐습니다. 그 여자는 "나한테는 남편이 있어. 히로시마에서 이발소를 했어. 그러다가 작년 봄에 함께 고향을 떠나 도쿄로 도망쳐 왔지만, 남편은 도쿄에서 제대로 된 일을 구하기도 전에 사기죄로 잡혀서 형무소에 들어갔어. 나는 매일 이런 것 저런 것 차입하러 형무소에 다니고 있지만 내일부터는 그만둘래." 등의 얘기를 늘어놓았습니다. 하지만 저는 어떻게 된 일인지 여자의 신세타령 같은 것에는 전혀 흥미를 느끼지 못하는 성격이었습니다. 여자들이 얘기를 잘 못하는 것인지 얘기의 핵심을 잘못 잡는 것인지, 어쨌든 저는 늘 마이동풍이었던 것입니다.

"쓸쓸해."

저는 여자들의 천 마디, 만 마디 신세 한탄보다도 그 한 마디 중얼거림에 더 공감할 게 틀림없다고 생각하지만, 이 세상 여자들한테서 끝내 한 번도 그 말을 들은 적이 없는 것은 이상하다고 생각합니다. 그렇지만 그 사람은 '쓸쓸해.'라고 말하지는 않았지만 무언의 지독한 쓸쓸함이 몸 바깥에 한 폭 정도 되는 기류처럼 흐르고 있어서, 그 사람에게 가까이 다가가면 저도 그 기류에 휩싸여 제가 본래 지니고 있던 다소 가시 돋친 음산한 기류하고 적당히 섞여서 '물속 바위에 달라붙은 낙엽'처럼 제 몸은 공포와 불안으로부터 멀어질 수 있었던 것입니다.

이 사기범의 아내하고 보낸 하룻밤은 저 백치 창녀들 품 안에서 안심하고 푹 잘 수 있었던 느낌하고는 또 완전히 다르게—무엇보다도 그 창녀들은 명랑했습니다— 저한테는 행복하고—이런 엄청난 말을 조금도 주저하지 않고 긍정적으로 사용하는 일은 이 수기 전체에서 두 번 다시없을 것입니다— 해방된 밤이었습니다.

그렇지만 단 하룻밤이었습니다. 아침에 잠에서 깨어 일어난 저는 원래대로 경박하고 가식적인 익살꾼으로 돌아가 있었습니다. 겁쟁이는 행복마저도 두려워하는 법입니다. 솜방망이에도 상처를 입는 것입니다. 행복 때문에 상처를 받기도 하는 것입니다. 저는 상처 입기 전에 얼른 이대로 헤어지고 싶어 안달하며 익살로 연막을 쳤습니다.

"'돈 떨어지는 날이 인연 끊어지는 날'이라는 속담이 있잖아? 그 말은 세상에서 하는 해석처럼, 돈이 떨어지면 여자한테 버림받는다는 뜻이 아니란 말이야. 그건 잘못된 해석이지. 남자가 돈이 떨어지면 자연히 의기소침해지고 돈을 못 쓰게 되니 웃는 소리에도 힘이 없어지고 괜히 비뚤어지기도 하고 끝내는 자포자기해져서 남자 쪽에서 여자를 버리게 되거든. 반쯤 미친 듯 뿌리치고 내친다는 의미지. 《가네자와 대사전》이라는 책에 그렇게 쓰여 있다더군. 딱하게도 나는 그 마음을 이해해."

분명히 그런 시답잖은 얘기를 해서 쓰네코를 웃긴 걸로 기억합니다. '궁둥이가 너무 무거우면 안 되지.' 저는 뒤가 무서워서 얼굴도 씻지 않고 재빨리 철수했습니다만, 그때 제가 '돈 떨어지는 날이 인연 끊어지는 날'이라고 한 허튼소리는 훗날에 의외의 인연을 만들어냈습니다.

그러고 나서 한 달 동안 저는 그날 밤의 은인을 만나지 않았습니다. 헤어지고 나서 날이 감에 따라 그날의 희열은 사라지고 오히려 일시나마 신세를 진 일이 어쩐지 두려워져서 공연히 혼자 심한 속박을 느끼게 되었습니다. 그때 술값 계산을 전부 쓰네코한테 부담시켰던 일까지도 점차 마음에 걸리기 시작했습니다. 그래서 결국은 쓰네코 역시 하숙집 딸이나 저 여자 고등 사범학교 문과생처럼 저를 위협하는 여자로 느껴졌고 멀리 떨어져 있으면서도 끊임없이 쓰네코에게 겁먹게 되었습니다. 게다가 저는 함께 잔 적이 있는 여자를 다시 만나게 되면 왠지 그 순간 상대방이 갑자기 불같이 화를 낼 것 같은 생각이 들어서 만나는 것을 몹시 꺼리는 성격이었기 때문에 점점 더 긴자를 멀리하는 꼴이 되었습니다. 그러나 그러한 성격은 결코 제가 교활해서가 아니고, 여자라는 것이 함께 잔 일과 아침에 일어나고 나서부터의 일 사이에 조금도, 티끌만큼도 연결 짓지 않고 완전히 잊어버린 듯 완벽하게 두 세계를 단절시키며 살아가는 그 이상하고 야릇한 현상이 잘 이해되지 않았기 때문이었습니다.

11월 말쯤이었습니다. 저는 호리키와 간다의 포장마차에서 싼 술을 마셨는데 이 악우惡友는 그 포장마차에서 나온 후에도 어디 가서 좀 더 마시자고 주장했고, 저희한테 더는 돈이 없었는데도 그래도 마시자, 마시자 하며 끈덕지게 조르는 것이었습니다. 그때 저는 취해서 저도 의식하지 못한 사이에 대담해졌는지도 모르겠습니다.

"그래? 그럼 꿈나라로 데리고 가주지. 놀라지 말라고. 주지육림 이라고 하는……."

"카페인가?"

"그래."

"가자!"

그렇게 해서 둘은 전철을 탔고, 호리키는 들떠서 말했습니다.

"나 오늘 밤, 여자한테 굶주려 있어. 여급한테 키스해도 괜찮겠지?"

저는 호리키가 그런 추태를 부리는 것을 그다지 좋아하지 않았습니다. 호리키도 그것을 알고 있었기 때문에 저한테 미리 다짐을 한 것입니다.

"알겠지? 키스할 거다. 내 옆에 앉은 여급한테 꼭 키스할 거야. 괜찮지?"

"뭐, 괜찮겠지."

"아, 고마워! 내가 지금 여자한테 몹시 굶주렸거든."

우리는 긴자 4가에서 내려서 주지육림이라는 이름의 큰 카페에 쓰네코만을 믿고 거의 무일푼 상태로 들어갔습니다. 비어 있는 자리에 호리키하고 마주 앉자마자 쓰네코와 또 한 사람의 여급이 달려 나왔습니다. 그런데 그 또 한 사람의 여급이 내 곁에, 그리고 쓰네코가 호리키 옆에 털썩 앉았기 때문에 저는 아차 싶었습니다. 쓰네코는 이제 곧 키스를 당할 처지에 놓이게 되었으니 말입니다.

　솔직히 아깝다고 생각한 것은 아니었습니다. 저한테는 원래 소유욕이라는 것이 적었고, 또 어쩌다 조금 아깝다는 마음이 드는 일이 있어도 감히 그 소유권을 당당히 주장하며 남하고 다툴 만한 기력은 없었습니다. 나중에 제 내연의 처가 강간당하는 것을 잠자코 보고만 있는 일조차 있었을 정도입니다.

　저는 가능한 한 인간들의 싸움에 가까이하고 싶지 않았던 것입니다. 그 소용돌이에 말려드는 것이 두려웠던 것입니다. 쓰네코와 저하고는 단지 하룻밤의 사이였습니다. 쓰네코는 제 것이 아니었습니다. 결코 '아깝다.' 따위의 분수도 모르는 욕심을 제가 가질 수는 없었습니다. 그렇지만 저는 아차 싶었습니다.

　제 눈앞에서 호리키한테 맹렬히 키스를 당할 쓰네코의 처지가 가엾게 여겨졌기 때문입니다. '호리키한테 더럽혀지면 쓰네코는 나하고 헤어질 수밖에 없겠지. 게다가 나한테도 쓰네코를 붙잡을 만큼 적극적인 열정은 없어. 아, 이젠 이것으로 끝이구나.' 하고 쓰네코의 불행에 일순 아차 했지만, 저는 금방 물 흐르듯 순순히 체념하고 호리키와 쓰네코의 얼굴을 번갈아 보면서 실실 웃었습니다.

그러나 사태는 정말이지 뜻밖에도 훨씬 더 나쁘게 전개되었습니다.

"그만둘래!"

호리키가 입술을 일그러뜨리며 말했습니다.

"아무리 내가 굶주렸기로서니 이런 궁상맞은 여자는……."

호리키는 손들었다는 듯이 팔짱을 낀 채 쓰네코를 빤히 쳐다보면서 쓴웃음을 짓는 것이었습니다.

"술 좀 줘. 돈은 없어."

저는 작은 목소리로 쓰네코한테 말했습니다. 그야말로 들이붓듯이 술을 마시고 싶었습니다. 소위 속물들의 눈으로 보면 쓰네코는 취한의 키스를 받을 가치조차도 없는, 그저 초라하고 궁상맞은 여자였던 것입니다. 그런데 의외였지만 뜻밖에도 저는 날벼락을 맞은 것 같은 기분이었습니다. 저는 지금까지도 전례가 없을 정도로 끝도 없이 술을 마셨고, 어질어질 취해서 쓰네코와 마주 보며 서글픈 미소를 나눴습니다. 글쎄 그러는 사이 묘하게 '지쳐빠진 궁상맞은 여자로군.' 하는 생각이 듦과 동시에, 없는 사람끼리의 동질감—빈부의 불화라는 것이 진부한 것 같아도 역시 드라마의 영원한 테마 중 하나라고 지금은 생각합니다만— 같은 것이 치밀어 올라와서 쓰네코가 사랑스럽고 불쌍했고, 태어나서 처음으로 그때 적극적으로 미약하나마 사랑의 마음이 싹트는 것을 자각했습니다. 그리고 바로 토했고, 정신을 잃었습니다. 술을 마시고 그렇게 정신을 잃을 만큼 취한 것도 그때가 처음이었습니다.

눈을 뜨니 머리맡에 쓰네코가 앉아 있었습니다. 혼조의 목수네 집 2층 방에 누워 있었던 것입니다.

"돈 떨어지는 날이 인연 끊어지는 날이라고 해서 농담인 줄 알았더니 진담이었나 봐. 정말로 와주지 않았어. 참 잔인한 인연의 끝이네. 내가 돈을 벌어서 대주면 안 될까?"

"안 돼."

그러고 나서 여자도 누워 잠이 들었습니다. 새벽녘에 여자 입에서 '죽음'이라는 단어가 처음 나왔습니다. 여자도 인간으로서 삶을 영위하는 데 완전히 지쳐버린 것 같았습니다. 그건 저도 마찬가지였습니다. 세상에 대한 공포, 번거로움, 돈, 지하 운동, 여자, 학업 등을 생각하면 도저히 더 이상 견뎌내며 살아갈 수 없을 것 같아 그 사람의 제안에 쉽게 동의했습니다. 그렇지만 그때는 아직 '죽자'는 각오가 진지하게 서 있지는 않았던 것입니다. 어딘가 '놀이' 같은 느낌이 깃들어 있었습니다.

그날 오전, 우리 두 사람은 아사쿠사를 헤매고 다니다가 다방에 들어가서 우유를 마셨습니다.

"당신이 계산해 줘요."

저는 일어서서 소매에서 지갑을 꺼내 열어보니 동전 세 닢뿐. 수치심보다도 참담한 느낌이 엄습했고 금방 뇌리에 떠오르는 것은 센유관의 제 방이었습니다. 교복과 이불만이 남아 있을 뿐, 이제는 더 이상 전당포에 맡길 만한 것 하나 없는 황량한 방이 생각났습니다. 그 외에 제가 지금 입고 있는 이 잔무늬 옷과 망토밖에 없는 현실에 더 이상 살아갈 수 없다는 것을 확실하게 깨달았습니다.

제가 우물쭈물하니까 여자가 일어나더니 제 지갑을 들여다봤습니다.

"어머나, 겨우 그것뿐이야?"

무심한 목소리였습니다만 그것 또한 뼈에 사무치게 아팠습니다. 처음으로 제가 사랑한 사람이 한 말이었던 만큼 쓰라렸습니다. 동전 세 닢은 돈도 아니었던 것입니다. 그것은 그때까지 제가 한 번도 맛보지 못했던 기묘한 굴욕이었습니다. 도저히 더 이상 살아갈 수 없는 굴욕이었습니다. 분명 당시의 저는 아직 부잣집 도련님이라는 자각에서 벗어나지 못했던 것이겠지요. 그때 저는 자진해서라도 죽으려고 진심으로 결심했습니다.

그날 밤 우리는 가마쿠라의 바다에 뛰어들었습니다. 여자는 자기가 매고 있던 허리띠는 가게 친구한테 빌린 거라며 풀어서는 차곡차곡 개더니 바위 위에 올려놓았고, 저도 망토를 벗어서 같은 곳에 놓아두고 함께 물속으로 뛰어들었습니다.

여자는 죽었습니다. 그리고 저는 살아남았습니다.

제가 고등학생이기도 했고 또 아버지 이름도 얼마간은 소위 뉴스 가치라는 것이 있었는지, 신문에서도 꽤 크게 다루었나 봅니다.

저는 해변 근처에 있는 병원에 입원하게 되었는데 고향에서 친척 중 한 사람이 와서 이런저런 뒤처리를 해주었습니다. 그는 고향에서 '아버지를 비롯한 온 집안 식구가 격노하고 있으니 앞으로 생가로부터 의절당할지도 모른다.'는 말을 저한테 남기고는 돌아갔습니다. 그렇지만 저는 그런 것보다도 죽은 쓰네코가 그리워서 훌쩍훌쩍 울고만 있었습니다. 정말로 그때까지 만났던 숱한 사람들 중에 그 궁상맞은 쓰네코만을 좋아했던 것이니까요.

하숙집 딸한테서 단가短歌를 오십 수나 적은 긴 편지가 왔습니다. '살아주세요.' 라는 묘한 말로 시작하는 단가만 오십 수였습니다. 또 제 병실에는 간호사들이 명랑하게 웃으면서 놀러 왔고, 개중에는 제 손을 꼭 잡아주고 가는 간호사도 있었습니다.

제 왼쪽 폐에 문제가 있는 것이 그 병원에서 처음 발견되었는데, 그 사실은 저한테 대단히 유리하게 작용했습니다. 이윽고 저는 자살 방조죄라는 죄명으로 병원에서 경찰로 연행되었지만, 경찰에서는 저를 환자로 취급해서 특별히 보호실에 수감되었던 것입니다.

"이봐!"

한밤중에 보호실 옆 숙직실에서 당직을 하던 늙은 순경이 사잇문을 슬그머니 열고 저한테 말을 걸어왔습니다.

"춥지? 이리 와서 불 좀 쪼이지."

저는 일부러 얌전하게 숙직실로 들어가서 의자에 걸터앉아 화롯불을 쪼었습니다.

"죽은 여자가 그립지?"

"네."

일부러 기어들어가는 가느다란 목소리로 대답했습니다.

"그게 바로 인정이라는 거지."

그는 점차 거들먹거리기 시작했습니다.

"처음 여자하고 관계를 맺은 곳이 어딘가?"

마치 재판관처럼 점잖은 척 묻는 것이었습니다. 그는 제가 아이라고 얕잡아 보고는 가을밤의 심심풀이로 마치 자기가 취조 주임이라도 되는 양, 음담 비슷한 술회를 끌어내려는 심산인 것 같았습니다. 저는 재빨리 그 의도를 알아차렸고 웃음이 터져 나오려는 것을 참느라 애를 먹었습니다. 순경의 그런 '비공식적인 심문'에는 일절 대답을 거부해도 상관없다는 사실쯤은 저도 알고 있었습니다. 그러나 긴 가을밤의 흥을 돋우기 위해 저는 어디까지나 공손하게, 그 순경이야말로 취조 주임이고 형벌의 경중을 결정하는 것도 그 순경의 생각 하나에 달려 있다는 것을 굳게 믿어 의심치 않는 듯한 표정으로 그의 호색스러운 호기심을 다소 만족시킬 만큼 적당히 '진술'을 했습니다.

"아, 대강 알겠어. 뭐든 그렇게 정직하게 대답하면 우리들도 어느 정도는 배려해 줄 수 있지."

"감사합니다. 잘 부탁드립니다."

거의 입신入神에 가까운 기막힌 연기였습니다. 하지만 저 자신을 위해서는 무엇 하나 도움이 되지 않는 공연이었습니다.

날이 새자 저는 서장한테 불려갔습니다. 이번에야말로 본격적인 취조가 시작된 것입니다.

문을 열고 서장실에 들어서는 순간 서장은 이렇게 말했습니다.

"야, 이것 참 미남인데. 이건 자네 잘못이 아니야. 이렇게 미남으로 낳은 자네 어머니 잘못이지."

얼굴이 까무잡잡한, 대학을 나온 듯한 느낌의 젊은 서장이었습니다. 아무튼 갑자기 그런 말을 듣자 저는 제 얼굴 한쪽에 붉은 반점이라도 붙어 있는 흉측한 불구자가 된 것 같은 비참한 기분이 되었습니다.

유도 혹은 검도 선수 같기도 한 서장의 취조는 실로 명쾌해서, 간밤의 은밀하고 집요하기 짝이 없던 노순경의 호색적인 '취조'하고는 하늘과 땅만큼 차이가 있었습니다. 심문이 끝나자 서장은 검찰청으로 보낼 서류를 작성하면서 말했습니다.

"자네, 몸을 소중히 해야지. 혈담이 나왔다면서?"

그날 아침, 이상하게 기침이 나서 기침을 할 때마다 손수건으로 입을 가렸는데, 그 손수건에 빨간 우박이 내린 것처럼 피가 묻었던 것입니다. 그러나 그것은 목에서 나온 피가 아니라 어젯밤 귀밑에 생긴 작은 종기를 만지작거릴 때 거기에서 나온 피였습니다. 그렇지만 저는 사실을 밝히지 않는 편이 저에게 유리할 것 같은 생각이 문득 들어서 그저 "네." 하고 눈을 내리깔고 얌전하게 대답했습니다.

서장은 서류를 작성한 다음 다시 말했습니다.

"기소가 될지 어떨지 그건 검사가 결정할 일이지만 자네 신원을 인수할 사람한테 전보나 전화로 내일 요코하마 검찰청으로 와달라고 부탁하는 편이 좋겠어. 누구든 올 만한 사람은 있겠지? 자네 보호자라든가 보증인 말이야."

저는 아버지의 도쿄 별택에 출입하던, 같은 고향 사람이자 아버지의 심부름꾼 같은 역할도 겸하던 고서화 골동품 상인인 시부타라고 하는 땅딸막한 사십 대 독신 남자가 제 학교 보증인으로 되어 있었던 것을 기억해 냈습니다. 그 남자의 얼굴이, 특히 눈초리가 넙치 비슷하다고 해서 아버지는 언제나 그 남자를 넙치라고 불렀고 저도 그렇게 부르는 데 익숙해 있었습니다.

경찰 전화번호부를 빌려서 넙치네 집 전화번호를 찾아낸 다음 넙치한테 전화해서 요코하마 검찰청으로 와달라고 부탁했더니, 넙치는 그동안 사람이 변한 것처럼 거만한 말투이긴 했지만 그래도 차마 거절은 못하고 승낙해 주었습니다.

"자네, 그 전화기 얼른 소독하는 게 좋을 거야. 글쎄, 혈담이 나왔다니 말이야."

제가 다시 보호실에 돌아오고 나서 순경들한테 명령하는 서장의 큰 목소리가 보호실에 앉아 있는 제 귀에까지 들렸습니다.

점심때가 지나자 저는 가느다란 끈으로 허리를 묶었고—그것은 망토로 숨길 수 있게 허락되었습니다만— 그 끈의 끝자락을 젊은 순경이 꽉 쥔 채 둘이 함께 전차를 타고 요코하마시로 향했습니다.

그렇지만 저는 조금의 불안감도 없었고 오히려 경찰서 보호실도, 노순경도 그리웠습니다. 아아, 저는 어째서 이 모양일까요? 죄인으로 포박당하자 오히려 마음이 놓이고 편안하게 가라앉으니 말입니다. 그때의 추억담을 쓰고 있는 지금 이 순간에도 정말이지 느긋하고 즐거운 기분이 듭니다.

그러나 그 시절의 추억 가운데에도 단 한 가지 진땀 나는, 평생 잊을 수 없는 비참한 실수가 있었습니다. 그때 저는 검찰청의 어두컴컴한 방에서 검사로부터 간단한 취조를 받았습니다. 검사는 마흔 살 전후로 보이는 조용한―만일 제가 미남이었다 해도 그것은 소위 사악한 미모였음에 틀림없습니다만, 그 검사의 얼굴은 '올바른 미모'라고 부르고 싶을 만큼 총명하고 고요한 품위를 지니고 있었습니다― 사람이었고 올곧은 성품인 것 같아서 저도 전혀 경계하지 않고 멍하니 진술하고 있었습니다. 그러다가 갑자기 기침이 나기에 저는 소매에서 손수건을 꺼냈는데 문득 거기 묻은 피를 보고 이 기침에 이용할 수 있을지도 모른다는 천박한 생각이 뇌리를 스쳤습니다. 그래서 술책으로 쿨럭쿨럭 두어 번 한 다음에 가짜 기침까지 요란하게 보태고, 손수건으로 입을 가린 채 검사 얼굴을 흘깃 본 순간이었습니다.

"진짜야?"

검사의 얼굴에 조용한 미소가 번졌습니다. 진땀이 석 되나 흘렀습니다. 아니, 지금 생각해도 콱 죽어버리고 싶어집니다. 중학교 시절, 저 바보 다케이치한테서 '일부러 그랬지?'라는 말을 듣고 등에 칼을 맞아 지옥으로 굴러 떨어졌던 때의 충격 이상이라고 해도 결코 과장이 아닌 기분이었습니다. 그 일과 이 일, 이 두 가지는 제 생애의 연기 중 대실패의 기록입니다. 검사의 그 은근하고 조용한 모멸에 맞닥뜨리느니 차라리 10년 형을 구형받는 편이 나았을 거라고 가끔 생각할 정도입니다.

저는 기소 유예 처분을 받았습니다. 그렇지만 전혀 기쁘지 않았습니다. 지극히 비참한 심정으로 검찰청의 대기실 벤치에 앉아 저를 데리러 올 넙치를 기다리고 있었습니다.

등 뒤에 있는 높은 창밖으로 석양에 물든 붉은 하늘이 보였고, 기러기들이 '계집녀(女)'와 같은 글씨 모양으로 날아가고 있었습니다.

세 번째 수기

1

다케이치의 예언 중 하나는 정확히 들어맞았고, 하나는 빗나갔습니다. 여자들이 쫓아다닐 거라는 불명예스러운 예언은 맞았습니다만, 틀림없이 화가가 될 거라는 축복의 예언은 빗나갔습니다.

저는 겨우 조잡한 삼류 잡지에 만화나 연재하는 하찮은 무명 만화가가 되었을 뿐입니다.

가마쿠라 사건 때문에 고등학교에서 쫓겨난 저는 넙치네 집 2층 3첩疊(1첩은 다다미 한 장, 약 0.5평) 방에 기거하게 되었습니다. 고향에서는 다달이 극히 적은 액수의 돈이, 그것도 저한테 직접이 아닌 넙치한테 몰래 송금되어 오는 것 같았습니다만—게다가 그것은 고향의 형들이 아버지 몰래 보내주는 형식이었던 것 같습니다— 그 밖에 고향하고의 연결은 완전히 끊겨버렸습니다. 상황이 이렇게 되자 넙치는 항상 기분이 좋지 않아서 노골적으로 제게 싫은 티를 냈습니다. 제가 비위를 맞추려고 웃겨도 웃지 않을 뿐만 아니라, 인간이라는 게 이렇게도 간단히 그야말로 손바닥 뒤집듯이 변할 수 있는 존재일까 하는 생각이 들 정도로 치사하게, 아니 오히려 우스꽝스럽게 느껴질 정도로 지독하게 변해 버려서 "나가면 안 돼요. 아셨어요? 어쨌든 나가지 마요."라는 말만 되풀이하는 것이었습니다.

넙치는 제가 자살할지도 모른다고 어림하고 있었던 듯합니다. 즉 죽은 여자의 뒤를 좇아서 다시 바다에 뛰어들 위험이 있다고 생각하고 있었던 모양으로, 제가 외출하는 일을 단단히 금했던 것입니다. 그렇지만 술도 못 마셔, 담배도 못 피워, 그저 아침부터 밤까지 2층 3첩 방 고다쓰(숯불이나 전기 등의 열원熱源 위에 틀을 놓고 그 위로 이불을 덮게 된 난방 기구)에 파고들어 낡은 잡지 따위를 뒤적이면서 백치 같은 생활을 하고 있는 저에게는 자살할 기력조차 없었습니다.

넙치네 집은 오쿠보의 의과 대학 근처에 있었는데, 회화 골동품 가게 '청룡원'이라는 간판 글씨만은 제법 위풍당당하게 허세를 부리고 있었지만, 그 집은 한 지붕 밑에 사는 두 집 중 하나였을 뿐입니다. 넙치네 가게는 입구도 좁았고 가게 안은 먼지투성이였으며 시원찮은 잡동사니만 잔뜩 늘어놓았고, 넙치는 가게에 붙어 있는 일이 거의 없이 대개 아침부터 심각한 얼굴로 서둘러 나갔습니다. 사실 넙치는 그 잡동사니로 장사를 한다기보다는 이쪽 편의 '있는 분'의 비장한 물건을 저쪽 편의 '있는 분'께 소유권을 양도하는, 소위 거간 역할을 해서 돈을 버는 것 같았습니다. 가게는 열일고여덟 되는 점원 아이 하나가―저를 감시하는 역할도 겸해서—맡고 있었는데 틈만 있으면 동네 아이들하고 바깥에서 캐치 볼 같은 것을 하면서도, 2층 식객을 바보 아니면 미치광이쯤으로 생각하는지 어른 흉내를 내며 설교 비슷한 것까지 저한테 했습니다. 저는 천성적으로 남하고 말다툼을 하지 못하는 성격이어서 그럴 때마다 지친 듯한, 아니면 감탄한 듯한 얼굴로 귀를 기울이며 복종하고 있었던 것입니다.

이 점원은 시부타, 즉 넙치가 어딘가에서 낳아 온 사생아였는데 피치 못할 사정이 있어서 부자지간이라는 사실을 밝히지 않고 있었습니다. 시부타가 독신으로 지내는 것도 그와 연관이 있는 것 같았습니다. 저도 예전에 집안사람들한테서 그와 관한 얘기를 얼핏 들었던 것 같기도 합니다만 저는 워낙 남의 일에는 흥미를 느끼지 못하는 편이어서 깊은 내막은 아무것도 모릅니다. 어쨌든 그 점원의 눈초리에도 묘하게 생선 눈을 연상시키는 구석이 있었으니까 혹시 정말로 넙치의 숨겨진 아들일지도…… 그러나 그렇다면 둘은 정말로 서글픈 부자父子인 셈입니다. 그렇기는 하지만 두 사람은 밤늦게 2층에 있는 저 몰래, 메밀국수 같은 것을 배달시켜 조용히 먹곤 했습니다.

넙치네 집에서 식사는 늘 그 점원 아이가 준비했는데 2층 애물단지였던 제 식사만 별도로 쟁반에 담아서 그 점원이 하루 세끼 2층으로 들고 왔고, 넙치하고 점원은 계단 밑의 눅눅한 4첩 반짜리 방에서 달그락달그락 접시랑 반찬 그릇이 부딪치는 소리를 내면서 서둘러 식사를 하는 것이었습니다.

3월 말의 어느 날 저녁이었습니다. 넙치는 생각지도 않았던 횡재라도 했는지 아니면 달리 무슨 책략이라도 떠올랐는지—그 두 가지 추측이 다 맞았다 하더라도 그 외에 몇 가지인가 저 따위는 도저히 추측할 수조차 없는 자잘한 이유가 좀 더 있었겠지요— 신기하게도 저를 술도 곁들여진 아래층의 식탁으로 초대했습니다. 넙치가 아닌 다랑어회를 대접하는 주인이 감탄하고 스스로를 찬탄하면서, 영문도 모른 채 멀거니 앉아 있는 식객한테도 술을 조금 권하면서 물었습니다.

"도대체 이제부터 어떻게 하실 생각입니까?"

저는 질문에는 대답하지 않은 채 밥상 위의 접시에서 정어리 새끼 포를 집어 들고 그 잔챙이 생선들의 은빛 눈알을 바라보고 있으려니 술기운이 훈훈하게 돌기 시작해서, 마음대로 놀러 다니던 시절이 그리워졌습니다. 심지어 호리키조차도 그립고, 정말이지 '자유'가 그리워서 문득 심약하게 울고 싶어졌습니다.

저는 넙치의 집에 오고 나서는 익살을 연기할 의욕조차 잃어버려서 그저 오로지 넙치와 점원 아이의 멸시를 몸으로 받아내고 있었습니다. 넙치도 저하고 속을 터놓고 긴 이야기를 나누고 싶어하지는 않는 것 같았고 저 또한 마찬가지였습니다. 넙치를 쫓아다니면서 무언가를 호소할 생각 같은 것은 없어서, 거의 완전히 명한 채로 하루하루를 보내는 멍청이 식객으로 전락하고 말았던 것입니다.

"기소 유예라는 것이 전과가 남는다든가 하는 것은 아닌 것 같습니다. 그러니까 당신이 마음먹기에 따라 갱생도 할 수 있다는 얘기입니다. 만일 당신이 지난날을 진심으로 후회하고 개과천선하려는 마음으로 진지하게 저한테 의논해 주신다면 저도 생각해 보겠습니다."

넙치의 말투에는, 아니 이 세상 모든 사람들의 말투에는 이처럼 까다롭고 어딘지 애매모호하고 책임을 회피하는 듯한 미묘한 복잡함이 있어서, 거의 무의미하게 생각되는 이런 엄중한 경계와 무수한 성가신 술책에 저는 언제나 당혹해했습니다. 그럴 때마다 저는 '에이 귀찮아, 아무래도 상관없어.' 라는 기분이 되어 농담으로 돌리거나 입을 다문 채 무언으로 수긍하는, 말하자면 패배자의 태도를 취하게 되는 것이었습니다.

만약 이때도 넙치가 저한테 다음과 같이 간단하게 말해 주었더라면 쉽게 끝날 일이었다는 것을 나중에야 알았습니다. 하지만 넙치의 불필요한 경계심, 아니 이 세상 사람들의 이해할 수 없는 허영과 체면 차리기에 말할 수 없이 암울해졌습니다.

넙치는 그때 그냥 이렇게 말하면 됐던 것입니다.

"공립이건 사립이건 어쨌든 4월부터 아무 학교에라도 들어가세요. 당신 생활비는 학교에 들어가고 나면 고향에서 좀 더 넉넉하게 보내주기로 했으니 걱정하지 마시고요."

훨씬 나중에 알게 된 일이었지만 사실은 그랬던 것입니다. 그렇게 말했다면 저도 그 말을 따랐을 겁니다. 그런데 넙치가 괜히 신중한 척 말을 빙빙 돌리는 바람에 묘하게 일이 틀어졌고, 결국은 제가 앞으로 살아나갈 방향이 완전히 바뀌어버렸던 것입니다.

"저한테 진지하게 의논할 마음이 없다면 할 수 없지만요."

"무슨 의논요?"

저는 정말이지 아무것도 가늠할 수가 없었습니다.

"그건 당신 마음에 달린 게 아니겠어요?"

"예컨대?"

"예컨대라니요? 당신은 이제부터 어떻게 할 생각입니까?"

"일이라도 하는 편이 좋을까요?"

"아니, 당신 생각은 도대체 뭐냐고요?"

"글쎄, 그야 학교에 다시 들어간다고 해도……."

"당연히 돈이 필요하겠죠. 그러나 문제는 돈이 아닙니다. 당신 마음이지요."

왜 그는 '돈은 고향에서 보내주기로 되어 있다.'고 그 한마디를 해주지 않았을까요. 그 한마디만 했다면 금방 제 마음도 결정되었을 텐데 말입니다. 저는 넙치의 말을 이해할 수 없었습니다.

"음, 어때요? 뭔가 장래 희망이라는 게 있습니까? 도대체가 그…… 사람 하나 보살핀다는 것이 얼마나 힘든 일인지 보살핌을 받고 있는 사람은 모르겠지만요."

"미안하게 생각하고 있어요."

"정말이지 걱정입니다. 제가 일단 당신을 보살피기로 한 이상 당신도 될 대로 되라는 식으로 살지 않기를 바라는 겁니다. 당당하게 갱생의 길을 걷겠다는 각오를 보여줬으면 하는 겁니다. 예컨대 당신의 장래 계획에 대해 저에게 진지하게 의논해 온다면 저도 그 의논에 응할 생각입니다. 그렇다고는 해도 어차피 이런 가난뱅이 넙치가 돕는 거니까, 예전처럼 넉넉히 지내기를 바란다면 기대에 어긋나겠죠. 그렇지만 당신이 마음을 잡고 장래의 계획을 확실히 세워서 저한테 의논해 준다면, 저도 비록 얼마 안 되지만 조금씩이라도 당신의 갱생을 돕고자 하는 겁니다. 제 마음을 아시겠습니까? 도대체 당신은 이제부터 어떻게 할 작정입니까?"

"여기 2층에서 제가 더 이상 머물 수 없다면, 일이라도 해서……."

"진심으로 그런 말씀을 하는 거예요? 지금 세상이 어떤지나 알아요? 요즘 같은 세상에 제국대학을 나와도……."

"아니, 봉급생활자가 되겠다는 건 아닙니다."

"그럼 뭡니까?"

"화가가 될 겁니다."

저는 큰맘 먹고 단호하게 말했습니다.

"네에? 뭐라고요?"

저는 그때 목을 움츠리고 웃던 넙치의 얼굴에 나타난, 정말이지 간사하고 교활한 그림자를 잊을 수가 없습니다. 경멸하는 것 같기도 하면서 경멸하고는 또 다른, 이 세상을 바다에 비유한다면 바닷속 천길만길 깊은 곳에나 그런 기묘한 그림자가 떠돌고 있을까요. 뭔가 어른들 생활의 제일 밑바닥을 얼핏 엿본 것 같은 웃음이었습니다.

"이래 가지고는 얘기가 안 되겠군요. 전혀 마음을 못 잡으셨어요. 오늘 밤 내내 정신 똑바로 차리고 진지하게 생각해 봐요."

저는 쫓기듯이 2층에 올라와 드러누웠지만 딱히 이렇다 할 생각도 떠오르지 않았습니다. 그리고 결국 새벽녘에 넙치네 집에서 도망쳤습니다.

〈저녁때까지는 틀림없이 돌아오겠습니다. 왼쪽에 적은 친구네집에 장래 계획에 대해 의논하러 가는 것이니 걱정 마십시오. 정말입니다.〉

이렇게 편지지에 연필로 크게 쓰고 아사쿠사에 살고 있는 호리키 마사오의 주소와 이름을 써놓고는 살그머니 넙치네 집을 빠져나왔던 것입니다.

넙치한테 훈계 받은 것이 분해서 도망친 것이 아닙니다. 정말이지 저는 넙치 말대로 마음이 단단하지 못한 사나이인 데다가 장래 계획이든 뭐든 저로서는 전혀 생각도 나지 않았고, 더 이상 넙치네 집에 신세를 지는 것도 넙치한테 염치없는 일이라 여겼던 것입니다. 혹여 제가 분발하려는 마음이 생겨서 뜻을 세운다 해도 그갱생 자금을 저 가난한 넙치에게 다달이 받는다고 생각하면 마음이 너무 괴로워서 더 이상 견뎌낼 수 없을 것 같은 기분이었기 때문입니다.

그러나 제가 진심으로 '장래 계획'을 호리키 따위에게 의논하러가려는 생각으로 넙치네 집을 나선 것은 아니었습니다. 다만 잠시라도, 일순간만이라도 넙치를 안심시키기 위한 방편으로 그때 그 냥 기억의 밑바닥에서 떠오르는 대로 호리키의 주소와 이름을 편지 끝에 적었을 뿐입니다. 그 사이에 조금이라도 더 멀리 도망치기 위한 탐정 소설식 책략에서 그런 편지를 썼다기보다는, 아니 솔직히 그런 마음도 어느 구석에는 있었음이 틀림없습니다만, 그보다는 갑자기 넙치한테 충격을 주어서 그를 당혹하게 만드는 일이 그저 두려웠기 때문이라고 하는 편이 좀 더 정확할지도 모릅니다. 어차피 들킬 게 뻔한데도 솔직하게 말하기가 무서워서 반드시 거기에 뭔가 이유를 다는 것이 저의 서글픈 버릇 중 하나인데, 그것은 세상 사람들이 '거짓말쟁이'라고 부르며 멸시하는 성격과 비슷하지만 저는 제 이익을 위해서 그런 이유를 단 적은 거의 없습니다. 그저 흥이 깨지면서 분위기가 돌변하는 것이 질식할 만큼 끔찍해서, 나중에는 저한테 불이익이 될 것을 알면서도 예의 '필사적인 서비스', 그것이 비록 잘못되고 시원찮고 우스꽝스러운 것이라 할지라도 그 서비스 정신에서 저도 모르게 한마디 덧붙이게 되는 경우가 많았던 것 같습니다. 그러나 이 습성 또한 세상의 소위 '정직한 사람들'에게 이용당하곤 했습니다.

넙치네 집을 나서서 신주쿠까지 걸어가 품에 지니고 있던 책을 팔고 나니 저는 또다시 막막해졌습니다. 저는 누구에게나 친절하게 대했지만 '우정'이라는 것을 한 번도 실감해 본 적이 없었고— 호리키처럼 놀 때만 어울리는 친구는 별도로 하고— 모든 교제는 그저 고통스럽기만 했습니다. 그래서 그 고통을 누그러뜨리기 위해 열심히 익살을 연기했지만 그러면 그럴수록 오히려 기진맥진해지곤 했습니다. 조금 아는 사람의 얼굴이나 그 비슷한 얼굴이라도 길거리에서 보게 되면 움찔하면서 순간 현기증이 날 정도로 불쾌한 전율이 엄습하곤 했습니다. 남들한테 호감을 얻는 방법은 알았지만 남을 사랑하는 능력은 부족한 것 같았습니다. —하긴 저는 이 세상 사람들에게 과연 '사랑' 하는 능력이 있는지에 대해서는 대단히 의문스럽게 생각하고 있습니다— 그런 저에게 소위 '친구' 같은 것이 있을 리 없었고 게다가 저한테는 '방문' 하는 능력조차 없었던 것입니다. 남의 집 대문은 저한테는 저 《신곡》에 나오는 지옥의 문 이상으로 으스스했고, 그 문 안쪽에서 무시무시한 용 같은 비린내 나는 짐승이 꿈틀거리는 기척을, 과장이 아니라 실제로 느꼈던 것입니다.

아무하고도 교제가 없다. 아무 데도 찾아갈 곳이 없다.

호리키.

그야말로 농담이 진담이 된 꼴입니다. 그 편지에 적은 대로 저는 아사쿠사의 호리키를 찾아가기로 한 것입니다. 저는 지금껏 자진해서 호리키네 집을 찾아간 적이 한 번도 없었고, 대개는 전보로 호리키를 불러냈습니다. 하지만 지금은 그 전보를 치는 데 드는 요금조차도 부담스러웠고, 초라한 신세가 되었다는 자격지심 때문인지 전보만으로는 호리키가 와주지 않을지도 모른다는 생각에 저한테는 다른 무엇보다도 힘든 '방문'이라는 것을 하기로 결심했습니다. 한숨을 쉬며 전철을 타고, 제가 이 세상에서 유일하게 의지할 데가 저 호리키뿐이라는 사실을 절감하니 왠지 등골이 오싹해지는 듯한 처절한 기분이 엄습해 왔습니다.

다행히 호리키는 집에 있었습니다. 더러운 골목 안쪽에 위치한 2층집이었는데, 호리키는 2층에 하나밖에 없는 6첩 방을 쓰고 있었고, 아래층에는 호리키의 노부모와 젊은 직공 이렇게 세 사람이 게타(나막신) 끈을 꿰매기도 하고 박기도 하고 있었습니다.

호리키는 그날 저에게 도회지 사람으로서의 새로운 면모를 보여주었습니다. 그것은 바로 타산적인 약삭빠름이었습니다. 시골뜨기인 제가 충격을 받아 눈을 크게 뜰 만큼 냉정하고 교활한 이기주의자였던 것입니다. 저처럼 그저 끝도 없이 흘러 흘러가는 그런 성격의 사나이가 아니었습니다.

"자네한테는 정말이지 두 손 두 발 다 들었네. 기가 막히는군. 아버지한테 용서는 받았나? 설마 아직도 아닌 건가?"

이렇게 묻는 사람한테 제가 도망쳤다고 말할 수는 없었습니다.

저는 여느 때처럼 우물우물 얼버무렸습니다. 금방이라도 호리키가 알아차릴 것이 뻔한데도 말입니다.

"그건 어떻게든 될 거야."

"이봐, 웃을 일이 아니라고. 충고하겠는데 바보 같은 짓은 이쯤에서 그만두는 게 어때? 오늘은 내가 볼일이 있어서 나가봐야겠네. 요즘 공연히 바빠서 말이야."

"볼일이라니, 뭔데?"

"이봐, 이봐. 방석 실을 끊지 말게."

저는 얘기하는 내내 제가 깔고 앉은 방석의 시침실인지 마감 실인지, 그 방울같이 된 네 귀퉁이의 실 중 하나를 무의식적으로 손가락으로 만지작거리기도 하고 쑥 잡아당기기도 했었습니다. 호리키는 자기네 집 물건이라면 방석의 실 한 올도 아까운지 겸연쩍은 기색도 없이 그야말로 눈에 쌍심지를 켜고 저를 나무랐습니다. 생각해 보니 호리키는 지금까지 저와 교제하면서 뭐 하나 잃은 것이 없었던 것입니다.

호리키의 노모가 단팥죽 두 그릇을 쟁반에 담아 들고 왔습니다.

"어, 이런……."

호리키는 진정한 효자처럼 노모를 보자 진심으로 송구스러워했고 말투도 부자연스러울 정도로 공손했습니다.

"죄송해요. 단팥죽입니까? 저런, 너무 호사스럽군요. 이렇게 신경 안 쓰셔도 되는데. 볼일이 있어서 금방 나가지 않으면 안 되거든요. 아닙니다, 그렇지만 모처럼 어머님의 자랑거리인 단팥죽인데 황송하지만 들겠습니다. 자네도 들게. 우리 어머니가 일부러 만드신 거라고. 야, 이것 참 맛있다. 야, 참 호사스럽군."

그러면서 그는 꼭 연기만도 아닌 듯 무척 기뻐하면서 맛있게 먹는 것이었습니다. 저도 그것을 훌쩍거리며 먹어 보았습니다만 팥이 적어서 싱거웠고, 새알심을 먹어 보았더니 그것은 새알심이 아닌 정체를 알 수 없는 물체였습니다. 저는 결코 가난 자체를 경멸하는 것은 아닙니다. ─저는 그때 그것이 맛없다고는 생각하지 않았고 또 노모의 성의도 마음에 스며들었습니다. 저한테는 가난에 대한 공포심은 있어도 경멸감은 없다고 믿고 있습니다─ 단팥죽과 그 단팥죽을 보고 기뻐하는 호리키를 통해 저는 도시 사람들의 깍쟁이 본성, 또 안과 밖을 딱 부러지게 나누어서 살아가는 도쿄 사람들의 실체를 볼 수 있었습니다. 안팎의 구별 없이, 그저 끊임없이 인간의 삶에서 도망치기만 하는 바보 멍청이인 저 혼자만이 완전히 뒤에 처져 호리키한테조차 버림받은 것 같은 느낌에 당황했고, 칠 벗겨진 젓가락을 움직이면서 견딜 수 없는 쓸쓸함을 맛보았다는 사실을 기록해 두고 싶을 뿐입니다.

"미안하지만 나는 오늘 볼일이 있어서 말이야."

호리키가 일어서서 웃옷을 걸치면서 말했습니다.

"미안하지만 실례하겠네."

그때였습니다. 호리키한테 여자 방문객이 찾아왔고, 제 운명도 다시 한 번 급변했습니다.

호리키는 갑자기 활기를 띠며 말했습니다.

"아, 죄송합니다. 지금 제가 찾아가 뵈려던 참이었는데 이 친구가 갑자기 와서……. 아니, 상관없습니다. 자, 들어오시죠."

호리키는 어지간히 당황했는지, 제가 깔고 있던 방석을 내밀었더니 그것을 빼앗아 다시 뒤집어서 그 여자한테 권하는 것이었습니다. 그 방에는 호리키 방석 외에 손님용 방석은 한 개밖에 없었습니다.

여자는 마른 몸매에 키가 큰 사람이었습니다. 그 여자는 방석을 옆으로 밀어놓고 문에 가까운 한쪽 구석에 앉았습니다.

저는 멍하니 두 사람의 대화를 듣고 있었습니다. 여자는 잡지사 사람인 듯했으며, 호리키한테 진작부터 삽화를 부탁했던지 그것을 받으러 온 것 같았습니다.

"날짜가 좀 빠듯해서요."

"다 되었습니다. 벌써 마쳤죠. 이겁니다, 자."

그때 전보가 왔습니다.

호리키의 들떠 있던 얼굴은 그것을 읽은 후 금방 험악해졌습니다.

"참나! 이봐, 자네 도대체 어떻게 된 거야."

넙치한테서 온 전보였습니다.

"어쨌든 당장 돌아가 주게. 내가 자네를 바래다주면 좋겠지만 그럴 시간이 없어. 가출한 주제에 그 태평스러운 얼굴이라니."

"댁이 어느 쪽이신데요?"

"오쿠보입니다."

저도 모르게 대답해 버렸습니다.

"그래요? 마침 우리 회사 근처네요."

그 여자는 고수현 출신으로 스물여덟 살이었습니다. 다섯 살 된 딸아이와 고엔지에 있는 아파트에서 살고 있었고, 남편과 사별한 지는 3년 되었다고 했습니다.

"당신은 제법 눈치가 빠른 걸 보니 무척 고생하면서 자란 사람 같네요. 가엾게도……."

저는 처음으로 정부情夫 같은 생활을 했습니다. 시즈코—그것이
그 여기자의 이름이었습니다—가 신주쿠에 있는 잡지사에 일하
러 가면 저하고 시게코라고 하는 다섯 살짜리 여자아이하고 둘이
서 얌전하게 집을 지켰습니다. 그때까지는 어머니가 집을 비울 때
면 시게코는 아파트 관리인의 방에서 놀았던 것 같습니다만, 지금
은 '눈치 빠른 아저씨'가 놀이 친구로 나타나서 무척 신이 난 것
같았습니다.

저는 처음 일주일 정도는 아무 생각 없이 그곳에 있었습니다. 아
파트 창 바로 가까이에 있는 전깃줄에 무사 댁 하인의 모습을 본
떠서 만든 연이 하나 걸려 있었는데, 먼지바람에 날리고 찢기면서
도 집요하게 전깃줄에 매달려서 떨어지지 않고 고개를 끄덕이는
것처럼 보였습니다. 저는 그것을 볼 때마다 쓴웃음이 나면서 얼굴
이 붉어졌고 꿈에서까지 보게 되어 가위에 눌렸습니다.

"돈이 필요한데."

"……얼마나?"

"많이…… 돈 떨어지는 날이 인연 끊어지는 날이라는 말은 진짜
라고."

"말도 안 돼. 그런 고리타분한 말을……."

"그래? 그렇지만 당신은 몰라. 이대로 가다간 나 도망치게 될지
도 모른다고."

"도대체 어느 쪽이 더 가난한데. 그리고 어느 쪽이 도망치는데.
참 우습네."

"내가 번 돈으로 술, 아니 담배를 사고 싶어. 그림도 내가 호리키 따위보다 훨씬 잘 그린다고 생각해."

그럴 때마다 제 머릿속에 저절로 떠오르는 것은 중학교 시절에 그렸던, 다케이치가 '도깨비 그림'이라고 했던 몇 장의 자화상이 었습니다. 상실된 걸작. 그 그림들은 여러 번 이사 다니는 사이에 없어져버렸지만 분명히 뛰어난 그림이었다는 생각이 들었습니다. 그 후에 이것저것 그려봤지만 그 기억 속의 걸작에는 미치지 못했고 저는 언제나 가슴이 텅 빈 것 같은 나른한 상실감에 괴로워했던 것입니다.

미처 다 마시지 못한 한 잔의 압생트.(프랑스가 주산지로 알코올분 70퍼센트 정도의 독하고 쓴 녹색의 양주)

저는 영원히 보상받지 못할 것 같은 상실감을 혼자 그렇게 표현하고 있었습니다. 그림에 관한 얘기가 나오자 제 눈앞에 그 미처 다 마시지 못한 한 잔의 압생트가 아른거렸습니다. '아아, 그 그림을 이 사람한테 보여주고 싶다. 그리고 내 재능을 믿게 하고 싶다.'는 초조감에 몸부림치는 것이었습니다.

"호호, 글쎄 어떨까? 당신은 정색하고 농담하는 모습이 귀여워."

"농담이 아니야. 정말이라고."

그 그림을 보여주고 싶다는 헛된 번뇌에 괴로워하다가 기분을 바꾸어 체념한 채 말했습니다.

"만화 말이야. 적어도 만화라면 호리키보다 훨씬 잘 그린다고 생각해."

이 얼버무리는 익살 쪽이 오히려 진지하게 받아들여졌습니다.

"그래요. 나도 사실은 감탄하고 있었거든. 시게코한테 늘 그려주는 만화 말이야, 나도 모르게 웃음이 나온다니까. 한 번 해보면 어떨까? 내가 우리 회사 편집장한테 부탁해 볼게."

그 회사는 어린이를 상대로 별로 유명하지 않은 월간 잡지를 발행하고 있었습니다.

"……당신을 보고 있으면 대부분의 여자들은 뭔가를 해주고 싶어서 안달이 나는 것 같아. ……언제나 쭈뼛쭈뼛 겁먹은 듯한 표정으로, 그러면서도 익살스럽고. ……가끔 혼자 굉장히 침울해하고 있으면 그 모습이 더 여자의 마음을 애틋하게 만들곤 해."

시즈코한테서 그 밖에도 여러 얘기를 들었고 추켜올려지기도 했지만 그게 정부의 더러운 특성이라고 생각하면 그야말로 점점 더 '침울' 해질 뿐 도무지 기운이 나지 않았습니다. 여자보다는 돈, 어떻게든 시즈코를 떠나 자립하고 싶다고 혼자 생각하며 이런저런 궁리를 해봤지만 오히려 점점 더 시즈코한테 기댈 수밖에 없는 처지가 되어버렸습니다. 가출 뒤치다꺼리는 물론이고 이런저런 일 거의 전부를 남자 못지않은 이 고슈 여자에게 신세 지게 되어, 저는 시즈코에게 한층 더 '기죽어 지낼' 수밖에 없었습니다.

시즈코의 주선으로 넙치, 호리키, 그리고 시즈코까지 세 사람이 회담한 결과, 저는 고향에서 완전히 절연당하는 대신 시즈코와 '떳떳하게' 동거하게 되었습니다. 또 시즈코가 애써 준 덕분에 시작한 제 만화도 제법 돈이 되어서 저는 그 돈으로 술 담배도 샀습니다만, 저의 불안과 우울함은 점점 더 심해질 뿐이었습니다. 그야말로 '침울해지고 침울해져서' 시즈코네 잡지에 매월 연재하는 만화 〈긴타 씨와 오타 씨의 모험〉을 그리고 있노라면 문득 고향 집이 생각나고, 서글픈 나머지 펜이 움직이지 않아서 고개를 숙이고 눈물을 흘리기도 했습니다.

그럴 때 저에게 미약하나마 구원은 시게코였습니다. 시게코는 그때쯤에는 저를 아무 거리낌 없이 '아빠'라고 불렀습니다.

"아빠, 기도하면 하느님이 뭐든지 들어주신다는 게 정말이야?"

저야말로 기도하고 싶다고 생각했습니다.

아아, 저에게 냉철한 의지를 주소서.

'인간'의 본질을 알게 해주소서.

사람이 사람을 밀쳐내도 죄가 되지 않는 건가요?

저에게 분노할 수 있는 능력을 주소서.

"응, 그렇단다. 시게코한테는 뭐든지 주시겠지만 아빠는 안 될지도 몰라."

저는 하느님조차도 두려워하고 있었습니다. 하느님의 사랑은 믿지 못하면서도 하느님의 벌만을 믿었던 것입니다. 신앙, 그것은 단지 하느님의 채찍을 받기 위해 고개를 떨군 채 심판대로 향하는 일로 느껴졌습니다. 지옥은 믿을 수 있었지만 천국의 존재는 아무래도 믿을 수가 없었습니다.

"아빠는 왜 안 돼?"

"부모님 말씀을 안 들었거든."

"그래? 아빠는 아주 좋은 사람이라고 모두들 말하던데."

'그건 모두가 속고 있기 때문이야. 이 아파트 사람들 전부가 나한테 호의를 갖고 있다는 건 나도 알고 있어.' 그러나 내가 얼마나 모두를 무서워하는지, 무서워하면 할수록 남들은 나를 좋아해 주고, 남들이 나를 좋아해 주면 좋아할수록 나는 두려워지고 모두한테서 멀어져야만 하는, 이 불행한 저의 기이한 버릇을 시게코한테 설명하는 것은 어려운 노릇이었습니다.

"시게코는 하느님한테 무엇을 기도하고 싶은데?"

저는 아무렇지도 않은 듯 화제를 바꿨습니다.

"시게코는 말이야, 진짜 아빠가 갖고 싶어."

순간 화들짝 놀라서 눈앞이 캄캄해지며 현기증이 났습니다. 적敵. 내가 시게코의 적인지, 시게코가 나의 적인지. 어쨌든 여기에도 나를 위협하는 무서운 사람이 있었구나. 타인. 이해할 수 없는 타인, 비밀투성이인 타인, 시게코의 얼굴이 갑자기 그렇게 보였습니다.

'시게코만은'이라고 생각하고 있었는데 역시 이 아이도 '갑자기 쇠등에를 쳐서 죽이는 소꼬리'를 가지고 있었던 것입니다. 그때부터 저는 시게코에게조차도 쭈뼛거리지 않을 수 없게 되었습니다.

"색마! 있나?"

호리키가 다시 저를 찾아오기 시작했습니다. 제가 가출했던 날 저를 그렇게 쓸쓸하게 만들었던 사나이인데도 저는 차마 거절하지 못하고 희미하게 웃으면서 맞아주었습니다.

"네 만화가 제법 인기가 좋다면서? 아마추어는 하룻강아지 범 무서운 줄 모르는 만용이 있으니까 당해 낼 재간이 없군. 그렇지만 너무 자만하지는 말라고. 데생이 전혀 안 되어 있으니까."

호리키는 자신이 저의 스승이라도 된 것 같은 태도를 보이는 것이었습니다. 제가 그린 '도깨비 그림'을 이 녀석한테 보이면 과연 어떤 얼굴을 할까 하는 생각이 들자 저는 예의 그 헛된 몸부림을 치면서 말했습니다.

"그 얘기만은 하지 말게. 꽥 하고 비명이 나올 것만 같아."

호리키는 점점 더 의기양양해져서 이렇게 말했습니다.

"자네가 아무리 처세술에 능해도 그 처세술만 믿다간 언젠가는 꼬리가 잡힐걸."

처세술의 재능? 저는 정말이지 쓴웃음을 지을 수밖에 없었습니다. '나한테 처세술의 재능이라니!' 그러나 저처럼 인간을 두려워하고, 피하고, 속이는 것도, '귀신도 건드리지 않으면 탈이 없다.' 라는 속담처럼 영리하고 교활한 처세술과 같은 것일까요? 아아, 인간은 서로를 전혀 알지 못합니다. 완전히 잘못 알고 있으면서도 그 사실을 알아차리지 못한 채, 평생 둘도 없는 친구라고 믿고 지내다 상대방이 죽으면 울면서 조사弔詞 따위를 읽는 건 아닐까요?

호리키는 어찌 됐든—시즈코가 부탁해서 마지못해 맡은 게 틀림없습니다만—제 가출에 대한 뒤처리를 맡아준 사람 중 한 사람이었기 때문에 마치 자기가 제 갱생의 대은인 아니면 중매쟁이나 되는 것처럼 굴었고, 거들먹거리면서 저한테 설교 비슷한 얘기를 하기도 했습니다. 또 한밤중에 술에 잔뜩 취한 채 찾아와서는 자고 가기도 하고 또 오 엔—언제나 오 엔이었습니다—을 빌려 가곤 했습니다.

"그나저나 네 난봉꾼 노릇도 이쯤에서 끝내야지 않겠어? 더 이상은 세상이 용납하지 않을 테니까."

세상이란 게 도대체 뭘까요. 인간의 복수複數일까요. 그 세상이란 것의 실체는 어디에 있는 것일까요. 무조건 강하고 준엄하고 두려운 것이라고만 생각하면서 여태껏 살아왔습니다만, 호리키가 그렇게 말하자 불현듯 '세상이라는 게 사실은 자네가 말하는 거 아니야?'라는 말이 목구멍까지 올라왔지만 호리키를 화나게 하는 게 싫어서 도로 삼켰습니다.

'그건 세상이 용서하지 않을 거야.'

'세상이 용서하지 않는 것이 아니라 자네가 용서하지 않는 거겠지.'

'그런 짓을 계속하면 곧 세상에서 매장당할 거야.'

'세상이 아니야. 자네가 매장하겠다는 거겠지.'

'자네는 자네 자신의 끔찍함, 기괴함, 악랄함, 교활함, 요망함을 알아야 해!'

온갖 말들이 가슴속에서 교차했으나, 저는 다만 얼굴에 흐르는 땀을 손수건으로 닦으면서 "진땀 나네. 진땀." 하고 웃을 뿐이었습니다.

그렇지만 그때 이후로 저는 '세상이라고 하지만 실은 개인을 말하는 것이 아닐까.' 하는 생각 같은 것을 하게 되었던 것입니다.

이렇게 생각하기 시작하면서부터 저는 예전보다는 다소 제 의지대로 움직일 수 있게 되었습니다. 시즈코의 말을 빌리자면 저는 조금 건방지고 쭈뼛쭈뼛 겁내지 않게 되었답니다. 호리키의 말을 빌리자면 저는 이상하게 인색한 사람으로 변했다고 했습니다. 또 시게코 말을 빌리자면 시게코를 별로 귀여워하지 않는다고 했습니다.

말도 안 하고 웃지도 않으며, 매일 매일 시게코를 돌보면서 〈긴타 씨와 오타 씨의 모험〉이라든가 〈천하태평 아빠〉의 아류가 분명한 〈태평 스님〉, 또 〈성질 급한 핀〉이라는, 저 자신도 뭐가 뭔지도 모르고 생각나는 대로 붙인 제목의 연재만화 따위를 각 회사의 청탁—드문드문 시즈코네 회사가 아닌 곳에서도 청탁이 들어오기 시작했습니다만 모두 시즈코네 회사보다도 더 천박한, 말하자면 삼류 출판사뿐이었습니다—에 응하여 정말이지 실로 음울한 기분으로 느릿느릿—제가 그리는 속도는 무척 느린 편이었습니다—그리게 되었습니다. 이제는 그저 술값이 필요해서 붓을 움직였고 시즈코가 회사에서 돌아오면 교대하듯이 휭 하니 밖으로 나가 고엔지 역 근처의 포장마차라든지 스탠드바에서 싸고 독한 술을 마시고 조금 명랑해져서 아파트로 돌아오곤 했습니다.

"시즈코, 당신은 보면 볼수록 이상야릇한 얼굴이야. 태평 스님의 얼굴은 사실 당신 잠든 얼굴에서 힌트를 얻은 거야."

"당신 잠잘 때 얼굴도 꽤 늙었어요. 사십은 된 남자 같아."

"모두 다 당신 탓이야. 당신에게 정기를 빼앗겨서 그런 거라고. 물의 흐름과 사람의 팔자는 무얼 그리 시름하는가, 강가의 버드나무……."

"소란 피우지 말고 빨리 주무세요. 아니면 식사하시겠어요?"

역시 시즈코는 침착하게 전혀 상대도 해주지 않았습니다.

"술이라면 마시지. 물의 흐름과 사람의 팔자는, 사람의 흐름과 아니 물의 흐름과 물의 팔자는……."

노래하면서 시즈코가 옷을 벗겨주면 시즈코 가슴에 이마를 갖다 대고 잠드는 것이 저의 일상생활이었습니다.

그리하여 그 다음 날도 똑같은 일을 되풀이하고
어제와 똑같은 관례를 따르면 된다.
즉 거칠고 큰 기쁨을 피하기만 한다면
자연히 큰 슬픔 또한 찾아오지 않을 것이다.
앞길을 막는 방해꾼 돌을
두꺼비는 돌아서 지나간다.

우에다 빈(1874~1916, 일본의 문학 평론가이자 시인이며 번역가로

주로 유럽의 문화를 일본에 소개함)이 번역한 기 샤를 크로(Guy Charles Cros, 프랑스의 시인이자 과학자이며 공상과 기지가 넘치는 시들을 발표했다. 1920년대에 초현실주의의 시인들에게 초현실주의의 선각자적인 역할을 한 것으로 재평가 받았음)의 이런 시구를 발견했을 때 저는 혼자 얼굴에서 불이 나는 것처럼 뻘게졌습니다.

두꺼비.

'그게 바로 나다. 세상이 용납할 것도 용납하지 않을 것도 없지. 매장이고 뭐고 할 것도 없어. 나는 개보다도 고양이보다도 열등한 동물인 거야. 두꺼비. 그저 느릿느릿 꾸물거리기만 하는 두꺼비.'

저의 주량은 날이 갈수록 점차 늘어갔습니다. 고엔지 역 부근뿐 아니라 신주쿠, 긴자 방면까지 원정을 가서 마셨고 외박도 했습니다. 그저 무턱대고 지금까지의 관습을 따르지 않으려고 바에서 무뢰한 흉내를 내기도 하고, 아무에게나 닥치는 대로 키스를 하기도 했습니다. 즉 또다시 정사情死 이전의, 아니 그때보다도 더 거칠고 야비한 술꾼이 되었고, 돈이 궁할 때는 시즈코의 옷가지를 들고 나가 전당포에 잡히는 지경이 되었습니다.

이곳에 와서 전깃줄에 무사 댁 하인의 모습을 본떠서 만든 찢어진 연을 보고 쓴웃음을 지은 지 1년이 더 지나 벚나무 잎사귀가 나올 때쯤이었습니다. 저는 또 시즈코의 허리띠랑 속옷 따위를 살그머니 들고 나가 전당포에 가서 돈을 마련해서는 긴자에서 술을 마시고 이틀 밤을 연달아 외박했습니다. 3일째 되는 날 밤, 아무리 뻔뻔스러운 저라도 겸연쩍은 마음에 무의식중에 발소리를 죽이고 시즈코네 방 앞에 다다랐더니 안에서 시즈코와 시게코가 대화하는 소리가 들려왔습니다.

"왜 술을 마시는 거야?"

"아빠는 말이야, 술이 좋아서 마시는 게 아니에요. 너무 착한 사람이라, 그래서……."

"착한 사람은 술 마시는 거야?"

"꼭 그런 건 아니지만……."

"아빠가 틀림없이 깜짝 놀랄 거야."

"싫어할지도 모르지. 저런 저런! 상자에서 튀어나왔네."

"꼭 성질 급한 핀 같아."

"정말 그렇구나."

정말로 행복한 듯한 시즈코의 낮은 웃음소리가 들려왔습니다.

문을 조금 열고 안을 들여다보았더니 하얀 새끼 토끼가 보였습니다. 깡충깡충 온 방 안을 뛰어다니는 새끼 토끼를 모녀가 쫓고 있었습니다.

'이 사람들은 정말이지 행복해하고 있는 거야. 나 같은 멍청이가 이 두 사람 사이에 끼어들면 언젠가는 두 사람의 행복을 망쳐놓을 거야. 소박한 행복, 착한 모녀에게 행복을. 아아, 만일 하느님께서 나 같은 놈의 기도라도 들어주신다면 한 번만이라도, 평생에 단 한 번만이라도 좋아. 기도하겠어.'

저는 거기에 쭈그리고 앉아 합장하고 싶은 마음이었습니다. 저는 살그머니 문을 닫고 다시 긴자로 갔고, 그 후로 다시는 그 아파트에 돌아가지 않았습니다.

저는 교바시 근처에 있는 스탠드바 2층에서 또다시 정부 신세가 되어 지내게 되었습니다.

세상. 저도 그럭저럭 그것을 어렴풋이나마 알게 된 것처럼 느껴졌습니다. '세상이란 개인과 개인 간의 투쟁이고, 더욱이 일시적인 투쟁이며, 그때그때만 이기면 된다. 인간은 결코 인간에게 복종하지 않는다. 노예조차도 노예다운 비굴한 보복을 하는 법이다. 그러므로 인간은 오로지 그 자리에서의 한판 승부에 모든 것을 걸지 않는다면 살아남을 방법이 없는 것이다. 그럴싸한 대의명분 비슷한 것을 늘어놓지만, 노력의 목표는 언제나 개인, 그 개인을 넘어 또다시 개인, 세상의 난해함은 개인의 난해함, 대양大洋은 세상이 아니라 개인이다.'

이런 생각을 하면서 세상이라는 넓은 바다의 환영에 겁먹는 데서 다소 해방되어 예전만큼 이것저것 한도 끝도 없이 걱정하고 신경 쓰는 일은 그만두고, 말하자면 필요에 따라 얼마간은 뻔뻔하게 행동할 줄 알게 된 것입니다.

저는 고엔지의 아파트를 버리고 교바시의 스탠드바 마담에게 "헤어졌어."라고 말하는 것으로 충분했습니다. 즉 제 한판 승부는 결판이 나서 그날 밤부터 엉뚱하게도 그곳 2층에서 살게 된 것입니다. 그러나 끔찍해져야 할 '세상'은 저한테 아무런 해도 가하지 않았고, 또 저도 '세상'에 아무 변명도 하지 않았습니다. 마담이 그럴 생각이면 그것으로 되었던 것입니다.

저는 그 가게의 손님 같기도 하고, 남편 같기도 했으며, 심부름꾼 같기도 하고, 친척 같기도 했습니다. 남들이 보면 도통 정체를 알 수 없는 존재였을 텐데도 '세상'은 전혀 이상하게 생각하지 않았습니다. 오히려 그 가게 단골손님들은 저를 요조, 요조 하고 부르면서 무척 다정하게 대해 줬고 술까지 마시게 해주었습니다.

저는 점차 세상에 대한 경계심을 풀게 되었습니다. 세상이라는 곳이 제가 그동안 생각했던 것처럼 그렇게 무서운 곳은 아니라고 생각하게 되었습니다. 즉 지금까지 저의 공포란, 봄바람에는 백일해를 일으키는 세균이 몇 십만 마리, 대중목욕탕에는 눈을 멀게 하는 세균이 몇 십만 마리, 이발소에는 탈모를 일으키는 병균이 몇 십만 마리, 전철 손잡이에는 옴벌레가 우글우글, 또 생선회, 덜 익힌 쇠고기와 돼지고기에는 촌충의 유충이나 디스토마, 또 무슨 무슨 알 따위가 틀림없이 숨어 있고, 맨발로 걸으면 발바닥에 작은 유리 파편이 박혀서 그 조각이 온몸을 돌아다니다가 눈알에 박혀서 실명하는 일도 있다는 등의 소위 '과학적 미신'에 겁먹는 것과 다름없는 얘기였던 겁니다. 물론 몇 십만이나 되는 세균이 돌아다니고 우글거린다는 것은 '과학적'으로 정확한 사실이겠지요. 그러나 동시에 그 존재를 완전히 묵살해 버리기만 하면 그것은 저와 전혀 상관없는, 금방 사라져버리는 '과학의 유령'에 지나지 않는다는 사실을 저는 알게 된 것입니다.

도시락에 먹다 남긴 밥알 세 알, 1천만 명이 하루에 세 알씩만 남겨도 쌀 몇 섬을 그냥 버리는 셈이 된다든가 혹은 하루에 휴지 한 장 절약하기를 1천만 명이 실천하면 상당량의 펄프가 절약된다는 따위의 '과학적 통계' 때문에 제가 지금까지 얼마나 위협을 느끼고, 밥알 한 알 남길 때마다 또 코를 풀 때마다 산더미 같은 쌀과 산더미 같은 펄프를 낭비하는 듯한 착각 때문에 괴로워하고 큰 죄를 짓는 것처럼 무거운 마음을 가져야만 했는지…….

그러나 그것이야말로 '과학의 거짓', '통계의 거짓', '수학의 거짓'이며 밥알 세 알을 정말로 모을 수 있는 것도 아니고, 곱셈 또는 나눗셈의 응용문제라고 해도 정말이지 원시적이고 저능한 주제로서, 전등을 켜지 않은 어두운 화장실에서 사람들은 몇 번에 한 번쯤 발을 헛디뎌서 변기 구멍 속으로 빠질까 혹은 전차의 문과 플랫폼 사이의 틈새에 승객 중 몇 명이 발을 빠뜨릴까에 대한 확률을 계산하는 것만큼 황당한 얘기인 것입니다. 그런 일은 정말 있을 수 있는 일이긴 하지만 제대로 발을 걸치지 못해서 화장실 구멍에 빠져 다쳤다는 얘기는 아직까지 들은 적도 없고, 그런 가설을 '과학적 사실'이라 배우고 진짜 현실로 받아들여서 두려워하던 어제까지의 저 자신이 애처로워서 웃고 싶어졌을 만큼 저도 세상이라고 하는 것의 실체를 조금은 알게 되었습니다.

말은 그렇게 하지만 저는 역시 인간이라는 것이 여전히 무서운 존재여서 가게 손님들을 만나기 위해서는 술을 한 컵 벌컥 마시지 않으면 안 되었습니다. 무서운 것을 보고 싶어 하는 마음으로 저는 매일 밤 가게에 나가서, 어린아이가 두려움을 느낄 때 작은 동물을 오히려 더 꽉 움켜쥐는 것처럼 가게 손님들에게 술주정하듯이 유치한 예술론을 펼칠 정도가 되었습니다.

만화가.

'아아, 그러나 나는 큰 기쁨도, 큰 슬픔도 못 느끼는 무명 만화가일 뿐. 나중에 아무리 커다란 시련이 찾아올지라도 상관없다. 거칠고 큰 기쁨을 맛보고 싶다.' 라고 내심 초조해하고 있었지만, 당시 제 가쁨이라는 것은 고작 손님하고 얘기를 주고받거나 손님한테서 술을 얻어 마시는 일뿐이었습니다.

교바시로 옮겨 이런 구질구질한 생활을 1년 가까이 계속하는 동안 아동 잡지뿐 아니라 역 가판대에서 파는 조악하고 음란한 잡지 같은 데에까지 만화를 신게 된 저는 '조지 이키타'('정사情死, 살았다.' 라는 뜻)라는 실없기 짝이 없는 필명으로 추잡한 나체화 따위를 그리고, 거기에다 대개 《루바이야트》(페르시아의 시인 오마르 하이얌의 4행시 시집으로 술과 미녀와 장미를 칭송한 감미롭고 우수한 찬시들로 이루어져 있음)에 수록된 시구를 첨부했습니다.

쓸데없는 기도 따위 그만두라니까
눈물 흘리게 만드는 것 따위 벗어던져 버려라
자! 한잔하자 좋은 추억만 떠올리고
쓸데없는 걱정 따위는 잊어버려

불안과 공포 따위로 사람을 겁주는 놈들은
자신이 저지른 끔찍한 죄가 두려워
죽은 자의 복수에 대비하기 위해
머릿속에서 끊임없이 계략을 꾸미지

불러라, 술이 넘치니 내 마음도 기쁨으로 충만하고
오늘 아침 깨어나니 그저 황량하기만 하네
기이하다 하룻밤 사이에
달라진 이 기분이라니

뒤탈 따위는 생각하지 말자
멀리서 울리는 북소리처럼
왠지 그 녀석은 불안해
방귀 뀐 것까지 일일이 죄로 친다면 못 살지

정의가 인생의 지침이라고?
그렇다면 피로 물든 전쟁터에
암살자의 칼끝에
무슨 정의가 깃들어 있다는 건가?

어디에 지도의 원리 있는가?
무슨 예지의 빛이 있는가?

아름답고도 끔찍한 것은 이 세상이니
연약한 사람의 자식은 짊어질 수 없을 만큼의 짐을 짊어지고

어떻게도 할 수 없는 정욕의 씨가 심어진 까닭에
선이다 악이다 죄다 벌이다 하며 저주받을 뿐
어쩌지도 못하고 그저 갈팡질팡할 뿐
눌러 꺾을 힘도 의지도 점지 받지 못한 탓에

어디를 어떻게 방황하고 다녔는가?
뭐? 비판, 검토 재인식?
흥! 헛된 꿈을, 있지도 않은 환영을
에헷, 술을 안 마셨으니 모두 바보 같은 헛된 생각이라고

어때, 이 한도 끝도 없는 하늘을 보라
그 가운데 조그맣게 떠 있는 점을
이 지구가 자전하는 이유를 알게 뭐야
자전 공전 반전도 마음대로라고

모든 곳에서 지고한 힘을 느끼고
모든 나라 모든 민족 속에서
동일한 인간성을 발견하는
나를 이단자라 하는군

모두 성경을 잘못 읽고 있는 거라고
아니면 상식도 지혜도 없는 거라고
살아 있는 육신의 기쁨을 금하고 술을 못 마시게 하고
좋아, 무스타파! 나 그런 것 끔찍이 싫어해

그렇지만 그 시절 저에게 술을 끊으라고 권하는 처녀가 있었습니다.

"안 돼요. 매일 대낮부터 취해 계시면."

바 건너편에 있는 작은 담배 가게의 열일고여덟 정도 되는 아가씨였습니다. 사람들에게 요시코라고 불렸고, 얼굴이 하얗고 덧니가 있는 아이였습니다. 그 아이는 제가 담배를 사러 갈 때마다 웃으면서 충고를 하곤 했습니다.

"왜 안 되지? 뭐가 나쁘다는 거야? '사람의 아들들이여, 술을 실컷 마시고 증오를 없애라.' 라는 페르시아의 옛 격언도 있어. 에이, 그만두자. 지치고 슬픈 가슴에 희망을 가져다주는 것은 다만 거나하게 취하게 하는 옥잔玉杯이라고. 알겠어?"

"모르겠어요."

"이 녀석. 키스할 테다."

"해줘요."

요시코는 겁을 내기는커녕 아랫입술을 내미는 것이었습니다.

"이런 바보 같으니라고. 정조 관념……."

그러나 요시코의 표정에서는 분명 아무에게도 더럽혀지지 않은 처녀 냄새가 났습니다.

　새해의 몹시 추웠던 어느 날 밤이었습니다. 그날도 저는 취한 채 담배를 사러 가다가 담배 가게 앞 맨홀에 빠졌습니다.

　"요시코, 살려줘."

　제가 다급하게 소리쳤더니 요시코가 저를 끌어내서 오른쪽 팔에 입은 상처를 치료해 줬습니다. 그때 요시코는 차분하게 웃지도 않고 말했습니다.

　"너무 많이 마시는 것 같아요."

　저는 죽는 것은 두렵지 않았지만, 다쳐서 피가 나고 불구자가 되는 것은 절대 사절이었기 때문에 요시코한테 치료를 받으면서 '술도 이제 정말 끊을까?' 하고 생각했던 것입니다.

　"끊겠어. 내일부터 한 방울도 마시지 않을 거야."

　"정말?"

　"꼭 끊을 거야. 내가 술을 끊으면 말이야, 요시코. 내 각시가 되어줄래?"

　각시가 되어달라는 얘기는 농담이었습니다.

　"물이죠."

　물이란 '물론'의 준말입니다. 모보('모던 보이'의 준말)라든가 모걸('모던 걸'의 준말)이라는 말처럼 당시에는 여러 가지 준말이 유행하고 있었습니다.

　"좋아. 손가락 걸고 약속하자. 틀림없이 끊을게."

　그러나 다음 날, 저는 또 대낮부터 술을 마셨습니다.

저녁나절 비틀비틀 밖으로 나가 요시코네 가게 앞에 서서 외쳤습니다.

"요시코, 미안. 또 마셔버렸어."

"어머, 장난치지 마요. 술 취한 척하고."

'이런!' 순식간에 술기운이 확 달아나는 느낌이었습니다.

"아니, 정말이야. 정말 마셨다고. 취한 척하는 게 아니야."

"놀리지 마세요. 정말 못됐어."

요시코는 전혀 의심하려고도 않는 것이었습니다.

"보면 알 텐데 말이야. 오늘도 대낮부터 마셨어. 용서해 줘."

"연기도 잘하시네요."

"연기가 아니라니까, 바보. 키스할 테야."

"해봐요."

"아니야. 내게는 자격이 없어. 각시가 되어 달라고 했던 것도 단념하는 수밖에. 내 얼굴을 봐, 빨갛지? 정말로 마셨다니까."

"그야 석양이 비치니까 그렇죠. 날 속이려 해도 안 될걸요? 어제 약속했는데 마실 리가 없잖아요? 손가락 걸고 약속한걸요. 술을 마셨다는 건 다 거짓말이에요. 거짓말, 거짓말."

어두컴컴한 가게 안에 앉아서 미소 짓고 있는 요시코의 하얀 얼굴.

'아아, 더러움을 모르는 처녀성의 숭고함. 나는 여태껏 나보다 어린 처녀랑 자본 적이 없다. 결혼하자. 그로 인해 나중에 아무리 큰 시련이 닥친다 해도 상관없다. 처녀의 아름다움이라는 건 바보

같은 시인들의 달콤하고 감상적인 환상에 지나지 않는다고 생각
했는데 이 세상에 정말로 존재하는 것이었구나. 결혼해서 봄이 되
면 둘이서 자전거 타고 아오바 폭포를 보러 가야지.'

저는 그 자리에서 결심하고, 소위 '단칼 승부'로 처녀성이라는
요시코의 꽃을 훔치는 데 주저하지 않았습니다.

그렇게 해서 저희는 결혼했고, 그로써 얻은 기쁨은 결코 크다고
할 수 없었지만 그 후에 닥친 시련은 처참하다는 표현으로는 부족
할 만큼 정말이지 상상을 초월했습니다. 저에게 '세상'은 역시 바
닥 모를 끔찍한 곳이었습니다. 결코 그런 '단칼 승부' 따위로 하나
부터 열까지 결정되는 만만한 곳이 아니었던 것입니다.

2

호리키와 나.

우리는 서로를 경멸하면서도 교제를 계속하고 있었습니다. 만약 서로를 쓸모없는 인간으로 만들어가는 것이 이 세상이 말하는 소위 '교우'라는 것이면, 저와 호리키의 관계도 교우였음은 틀림없습니다.

저는 교바시 스탠드바 마담의 의협심에 호소하여—여자의 의협심이라니 기묘한 표현입니다만, 제가 경험한 바로는 적어도 남자보다는 여자가 그 의협심이라는 것을 많이 가지고 있었습니다. 남자는 대체로 겁이 많아 몸을 사렸고, 겉치레만 차렸습니다. 한마디로 말하자면 인색하기 그지없었습니다— 담배 가게의 요시코를 내연의 처로 맞을 수 있었고, 쓰키지의 스미다강 근처에 위치한 2층짜리 작은 목조 건물의 1층에 방을 얻어 함께 살게 되었습니다.

저는 술을 끊고 슬슬 제 본업이 되어버린 만화 그리기에 정성을 쏟았습니다. 저녁 식사 후에는 둘이서 영화도 보러 가고, 집으로 돌아오는 길에는 다방에 들르기도 하고, 또 화분을 사기도 했습니다. 아니, 그보다도 저를 마음속으로부터 믿어주는 이 어린 신부가 하는 말을 듣고, 그 행동을 바라보는 것이 즐거웠습니다. 저도 어쩌면 점점 인간다워져서 비참하게 죽지 않을 수도 있지 않을까 하는 달콤한 생각이 희미하게 가슴속을 훈훈하게 덥혀주기 시작하던 참에 호리키가 다시 제 앞에 나타났습니다.

"요 색마. 이런, 그래도 좀 철이 든 얼굴이 됐네? 오늘은 고엔지 여사의 심부름인데 말이야."

호리키는 이렇게 말하다 말고는 갑자기 목소리를 낮추고 부엌에서 차 준비를 하고 있는 요시코 쪽을 턱으로 가리키면서 "괜찮겠어?" 하고 묻기에 "괜찮아. 무슨 얘기를 해도 상관없어."라고 저는 침착하게 대답해 주었습니다.

사실 요시코는 신뢰의 천재라고 부르고 싶을 만큼, 교바시의 스탠드바 마담과의 관계는 물론이고 제가 가마쿠라에서 저지른 사건에 대해 말해 줘도 쓰네코와의 사이를 의심하지 않았습니다. 그것은 제가 거짓말을 잘해서가 아니라 요시코에게는 그 모든 게 농담으로밖에는 들리지 않는 것 같았습니다.

"우쭐대는 건 여전하군. 뭐, 별 얘기는 아니고 말이야…… 가끔은 고엔지 쪽에도 놀러와 달라는 전갈일세."

잊을 만하면 괴조怪鳥가 날아와서 기억의 상처를 부리로 쪼아 터뜨립니다. 그러면 금방 예전의 죄와 부끄러운 기억들이 생생하게 눈앞에 펼쳐지면서 '악!' 하고 소리칠 것 같은 공포 때문에 가만히 있을 수가 없게 되는 것입니다.

"마시러 나갈까?"

제가 물었습니다.

"좋지."

호리키가 대답했습니다.

저와 호리키. 둘의 겉모습은 닮았습니다. 싸구려 술을 마시러 여기저기 다닐 때의 이야기일 뿐입니다만, 똑같은 인간인 것처럼 느껴질 때도 있습니다. 어쨌든 둘이 얼굴을 마주하면 금방 똑같은 모습의, 같은 수준의 개로 변해서는 눈 내리는 시가지를 싸돌아다니게 되는 것이었습니다.

그날 이후로 저희는 옛정을 되살린 꼴이 되어버렸습니다. 교바시의 작은 스탠드바에도 함께 갔고, 그리고 끝내는 고엔지의 시즈코네 아파트에도 거나하게 취한 두 마리 개가 되어 찾아가서 자고 오기도 했습니다.

잊히지도 않습니다. 그날은 찌는 듯이 무더운 여름밤이었습니다. 호리키가 저녁 무렵 후줄근한 유카타를 입고 쓰키지에 있는 저희 집에 와서는, 오늘 그럴 만한 일이 있어서 여름 양복을 전당포에 잡혔는데 노모가 알면 자기가 매우 난처한 상황에 놓이게 되니 당장 되찾을 수 있게 무조건 돈을 꿔달라는 것이었습니다. 마침 저한테도 돈이 없었기 때문에 여느 때처럼 요시코한테 부탁해서, 요시코의 옷을 전당포에 가져다주고 돈을 마련하여 호리키에게 빌려주었습니다. 그러고 나서도 아직 돈이 조금 남았기에 그

돈으로 요시코한테 소주를 사오게 했고, 저와 호리키는 그걸 들고 스미다강에서 가끔 약하게 불어오는 시궁창 냄새가 나는 바람을 쏘이며 옥상에다 실로 구질구질한 납량納凉 연회 자리를 마련했습니다.

저희는 그때 희극 명사, 비극 명사 알아맞히기 놀이를 했습니다. 이것은 제가 발명한 놀이였는데, 원리는 간단합니다. '명사에는 모두 남성 명사, 여성 명사, 중성 명사 등의 구별이 있는데 그렇다면 희극 명사, 비극 명사의 구별도 있어야 마땅하다. 예를 들면 증기선과 기차는 둘 다 비극 명사고, 전철과 버스는 둘 다 희극 명사다. 왜 그런지를 이해 못하는 사람은 예술을 논할 자격이 없다. 희극에 단 하나라도 비극 명사를 삽입하는 극작가는 이미 그것만으로도 낙제라 할 만하다. 비극의 경우도 똑같다는 논법이 적용된다.'

"자, 시작해 볼까? 먼저 담배는?"

제가 물었습니다.

"비.('비극 명사'의 준말)"

호리키가 재빨리 대답했습니다.

"약은?"

"가루약이야, 알약이야?"

"주사."

"비."

"그럴까? 호르몬 주사도 있는데?"

"아냐, 확실히 비지. 주삿바늘이라는 게 우선 훌륭한 비 아닌가?"

"좋아. 인정해 주지. 그렇지만 자네도 알아야 하는 게 있어. 약이나 의사는 말이야, 그래 보여도 제법 희('희극 명사'의 준말)라고. 자, 그럼 다음은…… 죽음은?"

"희. 목사도 중도 그렇지."

"아주 잘했어. 그리고 삶은 비지."

"아니. 그것도 희."

"아니야, 그렇게 되면 모든 게 희가 돼버려. 그럼 하나 더 묻겠는데, 만화가는? 설마 희라고 하지는 않겠지?"

"비, 비. 대비극 명사."

"뭐야, 대大비는 자네 쪽이지."

이런 시시껄렁한 익살 쪽으로 이야기가 흘러가면 재미없습니다만, 저희는 그 놀이가 일찍이 온 세상의 살롱(17~18세기 프랑스 상류사회에서 성행되던 귀족과 문인들의 정기적인 사교 모임)에서도 한 번도 존재한 적이 없는 극히 재치 있는 놀이라고 의기양양해하고 있었습니다.

그 당시 저는 그와 비슷한 놀이를 또 하나 발명했습니다. 그것은 반의어 맞히기였습니다. 검정의 반의어는 하양, 그러나 하양의 반의어는 빨강, 빨강의 반의어는 검정.

"꽃의 반의어는?"

내가 물으면 호리키는 입을 일그러뜨리며 생각하다 답했습니다.

"에에, 가게쓰花月라는 요릿집이 있으니까…… 그래! 꽃의 반의어는 달."

"아니야! 그건 반의어가 아니라 오히려 유의어지. 별과 제비꽃
도 유의어잖아. 반의어가 아니라고."

"알았어. 그러면 꿀벌이다."

"꿀벌?"

"모란에…… 개미였나?"

"뭐야? 그건 그림의 모티브라고. 얼버무리려 들면 안 되네."

"알았다! 꽃에는 떼구름.('달에는 떼구름, 꽃에는 바람.' 호사다마라
는 뜻의 관용적 표현)"

"달에 떼구름이겠지."

"그래, 그래. 꽃에 바람, 바람이다. 꽃의 반의어는 바람."

"졸렬하군. 그건 나니와부시(일본 전통 현악기 중 하나인 샤미센의
반주로 곡조를 붙여서 부르는 일본 고유의 창唱, 로쿄쿠(浪曲)라고도 함)
가사 아니야. 출신을 알 만하군."

"아니, 비파다."

"더 졸렬해. 꽃의 반의어는 말이야…… 이 세상에서 가장 꽃 같
지 않은 것, 그것을 들어야지."

"그러니까, 그…… 그게 잠깐. 뭐야, 여자군."

"내친김에 여자의 유의어는?"

"창자."

"자네는 참 시를 모르는군. 그럼 창자의 반의어는?"

"우유."

"야, 그건 좀 괜찮은데. 자, 그런 식으로 또 하나 더. 부끄러움의

반의어는 뭔가?"

"철면피지. 삼류 유행 만화가 조시 이키타."

"호리키 마사오는?"

이때쯤 되면 두 사람 모두 점점 웃음을 잃어버리고 소주에 취했을 때 특유의, 유리 파편이 머리에 가득 찬 것 같은 음산한 기분이 되어가는 것이었습니다.

"건방진 소리 하지 마. 나는 아직 너처럼 오랏줄에 묶이는 치욕 같은 걸 당한 적은 없어."

순간 저는 흠칫했습니다. 호리키는 내심 저를 제대로 된 인간으로 취급하지 않았던 겁니다. 단지 저는 죽어야 할 때를 놓친 쓸모없고 몰염치한 바보의 화신, 말하자면 '살아 있는 시체'에 불과했고, 호리키 자신의 쾌락을 위해 이용할 수 있는 것만을 이용하면 그뿐인 '교우'였다고 생각하니 아무리 저라고 해도 기분이 좋을 수는 없었습니다. 그러나 한편으로는 호리키가 저를 그렇게 보는 것도 무리는 아니라는 생각이 들었습니다. 저는 옛날부터 인간 자격이 없는 어린아이였던 것입니다. 역시 저는 호리키 같은 인간한테조차 경멸받아 마땅한지도 모른다고 고쳐 생각했습니다.

"죄, 죄의 반의어는 뭘까? 이건 어렵다."

저는 아무렇지도 않은 듯한 표정을 지으며 말했습니다.

"법이지."

호리키가 너무도 태연하게 대답하기에 저는 호리키의 얼굴을 다시 쳐다보았습니다. 가까운 빌딩에서 명멸하는 네온사인의 붉은 빛을 받아 호리키의 얼굴은 무서운 형사처럼 위엄 있어 보였습니다. 저는 정말이지 어이가 없어서 따지듯이 소리쳤습니다.

"죄라는 건, 자네가 생각하는 그런 게 아니야."

죄의 반의어가 법이라니! 그러나 세상 사람들은 모두 그 정도로 안이하게 생각하며 시치미를 떼고 살고 있는지도 모릅니다. 오죽하면 형사가 없는 곳에 죄가 꿈틀거린다는 말이 있겠습니까.

"그럼 뭔데? 신이야? 자네한테는 어딘지 목사 같은 구석이 있어. 기분 나쁘게."

"자 자, 그렇게 쉽게 넘기지 말자고. 둘이서 좀 더 생각해 보자고. 그렇지만 이건 재미있는 테마 아닌가? 이 테마 하나에 대한 대답만으로도 그 사람의 전부를 알 수 있을 것 같은 생각이 드는데."

"설마? ……죄의 반의어는 선이지. 선량한 시민. 즉 나 같은 사람 말이지."

"농담은 그만두자고. 그러나 선은 악의 반의어지 죄의 반의어는 아니야."

"악과 죄는 다른가?"

"난 다르다고 생각하네. 선악의 개념은 인간이 만든 것에 지나지 않아. 인간이 멋대로 만들어낸 도덕이라는 것을 말로 표현한 거지."

"말이 많군. 그렇다면 역시 신이겠지. 신, 신. 뭐든지 신으로 해두면 틀림없어. 아아, 배가 고픈데."

"지금 아래층에서 요시코가 잠두콩을 삶고 있어."

"저런 고마워라. 내가 좋아하는 거야."

저는 양손을 머리 뒤에 베고 벌렁 누웠습니다.

"자네는 죄라는 것에 전혀 흥미가 없는 것 같군."

"그야 그렇지. 너 같은 죄인이 아니니까. 나는 난봉은 즐겨도 여자를 죽게 하거나 여자한테서 돈을 우려내거나 하지는 않거든."

'죽인 게 아니야, 우려낸 게 아니야.' 라고 마음속 어딘가에서 희미한, 그러나 필사적인 항변의 소리가 끓어올라 왔습니다. 그러나 '아니 내가 나쁜 거야.' 라고 금방 다시 고쳐 생각해 버리는 이 버릇.

저는 절대로 정면으로 맞서서 당당하게 토론을 하는 성격이 아닙니다. 소주의 음침한 취기 때문에 시시각각 마음이 험악해지는 것을 간신히 억누르면서 거의 혼잣말처럼 중얼거렸습니다.

"그렇지만 감옥에 가는 일만이 죄는 아니야. 죄의 반의어를 알면 죄의 실체도 파악될 것 같은데…… 신……, 구원……, 사랑……, 빛……. 그러나 하나님한테는 사탄이란 반의어가 있고, 구원의 반의어는 고뇌일 테고, 사랑의 반의어는 증오, 빛에는 어둠이라는 반의어가 있고, 선에는 악, 죄와 기도, 죄와 회개, 죄와 고백, 죄와…… 아아, 전부 유의어야. 죄의 반의어는 뭘까?"

"죄(罪는 쓰미つみ)의 반의어는 꿀([蜜]은 미쓰みつ)이지. 꿀처럼 달콤하거든. 아아, 배고파. 아무거나 먹을 것 좀 갖고 와."

"자네가 직접 갖고 오면 될 것 아니야!"

거의 제가 태어나서 처음이라고 할 만큼 격렬한 노여움의 소리가 튀어나왔습니다.

"그래? 그럼 아래층에 가서 요시코 씨하고 둘이 죄를 저지르고 오겠어. 토론보다 실제 검증이 나은 법이니까. 그럼 죄의 반의어는 미쓰마메(みつまめ, 꿀에 절인 콩) 아니, 소라마메(そらまめ, 잠두콩)던가?"

저는 거의 혀가 꼬여 말도 제대로 못할 정도로 취해 있었습니다.

"맘대로 해. 아무 데로나 가버려!"

"죄와 공복空腹, 공복과 콩. 아니, 이건 유의어인가?"

호리키는 돼먹지 않은 소리를 지껄이면서 일어났습니다.

죄와 벌. 도스토예프스키. 문득 그 생각이 뇌리를 스치자 저는 흠칫했습니다. '만일 저 도스토예프스키가 죄와 벌을 유의어로 생각한 것이 아니라 반의어로 병렬한 것이었다면? 죄와 벌, 절대 서로 통할 수 없는 것. 얼음과 숯처럼 절대 융화되지 않는 것. 죄와 벌을 반의어로 생각했던 도스토예프스키의 바닷말, 썩은 연못, 난마亂麻 그 밑바닥…… 아아, 알 것 같다. 아냐, 아직…….' 하며 머리에서 주마등이 빙글빙글 돌고 있을 때였습니다.

"이봐! 엉뚱한 잠두콩이야. 어서 이리 좀 와봐!"

호리키의 목소리도 안색도 모두 변해 있었습니다. 호리키가 방금 비틀거리며 일어나서 아래층으로 내려간 것 같았는데 어느새 되돌아온 것입니다.

"뭔데?"

묘하게 살기등등해진 우리 둘은 옥상에서 2층으로 내려갔고, 2층에서 다시 아래층 우리 방으로 내려가는 계단 중간에서 호리키가 멈춰서더니 손가락으로 어딘가를 가리키며 작은 목소리로 말했습니다.

"봐!"

그가 가리킨 곳은 우리 방 위쪽으로 나 있는 작은 창이었습니다. 그 창은 열려 있었고, 그곳으로 방 안이 보였습니다. 전깃불 아래에 두 마리 짐승이 있었습니다.

저는 어찔어찔 현기증이 났습니다. '이 또한 인간의 모습이야. 이 또한 인간의 모습이야. 놀랄 것 없어.' 저는 거친 호흡과 함께 마음속으로 이렇게 중얼거리며, 요시코를 구해야 한다는 사실도 잊어버린 채 계단에 못 박힌 듯 서 있었습니다.

호리키가 커다랗게 기침 소리를 냈습니다. 저는 도망치듯 혼자 다시 옥상으로 뛰어 올라와 드러누워 비를 머금은 여름 밤하늘을 올려다보았는데, 그때 저를 엄습한 감정은 노여움도 아니고 혐오도 아니고 슬픔도 아닌 엄청난 공포였습니다. 그것은 묘지의 유령 따위에 대한 공포가 아니라 신사神社의 삼나무 숲에서 흰 옷을 입은 신령을 만났을 때 느낄 만한, 아무 소리도 낼 수 없게 만드는 고대의 거칠고 난폭한 공포였습니다.

저의 새치는 그날 밤부터 나기 시작했으며 점점 더 모든 일에 자신감을 잃게 되었고, 점점 더 인간을 한없이 의심하게 되었습니다. 결국 이 세상에서 얻게 될 삶에 대한 일체의 기대, 기쁨, 공명 등에서 영원히 멀어지게 되었던 것입니다. 실로 그것은 제 생애에 있어서 치명적인 사건이었습니다. 저는 정면에서 정수리에 치명타를 입었고 그 이후로 그 상처는 어떤 인간에게 접근하더라도 그때마다 쓰라린 것이었습니다.

"동정은 가지만 자네도 이 일로 뼈저리게 깨달았겠지. 이제 나는 두 번 다시 여기 오지 않을 거야. 이건 마치 지옥 같군. 그렇지만…… 요시코 씨는 용서해 줘라. 자네도 어차피 신통한 녀석은 아니잖나. 실례하네."

거북한 장소에 오래 머물러 있을 만큼 멍청한 호리키가 아니었습니다.

저는 일어나서 혼자 소주를 마시고 꺼이꺼이 소리 내어 울었습니다. 얼마든지, 얼마든지 울 수 있었던 것입니다.

어느새 등 뒤에 요시코가 잠두콩을 수북하게 담은 접시를 들고 멍하니 서 있었습니다.

"아무 짓도 안 한다고 했는데……."

"알았어. 아무 말도 하지 마. 너는 사람을 의심할 줄 모르니까 그랬겠지. 앉아. 콩이나 먹자."

저희는 나란히 앉아서 콩을 먹었습니다. 아아, 신뢰는 죄인가요? 상대방 남자는 저한테 만화를 그리게 하고는 몇 푼 안 되는 돈을 거드름을 피우며 놓고 가는, 30세 전후의 몸집이 작고 무식한 장사꾼이었습니다.

그 장사꾼은 그 이후로는 차마 나타나지 않았습니다만, 저는 어찌된 일인지 그 장사꾼에 대한 증오보다도 처음 발견했을 때 아무 것도, 헛기침조차도 하지 않고 그대로 저한테 알리러 다시 옥상으로 돌아온 호리키에 대한 증오와 노여움이 더 컸습니다. 그래서 잠 못 드는 밤이면 그 분노가 부글부글 끓어올라 괴로워했습니다.

용서할 것도, 용서받을 것도 없었습니다. 요시코는 신뢰의 천재니까요. 남을 의심할 줄이라고는 몰랐던 것입니다. 그저 그로 인해서 생긴 비극이었습니다.

신에게 묻겠습니다. 신뢰는 죄인가요?

요시코가 더럽혀졌다는 사실보다도 요시코의 신뢰가 더럽혀졌다는 사실이 그 이후에도 오래오래, 저한테는 살아 있는 것이 괴로울 만큼 큰 고뇌의 씨앗이 되었습니다. 저처럼 비루하게 쭈뼛쭈뼛 남의 눈치만 살피고 남을 믿는 능력에 금이 가버린 자에게 요시코의 순결무구한 신뢰심은 그야말로 아오바 폭포처럼 시원하게 느껴졌던 것입니다. 그랬던 것이 하룻밤 사이에 누런 구정물로 변해 버린 것입니다. 보세요. 요시코는 그날 밤부터 제 일빈일소(一嚬一笑, 한 번 찡그리고 한 번 웃는다는 뜻으로, 성내기도 하고 기뻐하기도 하는 감정이나 표정의 변화를 이르는 말)에조차 신경을 쓰게 되었습니다.

"이봐." 하고 제가 부르면 흠칫해서 눈길을 어디 두어야 할지 몰라 했습니다. 제가 웃기려고 아무리 익살을 떨어도 절절매고, 벌벌 떨며, 무턱대고 저에게 존댓말까지 쓰게 되었습니다.

과연 무구한 신뢰심은 죄의 원천인가요?

저는 유부녀가 겁탈 당한 얘기를 이 책 저 책 닥치는 대로 찾아서 읽어보았습니다. 그렇지만 요시코만큼 비참하게 능욕 당한 여자는 하나도 없다고 생각합니다. 도대체 이건 말도 안 되는 얘기입니다. 그 왜소한 장사꾼과 요시코 사이에 사랑 비슷한 감정이 조금이라도 있었다면 저도 오히려 구원받을 수 있었을지도 모릅니다만, 단지 어느 여름날의 하룻밤, 요시코의 신뢰로 인해 생긴 일. 그리고 그뿐. 그렇지만 그것 때문에 제 정수리는 정통으로 얻어맞아 깨졌고, 목소리는 쉬어버렸으며, 머리에는 나이에 어울리지 않게 새치가 나기 시작했습니다. 또 요시코는 평생 절절매며 제 눈치를 보지 않을 수 없게 된 것입니다. 책에 나오는 대부분의 이야기는 아내의 '행위'를 남편이 용서할 것인지 말 것인지, 거기에 초점이 맞춰져 있는 것 같았습니다만 그것은 저한테는 그다지 괴로운 일도 큰 문제도 아니었습니다. 용서하느냐 용서하지 않느냐, 그런 권리를 소유하고 있는 남편은 정말이지 행복한 사람입니다. 도저히 용서할 수 없다고 생각한다면 난리칠 것 없이 그 즉시 아내와 이혼하고 새 아내를 맞이하면 되고, 그렇지 않다면 '용서' 하고 참으면 될 일입니다. 어느 쪽이건 남편 마음 하나로 모든 것이 잘 수습될 거라고 생각되었습니다. 즉 그런 사건은 남편에게 분명히 큰 충격이긴 하겠지만 그것은 단지 '충격'일 뿐이며 언제까지나 무한히 밀려왔다 밀려가는 파도와는 달리, 권리를 가진 남편의 노여움으로 어떤 방식으로든 처리할 수 있는 문제라고 생각되었습니다. 그렇지만 저희 경우는 달랐습니다. 남편에게는 아무런 권리도 없었고, 생각하면 모든 게 제 잘못인 것처럼 느껴져 화를 내기는커녕 싫은 소리 한 마디 못 했고, 또 아내는 그녀가 지녔던 귀한 장점 때문에 능욕 당했던 것입니다. 게다가 그 장점이라는 것은 남편이 예전부터 동경하던 순결무구한 신뢰심이라는, 한없이 애잔한 것이었습니다.

'무구한 신뢰심은 죄인가?'

유일하게 믿었던 장점에조차 의혹을 품게 된 저는 더 이상 뭐가 뭔지 알 수 없게 되었고, 그저 알코올에만 매달리게 되었습니다. 제 얼굴은 극도로 천박해졌고, 아침부터 소주를 마셔댔으며, 치아는 흐물흐물 빠지기 시작했습니다. 만화도 거의 외설에 가까운 것만 그리게 되었습니다. 아니, 솔직히 말하겠습니다. 저는 그때부터 춘화春畵를 모사해서 밀매했습니다. 소주를 살 돈이 필요했던 것입니다. 또 언제나 저한테서 시선을 돌리고 절절매고 있는 요시코를 보면 '이 아이는 전혀 경계라는 것을 모르는 여자니까 그 장사꾼하고 한 번만 그랬던 게 아니지 않을까? 또 호리키와는? 아니, 어쩌면 내가 모르는 사람하고도?' 하며 의심이 의심을 낳았습니다. 하지만 그렇다고 작정하고 추궁할 용기는 없어서 그저 불안과 공포에 몸부림치며, 소주를 마시고 취해서는 기껏해야 비굴한 유도 신문 같은 것을 쭈뼛쭈뼛 시도해 볼 뿐이었습니다. 그런 와중에도 마음속으로는 일희일비하면서 겉으로는 공연히 익살을 떨고, 그리고 나서는 요시코에게 저주스러운 지옥의 애무를 가하고 곯아떨어지는 것이었습니다.

그해 말이었습니다. 그날도 잔뜩 취해서 귀가한 저는 설탕물이 마시고 싶었습니다. 요시코는 잠들어 있는 것 같아서 제가 부엌에 가서 설탕 단지를 찾아내 뚜껑을 열어보니, 설탕은 하나도 들어 있지 않고 길쭉하고 까만 작은 종이 상자가 들어 있었습니다. 무심코 집어 든 순간, 그 상자에 붙어 있는 라벨을 보고 깜짝 놀랐습니다. 라벨은 손톱으로 반 이상 벗겨내져 있었습니다만 남아 있는 부분의 영어 문자는 또렷했습니다. DIAL.

디알. 저는 그즈음 주로 소주를 마셨기 때문에 수면제는 복용하지 않았습니다만, 불면은 저의 오랜 지병이었기 때문에 대부분의 수면제에 익숙했습니다. 디알 이 한 상자면 분명 치사량 이상입니다. 아직 상자를 개봉하지는 않았지만 언젠가는 일을 치를 작정으로 이런 곳에, 게다가 라벨까지 벗겨서 숨겨둔 게 틀림없었습니다. 가엾게도 요시코는 라벨에 쓰인 서양 글씨를 읽을 줄 몰랐기 때문에 손톱으로 반쯤 벗기고는 그것으로 됐다고 생각했던 겁니다. ─ 너한테는 죄가 없어─

저는 소리 나지 않게 살그머니 컵에 물을 채우고 천천히 상자를 개봉해서 단숨에 전부 입안에 털어 넣었습니다. 그러고는 컵의 물을 침착하게 다 마시고 전깃불을 끈 후 그대로 잠들었습니다.

사흘 밤낮을 저는 죽은 듯이 잠만 잤다고 합니다. 의사는 과실로 처리하여 경찰에 신고하는 것을 보류해 주었다고 합니다. 정신이 돌아오기 시작하면서 제일 처음 중얼거린 헛소리는 '집에 갈래,'라는 말이었다고 합니다. 집이 어디를 가리키는 건지는 당사자인 저도 잘 모르겠습니다만, 하여간 그렇게 말하고는 몹시 울었다고 합니다.

머릿속에 가득 차 있던 안개가 점차 사라지고 나서 눈을 떠보니, 머리맡에 넙치가 아주 불쾌한 얼굴로 앉아 있었습니다.

"지난번에도 연말이었지요. 다들 정말이지 눈이 핑핑 돌 정도로 바쁜데 언제나 연말을 노려서 이런 일을 저지르니 이쪽이 죽을 지경입니다."

넙치의 얘기를 들어주고 있는 것은 교바시의 스탠드바 마담이었습니다.

"마담."

제가 불렀습니다.

"응, 뭐? 이제 정신이 들어?"

마담은 자신의 웃는 얼굴을 제 얼굴 위에 덮치듯이 들이밀면서 말했습니다.

저는 눈물을 뚝뚝 흘리며 말했습니다.

"요시코와 헤어지게 해주세요."

저 자신도 전혀 예상치 못했던 말이 나왔습니다.

마담은 몸을 일으키고 가늘게 한숨을 쉬었습니다.

그리고 나서 저는 또 정말 생각지도 못했던, 우습기도 하고 어리석기도 한 형용하기 어려운 실언을 했습니다.

"나는 여자가 없는 곳으로 갈 테야."

와하하! 하고 우선 넙치가 큰 소리로 웃었고 마담도 킥킥 웃었습니다. 저도 눈물을 흘리면서 얼굴을 붉히고 쓴웃음을 지었습니다.

"응, 그러는 편이 좋겠어요."

넙치는 언제까지고 비실비실 웃으면서 말했습니다.

"여자가 없는 곳으로 가는 편이 좋겠어요. 여자가 있으면 아무래도 안 되지요. 여자가 없는 곳이라…… 참 좋은 생각입니다."

여자가 없는 곳. 그러나 저의 이 바보 같은 헛소리는 얼마 지나지 않아 무척 음산한 형태로 실현되었습니다.

요시코는 제가 요시코 대신 독약을 먹었다고 생각한 모양인지 전보다 한층 더 저한테 절절맸고, 제가 무슨 얘길 해도 웃지 않고 말도 제대로 하지 못하는 지경이 되었습니다. 그러다 보니 저도 집 안에만 있는 것이 답답하여 저도 모르게 밖으로 나가 또다시 싸구려 술을 퍼마시게 되었습니다. 디알 사건 이후로 저는 살이 많이 빠졌고, 손발에도 힘이 빠져 만화 그리는 일에도 점점 소홀해졌습니다. 넙치가 문병 왔을 때 두고 간 돈을 가지고—넙치는 그것을 "제 마음입니다."라며 자기가 주는 돈인 것처럼 내밀었습니다만 아무래도 고향에서 저희 형들이 보낸 돈 같았습니다. 저는 그때쯤에는 넙치네 집에서 도망쳤던 때와는 달리 넙치의 그 거들먹거리는 연기를 어렴풋하게나마 알아차릴 수 있게 되었기 때문에 제 쪽에서도 전혀 모르는 척하며 정중하게 그 돈에 대한 사례를 넙치한테 했지만, 넙치가 왜 그런 복잡한 술책을 꾸미는 건지 알 것도 같고 모를 것도 같았습니다. 하지만 아무리 생각해도 제 눈에는 이상하게만 보였습니다— 큰맘 먹고 혼자서 시즈오카현에 있는 미나미 이즈의 온천장에도 가보았습니다만, 도저히 그렇게 태평스러운 온천 여행을 다닐 성격이 못 되었나 봅니다. 요시코를 생각하면 그저 쓸쓸하기 그지없었고 여관방에서 먼 산을 바라보거나 하는 차분한 심정과는 거리가 멀었습니다. 여관에서 주는 옷으로 갈아입지도 않고 목욕도 하지 않았습니다. 그저 밖으로 뛰어나가서 지저분한 찻집 같은 곳에서 소주를 그야말로 뒤집어쓰듯이 퍼마시고, 결국 몸이 더 나빠져서 돌아왔을 뿐입니다.

도쿄에 큰 눈이 내린 밤이었습니다. 저는 취한 채 긴자 뒷골목을 노래하며 걷고 있었습니다.

"여기는 고향에서 몇 백 리, 여기는 고향에서 몇 백 리……."

저는 작은 목소리로 몇 번이고 되풀이해 중얼거리듯이 노래하면서 내리는 눈을 구둣발로 차며 걷다가 갑자기 토했습니다. 그것이 저의 최초의 각혈이었습니다. 눈 위에 커다란 일장기가 그려졌습니다. 저는 잠시 쭈그리고 앉아서 깨끗한 눈을 양손으로 쓸어 담아 얼굴을 씻으면서 울었습니다.

여기는 어디의 샛길이지?
여기는 어디의 샛길이야?

어린 소녀의 구슬픈 노랫소리가 환청처럼 희미하게 멀리서 들려왔습니다. 불행. 이 세상에는 갖가지 불행한 사람이, 아니 불행한 사람만 있다고 해도 과언은 아니겠지요. 그러나 그 사람들의 불행은 세상을 향해 당당하게 항의하기도 하고, 또 '세상'도 그 사람들의 항의를 쉽게 이해하고 동정합니다. 그러나 제 불행은 모두 제 죄에서 비롯된 것이기 때문에 아무에게도 항의할 수 없었고, 또 입속말로 우물우물 한마디라도 항의 비슷한 얘기를 하려고 하면 넙치뿐만 아니라 세상 사람들 모두가 '뻔뻔스럽게 그런 말을 잘도 하는군.' 하고 어이없어 할 것이 뻔했습니다. 저는 도대체 세상에서 말하는 '방자한 놈'인 건지 아니면 반대로 마음이 지나치게 약한 놈인 건지 저 자신도 알 수 없었지만 어쨌든 죄악 덩어리 취급을 받고 있었으며, 끝도 없이 점점 더 불행해지기만 할 뿐 그것을 막을 수 있는 구체적인 방법은 없었던 것입니다.

저는 일어나서, 급한 대로 우선 적당한 약을 먹어야겠다고 생각하며 가까운 약방으로 들어갔다가 그곳 부인과 눈이 마주쳤습니다. 그런데 그 순간 부인은 플래시 세례를 한꺼번에 받기라도 한 것처럼 얼굴을 쳐들고 눈을 크게 뜨더니 그대로 굳어버렸습니다. 그러나 그 크게 뜬 눈에는 놀라움의 빛도, 혐오의 빛도 없었고 거의 구원을 바라는 듯한, 그리움이 가득한 빛이 나타나 있었습니다. '아아, 이 사람도 틀림없이 불행한 사람이다. 불행한 사람은 남의 불행에도 민감한 법이니까.' 라고 생각했을 때 언뜻 그 부인이 목다리를 짚고 위태롭게 서 있는 것을 알아차렸습니다. 저는 가까이 다가가서 부축해 주고 싶은 마음을 억누르고 여전히 그 부인하고 얼굴을 마주 보고 서 있으려니 공연히 눈물이 나왔습니다. 그러자 부인의 큰 눈에서도 눈물이 뚝뚝 넘쳐흘렀습니다.

저는 그대로 한마디도 하지 않고 그 약국에서 나와 비틀거리며 집으로 돌아왔습니다. 그리고 요시코한테 소금물을 만들게 해서 마신 뒤 아무 소리 없이 잠자리에 들었고, 그 다음 날도 감기 기운이 있다고 거짓말을 하고는 하루 종일 잤습니다. 그러나 밤이 되자 제 비밀인 각혈이 아무래도 불안해 견딜 수가 없어서, 어젯밤에 갔던 그 약방에 다시 가서 이번에는 웃으며 정말이지 솔직하게 부인에게 지금까지의 몸 상태를 털어놓고 의논했습니다.

"술을 드시면 안 돼요."

우리는 마치 혈육 같았습니다.

"알코올 중독자가 되어버렸는지도 모릅니다. 지금도 마시고 싶거든요."

"안 돼요! 우리 주인도 폐결핵 환자인 주제에 술로 균을 죽인다고 술만 마시다 수명을 단축시켰어요."

"불안해서 못 견디겠어요. 두려워서 도저히 안 마시고는 못 배기겠단 말입니다."

"약을 드릴게요. 술은 그만 드세요."

부인은 목다리를 딸가닥딸가닥 울리면서 저를 위해 이쪽저쪽 선반에서 갖가지 약품을 찾아주었습니다. 그 부인은 미망인으로 아들이 하나 있었는데, 그 아이는 치바시인가 어딘가의 의과 대학에 들어간 지 얼마 안 돼 아버지와 같은 병에 걸려 휴학을 하고 병원에 입원 중이었습니다. 또 집에는 중풍에 걸린 시아버지가 누워 있었고, 부인 자신은 다섯 살 때 앓았던 소아마비 때문에 한쪽 다리를 전혀 못 썼습니다.

이건 조혈제.

이건 비타민 주사제. 주사기는 이것.

이건 칼슘제 알약.

위장을 보호해 주는 소화제.

이건 뭐, 이건 뭐 하면서 대여섯 종류의 약품 설명을 애정을 담아 해주었지만, 이 불행한 부인의 애정 또한 저에게는 너무 과했습니다. 마지막에 부인은 아무리 애써도 술이 마시고 싶어 못 견딜 때를 위한 약이라고 하면서 재빨리 종이에 싸준 조그마한 상자.

모르핀 주사액이었습니다.

술보다는 해가 되지 않는다고 부인도 말했고 저도 그 말을 믿었습니다. 또 한편으로는 저도 술 냄새가 불결하게 느껴지기 시작한 때이기도 해서 오래간만에 알코올이라는 사탄에게서 도망칠 수 있다는 기쁨에, 저는 아무런 주저 없이 제 팔에 그 모르핀을 주사했습니다. 불안감과 초조함과 수치심이 깨끗이 사라지면서 저는 아주 명랑한 웅변가가 되었습니다. 그리고 그 주사를 맞으면 몸이 쇠약해진 사실도 잊고 만화 일에 열중하게 되었고, 그러면서 저 자신도 웃음이 터질 만큼 절묘한 만화가 태어나기도 했습니다.

하루에 한 개라던 결심이 두 개가 되고 네 개가 되었을 때쯤에는, 저는 이제 그 약이 없으면 일을 못 하게 돼버렸습니다.

"안 돼요, 중독되면. 그럼 정말 큰일 나요."

약방 부인이 말했습니다. 그런 말을 듣고 나니 저는 이미 상당히 심각한 중독자가 되어버린 것 같은 느낌이 들었고—저는 타인의 암시에 정말이지 쉽게 걸리는 성격이었습니다. '이 돈은 쓰면 안 돼.' 라고 하면서 '워낙 너는 믿을 수 없지만…….' 따위의 말을 덧붙이면 왠지 쓰지 않으면 안 될 것 같은, 기대를 저버리는 것 같은 묘한 착각이 들어서 꼭 그 돈을 써버리고 마는 것이었습니다— 중독에 대한 불안 때문에 약품을 더 많이 찾게 된 것입니다.

"제발 부탁드려요! 한 상자만 더. 계산은 월말에 꼭 할게요."

"계산 같은 건 아무 때고 상관없지만 경찰이 알게 되면 시끄러워져요."

아아, 제 주변에는 언제나 뭔가 혼탁하고, 어둡고, 어딘지 수상쩍고, 떳떳하지 못한 사람의 기척이 따라다니는 것이었습니다.

"그러니까 그걸 어떻게 좀 눈가림해 달란 말이에요. 부탁해요, 부인. 키스해 줄게요."

약방 부인은 얼굴을 붉혔습니다.

저는 점점 더 뻔뻔스럽게 말했습니다.

"그 약이 없으면 전혀 일을 할 수가 없어요. 나한테는 그게 강장제나 같거든요."

"그럼 차라리 호르몬 주사가 낫지 않을까요?"

"사람을 우습게 보면 안 돼요. 술 아니면 그 약, 둘 중 하나가 아니면 일을 못 해요."

"술은 안 돼요."

"그렇죠? 나는요, 그 약을 쓰고 나서부터 술은 한 방울도 안 마셨어요. 덕택에 몸 상태도 아주 좋아졌어요. 나도 언제까지나 시원찮은 만화 따위를 그리고 싶은 생각은 없어요. 이제부터 술도 끊고 건강도 되찾아 열심히 공부해서 반드시 훌륭한 화가가 돼 보일게요. 지금이 가장 중요한 때라고요. 그러니까, 네? 제발 부탁이에요. 키스해 줄까요?"

"참 큰일이네요. 중독되어도 나는 몰라요."

약방 부인은 웃음을 터뜨리고 딸가닥딸가닥 목다리 소리를 내면서 그 약을 선반에서 꺼냈습니다.

"한 상자는 다 드릴 수가 없어요. 금방 다 써버리시니까. 반만 가져가요."

"쩨쩨하기는……. 뭐, 할 수 없지요."

저는 집에 돌아오자마자 금방 주사 한 대를 놓았습니다.

"안 아프세요?"

요시코가 쭈뼛쭈뼛 저에게 물었습니다.

"그야 당연히 아프지. 그렇지만 능률을 올리기 위해서는 싫어도 이 주사를 맞지 않으면 안 되거든. 내가 요새 기운이 아주 왕성하지? 자, 일하자. 일, 일."

큰 소리로 떠들어댔습니다.

한밤중에 약방 문을 두드린 적도 있습니다. 잠옷 차림으로 딸가닥딸가닥 목다리를 짚고 나온 부인을 갑자기 끌어안고 키스하고는 우는 흉내를 냈습니다. 그러면 부인은 아무 말도 않고 저에게 약 한 상자를 건넸습니다.

이 약 또한 소주처럼, 아니 그 이상으로 불길하고 저주스러운 것이라는 사실을 깨닫게 되었을 때는 이미 저는 완전한 중독자가 되어버린 후였습니다. 정말 몰염치의 극치였습니다. 저는 그 약품을 구하고 싶은 일념에 또다시 춘화 모사를 시작했고, 그 약방 부인과 글자 그대로 추잡한 관계까지 맺었습니다.

'죽고 싶다. 차라리 죽고 싶다. 이제는 돌이킬 수 없어. 무슨 짓을 해도, 무얼 해도 잘못될 뿐이다. 수치심에 수치심을 더할 뿐이다. 자전거를 타고 아오바 폭포에 가겠다는 소망은 이제 나로서는 바랄 수도 없는 일이야. 그저 추잡한 죄에 한심한 죄가 겹쳐지고, 고뇌가 증폭되어 격렬해질 뿐이야. 죽고 싶어. 죽지 않으면 안 돼. 살아 있다는 것 자체가 죄의 씨앗이야.'

저는 외곬으로 이렇게 생각하면서도 여전히 집과 약방 사이를 반미치광이처럼 왕복할 뿐이었습니다.

아무리 일을 늘려도 약의 사용량도 함께 늘어났기 때문에 약방 빚은 끔찍할 정도로 불어나 있었습니다. 약방 부인은 제 얼굴만 보면 눈물을 보였고, 그러면 저도 따라서 눈물을 흘렸습니다.

지옥.

이 지옥에서 도망칠 최후의 수단. 이번에도 실패하면 이제는 목을 매는 수밖에 없다고, 하느님의 존재를 내기에 걸 정도의 결의로 저는 고향에 계신 아버지께 긴 편지를 써서 제 사정을 전부— 여자들과의 일은 차마 못 썼습니다만— 고백하기로 했습니다.

그러나 결과는 한층 더 악화되었습니다. 아무리 기다려도 답장이 오지 않자 그로 인한 초조와 불안 때문에 오히려 약의 양이 늘어버린 것입니다.

'오늘 밤에 열 개를 한꺼번에 주사하고 강에 뛰어들자.' 혼자 그렇게 각오를 한 날 오후였습니다. 넙치가 악마의 육감으로 낌새라도 챈 것처럼 호리키를 이끌고 나타났습니다.

"자네, 각혈했다면서?"

호리키는 제 앞에 책상다리를 하고 앉자마자 그렇게 말하더니 그때까지 한 번도 본 적이 없었던 다정한 미소를 지었습니다. 그 다정한 미소가 너무나 고맙고 기뻐서 저도 모르게 얼굴을 돌리고 울었습니다. 그리고 그의 다정한 미소 하나에 저는 완전한 인생의 패배자가 되어 매장돼 버리고 말았습니다.

저는 자동차에 태워졌습니다.

"어쨌든 입원하지 않으면 안 돼요. 뒷일은 우리에게 맡겨요."

넙치도 숙연한 어조로—그것은 '자비로운'이라고 형용하고 싶을 만큼 조용한 어조였습니다— 저에게 권했고, 저는 의지도 판단력도 없는 사람처럼 그저 훌쩍훌쩍 울면서 유순하게 두 사람이 시키는 대로 따랐습니다. 요시코까지 포함한 우리 네 사람은 꽤 오랫동안 자동차 안에서 흔들리다가 주위가 어두컴컴해졌을 때쯤 숲속에 위치한 커다란 병원 현관에 도착했습니다.

저는 요양소일 것이라고만 생각했습니다.

한 젊은 의사가 묘하게 온화하고 정중하게 저를 진찰하더니 "글쎄요, 당분간 여기서 요양하시지요."라고 수줍은 듯 미소 지으면서 말했고, 넙치와 호리키와 요시코는 저만 남겨 두고 돌아가기로 했습니다. 요시코는 갈아입을 옷이 담겨 있는 보따리를 저한테 건네주고는, 잠자코 허리띠 사이에서 주사기와 쓰다 남은 약품을 내밀었습니다. 여전히 강장제라고만 생각하고 있었던 모양입니다.

"아니, 이젠 필요 없어."

정말 신기한 일이었습니다. 누가 무언가를 권했을 때 그것을 거절한 것은 제 생애에서 그때 단 한 번뿐이라고 해도 과언이 아닙니다. 제 불행은 거절할 능력이 없는 인간의 불행이었습니다. 권하는데 거절하면 상대방 마음에도 제 마음에도 영원히 치유할 길 없는 생생한 금이 갈 것 같은 공포에 위협당하고 있었던 것입니다. 그렇지만 그때 저는 그렇게 반미치광이처럼 원하던 모르핀을 실로 자연스럽게 거절했습니다. 말하자면 '하느님 같은' 요시코의 무지에 감동한 것일까요. 저는 그 순간 이미 중독에서 벗어난 것은 아닐까요.

그렇지만 저는 그러고 나서 금방 그 수줍은 듯한 미소를 띤 젊은 의사의 안내를 받아 어떤 병동에 수용되었고, 곧바로 뒤에서 철컥 하고 열쇠가 잠겼습니다. 정신 병원이었던 것입니다.

디알을 먹었을 때 '여자가 없는 곳으로 가겠다.'는 제가 했던 바보 같은 헛소리가 정말이지 기묘하게 실현된 셈입니다. 그 병동에는 남자 미치광이뿐이어서, 간호사도 남자였고 여자라고는 한 사람도 없었습니다.

이제 저는 죄인이 아닌 미치광이가 되어버린 것입니다.

아니, 저는 결코 미치지 않았습니다.

단 한 순간도 미친 적은 없었습니다. 아아, 그렇지만 미친 사람들은 대개 그렇게들 말한다고 합니다. 즉 이 병원에 들어온 사람은 미치광이고, 들어오지 않은 사람은 정상인이라는 얘기가 되는 것이지요.

신에게 묻겠습니다. 무저항은 죄입니까?

호리키의 그 이상하고도 아름다운 미소에 홀려 저는 울었고, 판단하는 것도 저항하는 것도 잊어버린 채 자동차를 탔고, 여기에 끌려와서 정신 이상자가 되었습니다. 혹시라도 여기에서 나간다 해도 저는 여전히 미치광이, 아니 폐인이라는 낙인이 이마에 찍혀 있겠지요.

인간 실격.

이제 저는 더 이상 인간이 아니었습니다.

제가 여기에 온 초여름 무렵에는 쇠창살이 끼워진 창에서 병원 마당의 작은 연못에 붉은 수련 꽃이 피어 있는 것이 보였습니다. 그로부터 석 달이 지나 병원 마당에 코스모스가 피기 시작할 무렵에 뜻밖에도 고향에서 큰형이 넙치와 함께 저를 데리러 와서는 아버지가 지난달 말에 위궤양으로 돌아가셨다는 소식을 전해 주었습니다.

"우리는 이제 네 과거는 묻지 않겠다. 생활비 걱정도 시키지 않겠다. 넌 아무것도 하지 않아도 돼. 그 대신, 여러 가지 미련이 있겠지만 곧바로 도쿄를 떠나서 시골에서 요양 생활을 해주었으면 좋겠다. 네가 도쿄에서 저지른 일의 뒤치다꺼리는 여기 있는 시부 타가 대강 해줄 테니까 그건 신경 쓰지 않아도 돼."

큰형이 진지하게, 제법 긴장한 듯한 어조로 말했습니다.

고향의 산하가 눈앞에 보이는 듯해서 저는 희미하게 고개를 끄덕였습니다.

진정한 폐인.

아버지가 돌아가셨다는 사실을 알고 난 후부터 저는 점점 더 얼간이가 되어갔습니다. '아버님이 이젠 안 계신다. 내 마음에서 한순간도 떠나지 않았던 그 그립고도 무서운 존재가 이젠 안 계시다.' 제 고뇌의 항아리가 텅 빈 것 같은 느낌이었습니다. 제 고뇌의 항아리가 공연히 무거웠던 것은 아버지 탓이 아니었을까 하는 생각조차 들었습니다. 모든 의욕을 상실했습니다. 고뇌할 능력조차도 상실했습니다.큰형은 저에게 한 약속을 정확하게 지켜주었습니다. 제가 태어나 자란 마을에서 기차로 네댓 시간 남쪽으로 내려간 곳에 동북 지방으로는 드물게 따뜻한 바닷가 온천지가 있는데, 그 마을 끝에 방은 다섯 개나 되지만 무척 오래된 집인 듯 벽은 허물어지고 기둥은 벌레가 먹어서 수리하기도 힘든 무척 낡은 시골집을 사서 저에게 주고, 머리카락이 굉장히 붉은 예순 살 가까운 못생긴 식모를 한 사람 붙여주었습니다.

그러고 나서 3년 하고도 좀 더 지나는 동안, 저는 그 테쓰라는 늙은 식모한테 몇 번인가 이상한 방법으로 겁탈을 당했고, 가끔씩

140

부부 싸움 같은 것도 하게 되었습니다. 가슴의 병은 일진일퇴해서 살이 쪘다가 말랐다 하면서 혈담이 나오기도 했습니다. 어제는 테쓰한테 칼모틴을 사오라고 마을 약국에 심부름을 보냈더니 여느 때와는 다른 상자에 담긴 칼모틴을 사왔는데, 그다지 신경 쓰지 않고 자기 전에 열 알 정도 먹었습니다. 그런데 도통 잠이 오지 않아 이상하게 생각하던 차에 배 속에서 요동을 쳐서 서둘러 화장실에 갔더니 맹렬한 설사가 이어졌습니다. 그러고 나서도 연달아 세 번이나 화장실에 갔는데 뭔가 이상해서 약상자를 잘 살펴보니 그것은 헤노모틴이라는 설사약이었습니다.

저는 똑바로 누워서 배에 유단포(더운물을 넣어 몸을 따뜻하게 하는 통)를 올려놓고, 테쓰에게 잔소리를 하려고 했습니다.

"이봐, 이건 칼모틴이 아니야. 헤노모틴이지."

그렇게 말하다 말고 후후 웃어버렸습니다. 아무래도 '폐인'이란 단어는 희극 명사인 것 같습니다. 잠들려고 먹은 것이 설사약이고, 게다가 그 설사약 이름은 헤노모틴이라니.

지금 저에게는 행복도 불행도 없습니다.

모든 것은 그저 지나갈 뿐입니다.

제가 지금까지 아비규환으로 살아온 소위 '인간'의 세계에서 단 한 가지 진리처럼 느껴지는 것은 그것뿐입니다.

모든 것은 그저 지나갈 뿐입니다.

저는 올해로 스물일곱이 되었습니다. 백발이 눈에 띄게 늘어서 대부분의 사람들은 마흔 살 이상으로 봅니다.

후기

이 수기를 쓴 광인을 내가 직접 알지는 못한다. 그렇지만 이 수기에 나오는 교바시 스탠드바의 마담일 거라고 짐작되는 인물은 조금 알고 있다. 몸집이 작고 안색이 좋지 않으며 눈이 가늘게 치켜 올라가고 코가 높은, 미인이라기보다는 미남이라고 하는 편이 어울릴 만큼 딱딱한 느낌의 사람이었다. 이 수기는 아무래도 쇼와 (쇼와 왕 통치 기간을 가리키는 연호로 1926~1989) 5~7년경의 도쿄 풍경이 주로 묘사되어 있는 것 같다. 내가 친구 손에 이끌려 그 교바시의 스탠드바에 두서너 번 들러서 하이볼 같은 것을 마신 것은, 일본 군부가 점점 노골적으로 설치기 시작하던 1935년 전후의 일이었으니까 이 수기를 쓴 남자는 만나지 못했던 것이다.

올해 2월에 나는 치바현 후나바시시로 피란 가 있던 한 친구를 찾아갈 일이 있었다. 그는 내 대학 시절의 학우로, 지금은 모 여자 대학에서 강사 노릇을 하고 있는 친구였다. 이 친구에게 후리 친척의 혼담을 부탁해 둔 것이 있었기 때문에, 그에게 감사의 표시

142

도 하고 집안 식구들한테 신선한 해산물도 먹이려는 생각에 겸사
겸사 배낭을 짊어지고 후나바시시까지 갔던 것이다.

후나바시시는 갯벌과 근접해 있는 꽤 큰 도시였다. 그 친구네는
새로 이사 온 주민이어서 그 고장 사람들한테 번지수를 대고 물어
봐도 좀처럼 알 수가 없었다. 추운 데다 배낭을 짊어진 어깨가 아
팠지만 나는 레코드에서 흘러나오는 바이올린 소리에 이끌려 무
작정 어느 다방 문을 열고 들어갔다.

거기 마담이 낯이 익어서 물어봤더니 바로 십 년 전 그 교바시
에 있던 작은 스탠드바의 마담이었던 것이다. 마담도 금방 나를
기억해 냈는지 서로 놀라서 요란하게 웃고는 누가 묻지도 않았는
데도 이럴 때에 자연스레 나오기 마련인, 공습으로 인해 집이 타
버린 경험 따위를 자랑스러운 듯 서로 주고받았다.

"당신은 하나도 안 변했어요."

"아니에요. 이젠 할머니인걸요. 몸이 삐거덕삐거덕해요. 선생님
이야말로 여전히 젊으세요."

"천만에. 벌써 애가 셋이나 되는걸요. 오늘은 그 녀석들 먹일 식
량을 사러 왔어요."

등등 오랜만에 만난 사람끼리 흔히 하는 인사를 또 나누고 나서
둘의 공통되는 지인들의 소식을 묻던 중에, 문득 마담이 새삼스레
어조를 바꾸더니 물었다.

"당신도 요조를 알던가요?"

내가 모른다고 대답하자, 마담은 안으로 들어가서 공책 세 권과

사진 석 장을 들고 나오더니 나한테 건네주면서 말했다.

"이게 소설의 재료가 될지도 모르겠네요."

나는 남이 떠맡기는 소재로는 작품을 쓰지 않는 성격이었기 때문에 바로 그 자리에서 돌려줄까도 생각했지만 그 사진—이 사진 석 장의 기괴함에 대해서는 서문에도 써두었다—에 마음이 끌려서 어쨌든 노트를 맡기로 했다.

"돌아갈 때 다시 여기 들르겠지만 무슨 동네 몇 번지 누구 씨라고, 여자 대학에서 선생 노릇을 하고 있는 사람의 집을 혹시 아십니까?"

내가 물어보았더니 새로 이사 온 사람끼리는 통하는 뭔가가 있는 모양인지 알고 있었다. 가끔 이 다방에도 들른다고 했다. 그의 집은 바로 근처였다.

그날 밤, 친구하고 술을 한잔한 뒤 그 집에서 묵기로 한 나는 아침까지 한숨도 자지 않고 그 공책을 읽었다.

그 수기의 내용은 옛날 얘기긴 했지만, 요즘 사람들이 읽어도 상당히 흥미를 느낄 것이 틀림없었다. 쓸데없이 내가 첨삭을 가하기보다는 이대로 잡지사 같은 곳에 부탁해서 발표하는 것이 좀 더 의의가 있을 것 같았다.

아이들에게 주려고 산 해산물은 모두 말린 생선뿐이었다. 나는 친구에게 작별 인사를 한 후, 배낭을 짊어진 채 예의 그 다방에 들렀다.

"어제는 고마웠습니다. 그런데……."

나는 바로 이렇게 이야기를 꺼냈다.

"이 노트를 당분간 빌려주실 수 있겠습니까?"

"예, 그러세요."

"이 사람 아직 살아 있나요?"

"글쎄요, 그건 통 알 수가 없어요. 10년쯤 전에 교바시의 가게로 그 노트하고 사진이 소포로 배달되어 왔는데, 보낸 사람은 요조가 틀림없을 텐데…… 그 소포에는 요조의 주소도 이름도 쓰여 있지 않았거든요. 공습 때 다른 물건에 섞여 있었던 덕분에 이것도 묘하게 무사했나 봐요. 저는 얼마 전에 처음으로 전부 읽고……."

"울었습니까?"

"아니요, 울었다기보다…… 글쎄, 다 끝난 거겠지요? 인간도 이 지경이 되었다면 이젠 틀린 거죠."

"그러고 나서 10년이라면 이미 죽었을지도 모르겠군요. 아마도 이것은 당신에게 감사의 뜻으로 보낸 거겠죠. 다소 과장해서 쓴 듯한 부분도 있지만 당신도 꽤 피해를 본 것 같으니 말이오. 만일 이것이 전부 사실이라면, 그리고 내가 이 사람의 친구였다면 나 역시 그를 정신 병원에 집어넣고 싶었을지도 모르겠소."

"그 사람의 아버지가 나쁜 거예요."

마담이 무심하게 말했다.

"우리가 알던 요조는 아주 순수하고 센스도 있고…… 다만 술만 마시지 않는다면, 아니 마셔도…… 정말 하느님같이 착한 아이였어요."

여학생

아침에 막 눈을 떴을 때의 기분은 재미있다. 숨바꼭질을 할 때 장롱 안 새카만 어둠 속에 웅크리고 숨어 있는데, 갑자기 장롱 문이 벌컥 열리면서 햇빛이 쨍 하고 쏟아지면 "찾았다!" 하고 소리치는 술래의 큰 목소리, 눈부심, 그리고 운 나쁘게 잡혔다는 것을 언짢아하며 묘한 어색함에 가슴이 두근거려서 흐트러진 옷매무새를 가다듬고는 쑥스럽게 장롱 밖으로 나오는데 갑자기 울컥하고 분통이 터지던 기분이라고나 할까……. 아니, 그게 아니야. 그런 느낌도 아니야. 뭐라고 해야 할까…… 그보다는 더 견디기 어려운 기분이야. 상자를 열면 그 안에 또 다른 상자가 있고, 그 작은 상자를 열면 그 안에서 더 작은 상자가 있고, 다시 그 상자를 열면 더 작은 상자가 있고, 그렇게 일곱 개, 여덟 개나 열어보았는데 끝내는 주사위만 한 아주 작은 상자가 마지막으로 나오는데 그걸 열어보니 아무것도 없는, 텅 비어 있는 느낌. 그 느낌과 비슷하다. 눈이 번쩍 떠진다는 말은 새빨간 거짓말이다. 어지럽고 혼탁해지다

가 어느새 점점 녹말이 밑으로 가라앉아 조금씩 맑은 물이 새어
나올 때쯤에야 가까스로 피로했던 눈이 떠진다. 아침은, 뭐라고
해야 할까…… 아무튼 그저 그렇고 따분하다. 슬픈 일들이 가슴
가득 차올라서 견디기 힘들다. 싫다, 싫어. 아침의 나는 정말 밉다.
두 다리도 흐느적흐느적 피곤하다. 그래서 더 이상 아무것도 하기
가 싫다. 어젯밤 잠을 깊이 자지 못한 탓인지도 모르겠다. 아침은
건강하다는 말은 거짓말이다. 아침은 내게 있어 잿빛이다. 언제나
그렇다. 아침은 가장 허무하다. 잠에서 깨어난 아침의 나는 늘 염
세적이다. 생각하기조차 싫은 추잡한 후회들이 한꺼번에 가슴 가
득 밀려와 몸부림치게 만든다.

아침은 심술쟁이다.

"아빠." 하고 작은 목소리로 불러본다. 묘하게 부끄럽고 쑥스러
우면서도 즐거운 마음이 들어 벌떡 일어나 잽싸게 이불을 갠다.
이불을 들어올리며 '읏샤!' 하고 기합 소리를 내고는 아차 싶은 생
각이 들었다. 문득, 나는 이제까지 이런 천박한 소리를 내는 여자
라고 생각해 본 적이 없었다. '읏샤!' 라니 할머니들이나 내는 기합
소리 같아서 싫다. 왜 그런 소리를 갑자기 냈을까? 내 몸속 어딘가
에 할머니가 하나 들어 있는 것 같아서 기분이 언짢다. 앞으로는
조심해야지. 다른 사람의 품위 없는 걸음걸이를 빈정거리다가 문
득 나도 그런 우스꽝스러운 걸음으로 걷고 있다는 걸 느꼈을 때처
럼 정말 기운이 빠진다.

아침에는 늘 자신이 없다. 잠옷 차림으로 거울 앞에 앉는다. 안

경을 쓰지 않은 채 거울을 들여다보면 얼굴이 약간 흐릿해서 그럴 듯하게 보인다. 내 얼굴 중에서 무엇보다도 안경이 제일 싫지만 다른 사람이 모르는 안경의 좋은 점도 나는 안다. 안경을 벗고 머나먼 곳을 바라보는 것이 참 좋다. 풍경 전체가 뿌옇게 보여 꿈결 같기도 하고, 한 폭의 그림을 보는 것처럼 근사하기도 하다. 더러운 것은 아무것도 보이지 않는다. 큼직한 것, 선명하고 강한 색과 햇살만이 눈에 들어온다. 안경을 벗고 다른 사람을 바라보는 것도 좋다. 상대방의 얼굴이 모두 우아하고 예쁘게 웃는 것처럼 보인다. 게다가 안경을 벗고 있을 때는 결코 다른 사람들과 싸우고 싶지도 않고 욕지거리를 하고 싶지도 않다. 다만 아무 말 없이 멍하니 있을 뿐이다. 그리고 그럴 때 다른 사람의 눈엔 내가 마치 좋은 사람으로 보일 거라고 생각하면, 더더욱 마음이 놓이고 누군가에게 응석이라도 부리고 싶어지면서 한결 부드러워지고 상냥해진다.

하지만 아무래도 안경은 싫다. 안경을 쓰면 얼굴이라는 느낌이 없어진다. 얼굴에서 우러나오는 여러 가지 정서—로맨틱한 것, 아름다운 것, 거칢과 연약함, 천진난만함과 애수 같은 것—들을 안경이 모두 가로막아버린다. 게다가 눈으로 대화하는 것조차 어렵게 된다.

안경은 귀신, 괴물이다.

늘 안경이 싫다고 생각하기 때문인지는 몰라도, 나는 눈의 아름다움이 제일 중요하다고 여기고 있다. 코가 없어도, 입이 가려져 있다고 해도 눈이, 그 눈을 보고 있으면, 좀 더 아름답게 살아야겠다고 생각하게 되는 그런 눈이라면 한결 더 좋겠다는 생각이 든다. 그런데 내 눈은 그저 크기만 할 뿐이다. 가만히 내 눈을 들여다보고 있으면 맥이 풀린다. 엄마조차도 내 눈이 신통찮다고 하실정도다. 이런 눈을 생기 없는 눈이라고 하는가 보다. 검은 동그라미 같다는 생각에 이르면 기운이 쭉 빠진다. 눈이 이렇게 생기다니. 정말 너무해. 거울을 볼 때마다 예쁘고 촉촉해 보이는 눈이었으면 좋겠다는 생각이 자꾸만 든다. 맑고 깨끗한 호수 같은 눈, 초록빛 초원에 누워서 드넓은 하늘을 보고 있는 듯한 눈, 이따금 흘러가는 구름이 비치고, 새들의 그림자까지도 또렷이 비치는 그런 아름다운 눈을 가진 사람들과 많이, 많이 만나고 싶다.

오늘 아침부터 5월이라고 생각하니 웬일인지 조금은 들뜬 기분이다. 역시 즐겁다. 이제 얼마 안 있으면 여름이다. 정원에 나가 보니 딸기 꽃에 눈길이 지그시 멈춘다. 아빠가 돌아가셨다는 사실이 새삼 이상하게 느껴진다. 돌아가셔서 이제 곁에 안 계시다는 것을 이해하기 힘들다. 납득이 안 간다. 언니, 헤어진 사람들, 오랫동안 만나지 못한 사람들까지 모두가 문득 그리워진다. 아무래도 아침에는 지나간 일들, 그리고 옛날에 함께했지만 지금은 멀어져간 사람들 생각이 너무도 익숙하게, 바로 가까이 있는 단무지 냄새처럼 무미건조하게 느껴진다. 견딜 수가 없다.

'자피'와 '가와' —불쌍한 개라서 그렇게 부르기로 했다.('가와이소', 불쌍하다는 뜻의 일본말에서 따옴)—가 내게 달려왔다. 두 마리를 앞에 나란히 앉혀놓고 자피만 더 예뻐했다. 자피의 새하얀 털은 빛이 나서 아름답지만 가와는 더럽기 짝이 없다. 자피만 예뻐하면 가와는 옆에서 울상을 짓고 있는 것을 나는 잘 알고 있다. 가와가 한쪽 다리를 못 쓴다는 것도 알고 있다. 가와는 나를 서글프게 만들어 싫다. 너무 불쌍하고 가여우니까 일부러 심술궂게 대하고 싶다. 가와는 떠돌이 개처럼 보이니까 언제 개장수에게 잡혀갈지 모른다. 가와는 다리를 저니까 도망가는 것도 느리겠지. '가와야, 어서 산속에라도 가버리렴. 넌 누구에게도 귀염 받을 수 없으니까 빨리 죽는 게 나아······. 난 말이야, 너뿐만 아니라 다른 사람에게도 못된 짓을 즐기는 아이야. 다른 사람을 곤혹스럽게 하고 자극하는 정말 몹쓸 아이다.' 툇마루에 걸터앉아 자피의 머리를 쓰다듬어주면서 눈 속으로 스며드는 파릇한 잎사귀를 보고 있자니 공연히 속상해져서 땅바닥에 털썩 주저앉고 싶어졌다.

왠지 엉엉 울고 싶었다. 숨을 꾹 참고 눈을 충혈하면 눈물이 조금이라도 나올지 모른다는 생각이 들어 그렇게 해보았지만 헛수고였다. 이제 나는 눈물조차 메말라버린 여자가 되어버린 것인지도 모르겠다. 어떡해!

모두 다 포기하고 방 청소를 시작한다. 청소를 하면서 느닷없이 '외국인 오키치'(일본 개화기 때 초대 미국 영사의 시중을 들던 여인으로 후에 게이샤가 되는데, 당시 일본인들은 외국인에게 몸을 맡기는 것을 부끄러운 것으로 여겨 '외국인'이라는 별명을 붙여 놀렸다고 함)의 노래를 흥얼거렸다. 문득 나 자신을 되돌아보게 되었다. 평소에는 모차르트나 바흐에 몰두해 있다가 무의식중에 '외국인 오키치'를 불렀다는 게 우스꽝스럽다. 이부자리를 들어 올릴 때 '웃샤'라고 하질 않나, 청소하다가 갑자기 '외국인 오키치'가 튀어나오질 않나, 내가 생각해도 이제 망가졌나 보다 하는 생각마저 든다. 이 지경에 이르다니……. 이런 상태라면 잠꼬대를 하면서도 얼마나 품위 없는 허튼 소리를 해댈지 불안해서 견딜 수가 없다. 그렇지만 그것도 어쩐지 우스워져서 비질을 멈추고는 혼자서 가만히 웃는다.

어제 바느질을 마친 새 속옷을 입었다. 가슴 부위에 자그맣게 하얀 장미꽃 자수를 수놓았다. 웃옷을 걸치면 이 자수가 보이지 않게 된다. 아무도 모르는 나만의 장기다. 흐뭇하다.

엄마는 누군가의 혼담을 위해 마냥 바쁘다. 오늘도 아침 일찍 서둘러 외출하셨다. 내가 어릴 때부터 엄마는 남들을 위해 바쁘게 뛰어다니곤 했는데, 정말 놀라울 정도로 쉴 새 없이 뭔가를 하는 엄마는 대단한 활동가라는 생각에 감탄하게 된다. 아빠가 너무 공부에만 매달렸으니까 엄마가 아빠 몫까지 감당해야 했다. 아빠는 사교와는 인연이 멀었지만 엄마는 기분 좋은 사람들끼리의 모임을 만들곤 하셨다. 두 분은 너무도 다른 점이 있었지만 서로가 존경했다고 한다. 미운 데가 아예 없는, 아름답고 편안한 부부라고나할까? 아아, 내가 이런 주제넘은 소리를 하다니 건방지다, 건방져.

된장국이 데워질 때까지 부엌 앞에 주저앉아 눈앞에 있는 잡목림을 물끄러미 바라보고 있다. 다시 또 문득, 옛날에도 그리고 앞으로도 부엌 앞에 이런 자세로 주저앉아 지금과 같은 생각을 하면서 눈앞의 잡목림을 보고 있었고, 앞으로도 보고 있을 것이라는 생각이 들자 과거, 현재, 미래, 그것들이 한순간에 느껴지는 듯한, 실로 묘한 기분이 들었다. 이와 비슷한 기분을 이따금 느끼곤 한다. 누군가와 방 안에 마주앉아 서로 이야기를 하다가 그저 눈을 탁자 한쪽에 고정시켜 놓고 입만 나불거린다. 이런 때엔 묘한 착각을 하게 된다. 언제였던가? 이와 같은 상태로, 이와 같은 말을 주고받으며, 마찬가지로 탁자 한 모서리를 응시하고 있었고, 앞으로도 지금과 비슷한 일이 내게 일어날 것이라고 믿고 싶다. 어느 먼 시골의 들길을 걷는다 해도 확실히 이 길은 언젠가 와본 적이 있는 길이란 생각이 든다. 길을 걷다가 길옆의 콩잎을 확 잡아 뜯었을 때에도, 역시 이 길의 이쯤에서 이 잎을 잡아 뜯었던 적이 있다고 생각한다. 그리고 또 앞으로도 몇 번이고 계속 이 길을 걸으면서 이 자리에서 콩잎을 뜯게 될 것이라고 믿는 것이다. 또 이런 일도 있었다. 어느 날 목욕탕에 갔다가 얼핏 내 손을 눈여겨보았다. 그랬더니 몇 년 후 목욕탕에 가서도 그때 그랬던 것처럼 내 손을 들여다본 것을 떠올리게 될 것이라는 생각이 들었다. 그렇게 생각하니 어쩐지 우울해졌다. 또 어느 날 저녁, 혼자서 밥을 푸고 있을 때, '인스피레이션inspiration' 곧 '영감'이라고 하면 좀 과장된 표현일는지 모르겠지만 뭔가 몸속을 휘익 하고, 잽싸게 지나가는 걸 느꼈다. 이런 느낌을 뭐라고 할까, 나는 이런 걸 쥐꼬리만한 철학이라고 말하고 싶지만, 그게 지나가고 나서는 머리도 마음도 모두 구석구석까지 투명해져서, 산다는 것에 대해 조금은 푹신하게 안정감을 느끼고, 아무 말 없이, 아무 소리도 안 내고, 우뭇가

사리가 슈욱 묵이 되듯이 유연성을 지닌 채, 그대로 파도에 몸을 맡기고 아름답고 가볍게 살아나갈 수 있을 것 같았다. 아니 이것은 철학 따위의 문제가 아니다. 도둑고양이처럼 아무 소리도 내지 않고 살아갈 것 같은 예감은 좋을 게 없고, 오히려 두려웠다. 그런 기분이 오래도록 지속되면 신들린 사람처럼 되어버리는 게 아닐까? 예수 그리스도. 하지만 여자 예수 그리스도라니 그건 싫다.

결국 난 한가하고 생활의 어려움도 없으니까 매일 수백, 수천 가지를 보고 들으면서 느낀 감수성을 감당하지 못하고 멍하니 있는 동안에, 그것들이 도깨비 같은 몰골로 여기저기 떠오르고 있는 것인지도 모른다.

식당에 혼자 앉아 밥을 먹는다. 올해 들어 처음으로 오이를 먹는다. 오이의 푸른빛에서 여름이 오고 있다. 5월 오이의 푸른 맛에는 가슴이 텅 빈 것 같은 아련하고도 간질거리는 슬픔이 있다. 혼자 식당에서 밥을 먹고 있자니 웬일인지 무턱대고 여행을 떠나고 싶다. 기차를 타고 싶다. 신문을 읽는다. 고노에 씨(고노에 후미마로, 귀족원 의장을 지낸 정치가)의 사진이 실려 있다. 고노에 씨는 좋은 사람일까? 나는 이런 얼굴을 좋아하지 않는다. 이마부터 마음에 들지 않는다. 신문에서는 책 광고가 제일 재미있다. 한 글자, 한 행에 백 엔, 2백 엔이라는 광고료를 내야 하는 만큼 모두 열심이다. 한 글자, 한 구절에 최대의 효과를 거두기 위해 안간힘을 쓴다. 마치 끙끙 신음하며 쥐어짠 것 같은 명문이다. 이렇게 돈이 들어가는 문장은 세상에 그리 많지 않으리라. 어쩐지 기분이 좋다. 통쾌하다.

밥을 다 먹고 나서 문단속을 마친 뒤 등교. 비가 올 것 같지는 않지만, 그래도 어제 엄마에게 받은 우산을 들고 싶은 충동이 일어 가지고 나왔다. 이 우산은 아주 오래전, 엄마가 처녀 시절에 썼던 것. 이런 우산을 발견하다니 참으로 기분이 좋다. 이 우산을 들고 파리의 도심을 걷고 싶다. 아마, 지금의 전쟁이 끝날 무렵이면 이렇게 꿈을 꾸는 것 같은 고풍스러운 우산이 유행하리라. 이런 우산에는 보닛(여자나 어린아이들이 쓰는 모자의 하나로, 턱 밑에서 끈을 매게 되어 있음) 풍의 모자가 꼭 어울릴 듯하다. 기다란 핑크빛 소매가 달리고 옷깃이 넓게 벌어진 기모노를 입고, 검은 비단 레이스로 짠 긴 장갑을 끼고, 챙이 넓은 큼직한 모자에는 아름다운 보랏빛 제비꽃을 꽂는다. 그리고 신록이 우거진 짙푸른 계절에 파리의 한 레스토랑으로 점심을 먹으러 간다. 우수에 젖은 듯이 가볍게 턱을 괴고는 밖을 지나가는 사람들의 물결을 바라보고 있노라면, 누군가가 살그머니 내 어깨를 두드린다. 그때 갑자기 흘러나오는 음악, 장미의 왈츠! 아아, 이상하다, 아니, 우스꽝스럽다. 현실은 이 낡아빠진 얇고 길쭉한 모양의 우산 하나. 내가 새삼 애처롭고 가엾다. 성냥팔이 소녀. 자, 풀이라도 뽑고 학교에나 가볼까.

집을 나설 때, 집 안의 잡초라도 뽑아내자. 엄마를 위한 근로봉사다. 오늘은 뭔가 좋은 일이 일어날지도 모르겠다. 같은 풀인데도 왜 이렇게 뽑아내고 싶은 잡초와 그냥 놓아두고 싶은 풀 등 여러 가지가 있는 걸까? 예쁘장한 풀과 그렇지 않은 풀은, 모양이 조금도 다르지 않은데 왜 이렇게 안쓰러운 풀과 미운 풀로 확연히 나뉘는 것일까? 논리적인 문제가 아니다. 여자의 호불호란 것도 사뭇 제멋대로이다. 10분간의 근로봉사를 마치고 정류장을 향해 서둘러 갔다. 밭두렁을 가로지르는데 문득 그림이 그리고 싶어진다. 가는 도중에 신사가 있는 숲속 오솔길을 통과한다. 이 길은 내가 찾아낸 지름길이다. 숲속의 외길을 거닐다가 문득 발아래를 굽어보니 보리가 두 치 정도 여기저기 무리지어 자라고 있다. 파릇파릇한 보리를 보니 아아, 올해에도 군인 아저씨들이 왔구나 하고 알겠다. 지난해에도 많은 군인 아저씨와 말들이 이 신사의 숲속에서 쉬고 갔다. 얼마 후에 그곳을 지나다 보니 보리가 오늘처럼 잘 자라고 있었다. 하지만 그 보리는 그 이상 자라지 않았다. 올해에도 군인 아저씨의 말 먹이통에서 새어 나와 길옆에 싹을 틔워 가냘프게 자라난 이 보리는, 어둡고 응달진 숲속에서 햇볕도 전혀 닿지 않으니 가엾게도 더 이상 자라지 못하고 죽어버릴 것이다.

신사의 숲속 오솔길을 빠져나와 역 가까이에서 노동자 네댓 명과 마주쳤다. 그 노동자들은 언제나 그렇듯이 입에 담기도 싫은 말을 내게 토해낸다. 나는 어떻게 해야 좋을지 몰라 망설였다. 이런 거친 일꾼들을 앞질러서 앞으로 가버리고 싶지만, 그러기 위해서는 노동자들 사이를 뚫고 지나가지 않으면 안 된다. 하지만 너무 무섭다. 그렇다고 해서 그냥 가만히 서서 그들을 앞서 가게 하고 간격이 벌어지기를 기다리자니 그건 더 담력이 필요하다. 실례되는 일이기도 하고 노동자들이 화를 낼지도 모른다. 몸은 굳어져

가고 울고만 싶어졌다. 나는 울상이 된 내 모습이 부끄러워 그들을 향해 웃어 보였다. 그러고는 천천히 그들 뒤를 따라 걸었다. 그때는 그것으로 끝이었지만, 내 분함은 전차를 탄 다음에도 사라지지 않았다. 이런 하잘것없는 일에 태연해질 수 있도록, 어서 빨리 강하게 자라고 싶다.

전차 입구의 바로 옆자리가 비어 있어서 살그머니 내 짐을 놓아두고는 치마 주름을 가다듬고 앉으려고 했는데, 안경을 쓴 남자가 내 짐을 치워버리고 그 자리에 앉아버렸다.

"아, 저기, 그 자리는 제 자리인데요."

그렇게 말해 봤지만, 남자는 쓴웃음을 지으며 태연하게 신문을 펼쳐 들고 읽기 시작했다. 가만 생각해 보니 어느 쪽이 더 뻔뻔스러운 것인지 잘 모르겠다. 내 쪽이 더 뻔뻔스러운 것인지도 모르지.

하는 수 없이 우산과 짐을 선반 위에 올려놓고는 손잡이에 매달려서 늘 그랬던 것처럼 잡지라도 읽으려고 한 손으로 책장을 마구 넘기다가 문득 이상한 생각이 들었다.

나에게서 책 읽기를 제쳐놓는다면 삶의 경험도 제대로 하지 못한 나는 아마도 울상을 짓게 되겠지. 그만큼 나는 책에 쓰인 말들에 의지하며 살고 있다. 한 권의 책을 읽다 보면 금세 그 책에 집중하게 되어, 신뢰하고 동화되고 공감하면서 거기에 내 삶을 갖다붙인다. 또 다른 책을 읽으면 순식간에 그 책에 동화된다. 다른 사람의 생각을 도둑질하여 온전히 내 것으로 다시 만드는 재능, 그 교활함은 나의 유일한 특기다. 정말 이 교활함, 이 엉터리 속임수에 이제는 짜증이 난다. 매일매일 실수에 실수를 거듭하면서 창피를 당하다 보면 조금 더 중후해질지도 모른다. 하지만 그런 실수조차도 뭔가 적당히 핑계를 대어 그럴듯한 이야기를 만들어냄으로써 불쌍한 척 연기를 할 수도 있을 듯싶다. ―이런 말도 어느 책을 통해 읽은 적이 있다―

정말로 나는 어떤 것이 진짜 나인지 모르겠다. 읽는 책이 없어 흉내 낼 교본이 아무것도 없어지면 나는 도대체 어떻게 될까? 행동이 자유롭지 못할 것이다. 아예 위축되어 울상 짓고 있을지도 모른다. 어쨌든 전차 속에서 매일 이런 생각만 하고 있는 것은 바람직하지 않다. 몸속에 뭔가 기분 나쁜 온기가 남아 있는 것도 너무 싫다. 무언가를 하지 않으면 안 된다. 어떻게든 해야 한다는 생각은 하지만, 정작 어떻게 해야 나 자신을 확실하게 파악할 수 있을까. 이제까지 내가 한 자기비판 같은 것은 전혀 의미가 없다는 생각이 든다. 비판을 한다고 해봤자 약점이나 싫은 것 등을 깨닫고 나면 언짢아지기나 하고, 결국 소의 뿔을 바로잡으려다 소를 죽이는 어리석은 짓은 곤란하다고 결론지어버리니까 자기비판이고 뭐고 다 소용없는 일이 되는 것이다. 아무것도 생각하지 않는 편이 도리어 양심적이라고나 할까…….

이 잡지에도 〈젊은 여자의 결점〉이라는 제목으로, 여러 사람들이 쓴 글이 실려 있다. 읽어 내려가는 동안에 내 이야기를 하고 있는 것만 같아 부끄럽기도 했다. 게다가 집필자들 중에, 평소에 바보라고 생각했던 사람은 어김없이 바보 같은 느낌이 드는 말을 하고 있었고, 사진으로 볼 때에도 멋쟁이처럼 느껴지는 사람은 멋스러운 어휘를 사용하고 있었다. 나는 그게 너무 우스워서 이따금 킥킥거리며 읽었다. 종교인은 으레 신앙을 강조하고, 교육자는 처음부터 끝까지 은혜라는 말을 되풀이해서 쓰고 있다. 정치가는 한문으로 엮은 시를 들먹거리며 아는 체한다. 작가는 멋있는 척하면서 그럴싸한 언어를 구사하고 있을 뿐이다.

모두들 그럴듯하고 확실한 말만 하고 있지만, 개성도 없고 깊이도 없다. 올바른 희망, 올바른 야심, 그런 것들로부터 멀리 떨어져 있다. 그러니까 이상이 없다는 말이다. 비판은 있지만 글과 자기 삶을 잇는 적극성이 없다. 반성도 없다. 진정한 자각, 자기애, 자중도 없다. 비록 용기 있는 행동을 했다 하더라도 그로 인한 모든 결과에 대해 과연 책임을 질 수 있을지 궁금해진다. 자기 주변의 생활양식에는 잘 적응하고 이를 처리하는 데 있어서는 능숙하지만, 자기 자신이나 주변의 삶에 바르고 강한 애정을 지니고 있는 것 같지는 않다. 진정한 의미의 겸손이 없다. 독창성이 부족하다. 모방만이 있을 뿐이다. 인간이 본래 지니고 있는 '사랑'의 감각이 결여되었다. 품위 있는 척하지만 기품이 없다. 그 밖에도 이 잡지에는 많은 이야기들이 쓰여 있다. 정말이지 읽는 동안에 정신이 번쩍 드는 그런 글도 있었다는 것을 결코 부인할 수 없다.

그렇지만 이 잡지에 쓰인 언어 전체가 뭐랄까 사뭇 낙관적인 것이어서, 그 사람들이 평소 보편적으로 생각하던 것과는 좀 동떨어진 채로 그저 청탁받은 제목이니까 쓴 것에 불과하다는 느낌이 든다. '진정한 의미의'라든가 '본래의' 같은 형용사가 자주 눈에 띄지만 '본래의' 사랑과 '본래의' 자각이 과연 무엇인지는 뚜렷하게 마음에 와 닿지 않는다. 집필자들은 알고 있을지도 모르지만 말이다. 알고 있다면 보다 더 구체적인 단 한마디, 오른쪽으로 가라거나 아니면 왼쪽으로 가라는 식으로 딱 잘라 권위 있게 손가락으로 가리켜주는 것이 한결 더 고마울 것이다. 우리는 사랑의 표현 방법을 잃어버렸으니 이것도 안 된다, 저것도 안 된다 말하지 말고 이렇게 해라, 저렇게 해라 하고 강하게 말해 준다면 그대로 따라 할 텐데 말이다. 누구도 그렇게 말할 자신이 없는 것일까? 그 지면에 의견을 발표하는 사람들도 언제나, 어디서나, 어떤 경우에 있어서나 이 같은 의견을 가지고 있는 것은 아닐지도 모른다. 올바른 희망, 올바른 야심이 없다고 언짢아하고 있지만, 그렇다면 우리가 올바른 이상을 좇아 행동했을 때 이 사람들은 우리를 어디까지 지켜보고 이끌어줄 것인가?

우리는 스스로 가야 할 최선의 장소, 가고 싶은 아름다운 장소, 스스로를 성장시킬 장소를 어렴풋이나마 알고 있다. 보다 나은 삶을 살고 싶다는 생각도 한다. 이런 생각이야말로 올바른 희망, 야심이 아니겠는가. 마음을 기댈 만하고 동요 없는 신념을 지니고 싶다고 초조해한다. 그렇지만 이 모든 것을, 딸이라면 딸로서의 생활 테두리 안에서 구현하려 든다면 얼마나 노력해야 하는 것일까? 엄마, 아빠, 언니, 오빠들의 생각도 있을 것이다. ―입으로는 낡았네, 어쩌네 하지만 결코 인생의 선배, 노인, 기혼자들을 경멸하는 것은 아니다. 그러기는커녕 오히려 언제나 두 번, 세 번이고 그들의 말을 귀담아 들을 것이다— 또 늘 생활과 관계가 있는 친척도 있고 알고 지내는 사람들도 있다. 친구도 있다. 그리고 언제나 거대한 힘으로 우리 등 뒤를 떠미는 '세상'이라는 것도 있다. 이런 모든 것들을 생각하고, 보고, 고려하면, 자신의 개성을 신장시키는 건 그것 하나만의 문제가 아니다. 어영부영 눈에 띄지 않게 수많은 사람들처럼 묵묵히 같은 길을 나아가는 게 무엇보다도 현명한 것이라는 생각마저 든다. 소수를 위한 교육을 모든 사람에게 시행한다는 것은 아무래도 무리한 일이다. 학교에서의 도덕 교육과 세상의 규칙이 너무나도 다르다는 사실을 성장하면서 조금씩 알게 되었다. 학교에서 배운 도덕 교육을 그대로 지키는 사람은 바보 소리를 듣는다. 이상한 사람이란 말도 듣는다. 출세도 못하고 언제나 가난하게 산다. 거짓말을 안 하는 사람이 정말 있을까? 있다면 그 사람은 영원한 패배자일 수밖에 없다. 내 친척 중에도 행실이 올바르고, 굳은 신념을 가지고 이상을 추구하면서, 그야말로 진정한 의미의 삶을 살아가는 사람이 계시는데, 친척 모두가 그 사람을 나쁘게 말하고 바보 취급하고 있다. 나도 그런 바보 취급을 받게 될 것을 알면서도 엄마나 친척들의 반대를 아랑곳하지 않은 채 내 생각을 펼쳐나갈 수는 없을 것이다. 두렵기 때문이다. 어렸을 때, 그러니까 내 생각과 다른 사람의 생각이 전혀 다르다고 여겨질 때 엄마에게 묻곤 했다.

"왜? 어째서……."

그럴 때마다 엄마는 대충 한마디로 잘라 말하면서 화를 냈다.

"그런 건 나쁜 생각이야. 못된 짓이야."

그러고는 슬픈 표정을 지으셨다. 나는 아빠에게 물어보기도 했다. 아빠는 그저 잠자코 웃기만 하셨다. 그러고는 나중에 엄마에게, "비뚤어진 아이로군." 하시며 한숨지으셨다는 것이다.

점점 커가면서 나는 겁쟁이가 되어버렸다. 옷 한 벌 만들 때에도 사람들의 시선을 걱정하기에 이르렀다. 사실 속으로는 나의 개성을 사랑하고 있고, 앞으로도 사랑하고 싶다고 생각은 하지만, 그것을 분명하게 내 것으로 실현하는 일은 망설이게 된다. 사람들이 착하다고 여기는 아이가 되고 싶다는 생각은 항상 한다. 여러 사람들이 모여 있을 때에는 스스로 얼마나 비굴해지는지……. 입 밖에 내고 싶지 않은 말도, 내 마음과는 전혀 관계가 없는 거짓말도 마구 해댄다. 그렇게 하는 것이 더 낫다고 여겼기 때문이다. 정말이지 이런 짓은 싫고 잘못된 것임을 안다. 지금 도덕의 기준이 크게 바뀌는 때가 하루 빨리 왔으면 좋겠다. 그러면 이런 비굴함도 없어지고, 나 자신이 아닌 다른 사람의 마음에 들도록 매일매일 힘겹게 생활하지 않아도 될 것이다.

'아! 저기 자리가 났구나!' 재빨리 선반에서 우산과 짐을 내리고 빈자리에 끼어 앉았다. 오른쪽에는 중학생, 왼쪽에는 아이를 업은 아주머니가 앉아 있었다. 아주머니는 제법 나이 들어 보이는데도 진한 화장에, 머리도 요즘 유행하는 스타일이다. 얼굴은 예쁘지만 목둘레에 시커먼 주름이 있어 왠지 싫고 마음에 들지 않았다.

인간은 서 있을 때와 앉아 있을 때 생각하는 게 전혀 달라지나 보다. 앉아 있을 때에는 왠지 맥없이 무기력한 일들만 생각하게 된다. 내 맞은편 자리에는 네댓 사람, 같은 또래로 보이는 샐러리맨들이 멍하니 앉아 있다. 서른 남짓으로 보이는데 마음에 들지 않는다. 눈이 퀭하고 혼탁하다. 패기가 없어 보인다. 하지만 내가 이들 중 누군가에게 슬그머니 웃어 보인다면 그 웃음 한 번만으로 나는 질질 끌려가서 그 사람과 결혼하지 않으면 안 되는 파국으로 떨어질지도 모른다. 여자는 자신의 운명을 결정하는 데 있어서 미소 하나면 충분하다. 무섭다. 이상한 노릇이다. 조심해야겠다.

오늘 아침은 정말이지 이상하고 엉뚱한 일만 생각하게 된다. 이삼일 전부터 우리 집 정원을 손질해 주러 오는 정원사 얼굴이 눈에 아른거려 괴롭다. 하는 수 없다. 어디까지나 정원사일 뿐인데 그 얼굴의 느낌이 어쩐지 좀 독특하다. 조금 과장해서 말한다면 사색가 같은 얼굴을 하고 있다고나 할까. 피부색이 검은 만큼 다부져 보인다. 눈이 멋있다. 눈썹도 잘생겼다. 코는 납작코지만 까무잡잡한 얼굴색에 어울려서 의지가 강해 보인다. 입술 모양도 그런대로 좋다. 하지만 귀는 좀 지저분하다. 손만을 두고 본다면 영락없는 정원사지만, 검은 모자를 깊게 눌러쓴 그늘진 얼굴은 한낱 정원사로 두기에는 아깝다는 느낌이 든다. 그래서 엄마에게 서너 차례나 물었다.

"저분은 처음부터 정원사였을까?"

집요한 내 물음에 끝내 엄마에게 야단을 맞고야 말았다. 오늘 집을 싸가지고 온 보자기는 마침 그 정원사가 처음 우리 집에 왔던 날 엄마가 주신 것이다. 그날은 우리 집 대청소 날이어서 부엌 수리공부터 바닥 수리공까지 다녀갔는데, 엄마가 장롱 정리를 하다가 이 보자기가 나와서 내게 주셨다. 예쁘고 여성스러운 보자기, 너무 고와서 묶는 것도 아깝다. 이렇게 앉아서 무릎 위에 올려놓고 몇 번이고 살그머니 바라본다. 만지작거린다. 전차 속의 사람들에게도 보여주고 싶은데 아무도 쳐다보지 않는다. 잠시만이라도 이 예쁜 보자기를 봐주기만 한다면 나는 그 사람에게 시집가도 좋다는 생각마저 들었다. '본능' 이라는 말을 마주하면 마구 울고 싶어진다. 본능의 거대함, 우리의 의지로는 어쩌지 못하는 힘, 그런 것을 스스로 겪었던 여러 가지 일들을 통해 확인하게 될 때면 미칠 것 같은 기분이 든다. 어떻게 하면 좋을지 모르겠어서 머릿속이 하얘진다. 긍정할 수도 부정할 수도 없는, 다만 굉장히 커다란 무언가가 내 머리 위로 덥석 씌워진 느낌이다. 그러고는 나를 제멋대로 끌고 돌아다니는 것이다. 끌려가면서도 만족스러운 마음과 이를 슬픈 마음으로 바라보는 또 다른 감정! 왜 우리는 스스로 만족하고, 자기 자신만을 평생토록 사랑하면서 살아갈 수 없는 것일까? 본능이 지금까지의 내 감정과 이성을 잡아먹는 것을 바라보는 것은 비참한 일이다. 잠시라도 스스로를 잊어버리고 난 뒤에는 그저 실망만이 있을 뿐이다. 그때의 나와, 지금의 나에게도 본능이 확실히 존재한다는 사실을 알게 되는 것은 슬픈 일이다.

'엄마! 아빠!' 하고 목 놓아 부르고 싶다. 하지만 또한 진실이라

고 하는 것이 의외로 내가 싫어하는 데에 있을지도 모른다고 생각
하면 점점 더 어처구니없고 서글퍼진다.

어느덧 오차노미즈다. 역 플랫폼에 내려서자 지금까지 생각해
왔던 것들이 언제 그랬냐는 듯이 순식간에 사라져버렸다. 지금 지
나간 일들을 서둘러 떠올려보려고 애썼지만 전혀 생각나지 않는
다. 그다음을 생각해 보려고 안간힘을 썼지만 아무것도 떠오르지
않는다. 머리가 텅 비어 있다. 때로는 무척이나 내 마음을 감동시
킨 것도 있었던 것 같고, 괴롭고 부끄러운 일도 있었을 텐데 이렇
게 지나가버리고 나면 아무 일도 없었던 것처럼 그대로다. '지금'
이라는 순간은 정말 재미있다. '지금, 지금, 지금'이라고 손가락을
까딱이는 순간에도 '지금'은 저 멀리로 달아나버리고 새로운 '지
금'이 와 있다. 육교의 계단을 터벅터벅 올라가면서 문득 우스꽝
스럽다는 생각이 들었다. 정말 바보스럽다. 나는 지금 행복 과잉
상태인지도 모른다.

오늘 아침의 고스기 선생님은 참 아름답다. 내 보자기처럼 예쁘
다. 예쁜 파란색이 잘 어울리는 선생님. 가슴의 새빨간 카네이션
이 튀어 보인다. 작위적이지만 않다면 선생님을 더욱 좋아했을 텐
데, 너무 폼을 잡아서 좀 어색해 보인다. 어딘가 무리하는 부분이
있어 피곤해질 것만 같다. 성격도 어딘지 모르게 난해한 데가 있
다. 알 수 없는 부분도 많이 지니고 있는 분이다. 어두운 성격인데
도 억지로 밝은 사람인 것처럼 보이려는 경향도 있다. 하지만 누
가 뭐래도 매력적인 여성임에는 틀림없다. 학교 선생님으로 그냥

두기에는 좀 아까운 분이라는 생각이 든다. 반 아이들에게 예전만큼의 인기는 없지만, 나는 변함없이 선생님을 좋아한다. 깊은 산속에 있는 호숫가의 옛 성에 사는 귀하게 자란 부잣집 딸 같은 느낌이다. 지나치게 칭찬을 한 걸까?

아무튼 고스기 선생님이 하는 이야기는 왜 이렇게 늘 딱딱할까? 혹시 머리가 나쁜 게 아닐까? 왠지 서글퍼진다. 아까부터 애국심에 대해 사뭇 장황하게 설명하고 있는데, 그런 것쯤이야 다 아는 얘기가 아닌가. 누구에게나 자신이 태어난 곳을 사랑하는 마음은 으레 있는 거다. 정말 재미없다. 책상머리에 턱을 괴고 하염없이 창문 밖을 바라본다. 바람이 강한 탓일까, 구름이 유난히 예쁘다. 정원 한구석에 장미꽃 네 송이가 피어 있다. 노랑 하나, 하양 둘, 분홍 하나. 꽃들을 멍하니 바라보면서 인간에게도 분명 좋은 면이 있다고 새삼스레 생각해 본다. 꽃의 아름다움을 발견한 것도 인간이고, 꽃을 사랑하는 것도 인간이 아닌가…….

점심시간에는 귀신 얘기가 나왔다. 야스베이 언니의 제1고등학교 7대 불가사의 중 하나인 '열리지 않는 문' 이야기에는 모두가 깔깔대며 즐거워했다. 듣는 이를 소스라치게 놀라게 하는 게 아니라 이야기를 심리적으로 잘 풀어나가 한결 더 재미있었다. 너무 소란을 피운 탓인지 밥 먹은 지 얼마 안 되었는데도 배가 고팠다. 때마침 찐빵 아주머니가 나눠준 캐러멜이 꿀맛이었다. 그러고는 계속 이어서 괴담 얘기에 빠져들었다. 누구라 할 것 없이 귀신 얘기에는 흥미를 느끼나 보다. 자극을 불러일으키기 때문이리라. 그리고 괴담은 아니지만 뒤이어 들은 '구하라 후사노스케'(20세기 전반의 일본 실업가 겸 정치가이며 '광산왕'이라는 별명으로 불리기도 함) 이야기는 정말 재미있고 흥미 넘쳤다.

오후 미술 시간에는 모두가 교정에 나가서 사생화를 공부했다. 이토 선생님은 왜 항상 나를 곤란하게 만드는 것인지…… 선생님은 오늘도 내게 자기 그림의 모델이 되어달라고 했다. 내가 오늘 아침에 가져온 낡은 우산을 놓고 반 아이들이 좋아서 난리를 피우는 바람에 이토 선생님 눈에 띄어, 이렇게 교정 구석에 피어 있는 장미꽃 옆에 우산을 들고 서 있게 된 것이다. 선생님은 이런 내 모습을 그려서 이번 전시회에 출품하겠다고 했다. 나는 30분 동안만 모델 노릇을 하겠다고 승낙했다. 조금이라도 다른 사람에게 도움을 준다는 것은 즐거운 일이지만, 이토 선생님과 마냥 마주 보고 있는 것은 정말이지 피곤한 일이다. 느끼한 말투에다 핑계가 많고, 나를 지나치게 의식하기 때문인지 스케치를 하면서도 내 이야기만 계속했다. 대꾸하기도 성가시고 번거로웠다. 정말 멋쩍은, 좀 이상한 사람이다. 이상스레 히죽거리지를 않나, 선생님이면서도 부끄럼을 타질 않나, 무엇보다도 느끼한 게 역겹기까지 하다.

"너를 보면 죽은 여동생이 생각난단 말이야."라고 말하는데 참을 수가 없다. 좋은 사람 같기는 하지만 지나친 제스처가 마음에 안 든다. 제스처라면 나 역시 지지 않을 만큼 풍부하다. 게다가 내 경우는 능글맞고 재치가 넘친다. 하지만 이토 선생님은 수준 이하여서 엉뚱하게만 느껴진다. "나는 말이야. 너무 폼을 잡아서 그만 그 폼에 끌려 다니는 거짓말쟁이가 되고 만단 말이야."라니, 참 말이 안 나온다. 이게 바로 폼 잡는 게 아닌가. 이렇게 얌전한 모델 노릇을 해주면서도 '자연스러워지고 싶다, 솔직해지고 싶다.' 하고 간절한 마음으로 기도하고 있다.

책 읽는 것은 이제 집어치워야 한다. 관념뿐인 삶이다. 무의미하고 유식한 체하는 것은 이제 질색이다. 경멸, 또 경멸. 하긴 나에게는 삶의 목표가 없다. 생활에 대해, 인생에 대해 좀 더 적극적인 자세를 취해야 하는데 내겐 모순이 너무 많다. 얼핏 생각이나 모순에 빠져 있는 체하지만 딴은 값싼 감상에 지나지 않는다. 자기애에 빠지기도 하고 그저 위로하는 것일 뿐이다. 거기에다 자기 자신을 지나치게 평가하고 있다. 아아, 이토록 마음이 너저분한 나를 모델로 삼다니, 선생님의 그림은 틀림없이 낙선이다. 아름다울 리가 없다. 이런 생각을 하면 안 되지만 이토 선생님이 바보처럼 보인다. 선생님은 내 속옷에 장미꽃 모양의 자수가 있는 것도 알지 못한다.

잠자코 같은 자세로 서 있는데, 엉뚱하게도 돈이 좀 있으면 좋겠다는 생각이 문득 들었다. 십 엔만 있으면 좋을 텐데……. 《퀴리 부인》이 제일 읽고 싶다. 갑자기 엄마가 오래 사셨으면 하는 생각도 든다. 선생님의 모델 노릇을 하고 있으려니 그저 힘겹고 기진맥진하여 녹초가 되었다.

방과 후에는 절집 딸인 긴코와 몰래 할리우드 미용실에 가서 머리를 살짝 다듬었다. 다듬어진 머리 모양을 보니 내가 부탁한 대로 되지 않아서 기분이 좀 언짢았다. 이리저리 아무리 봐도 나는 예쁜 구석이 전혀 없다. 왠지 한심하다는 생각이 든다. 기운이 빠진다. 이런 곳에 와서 남의 눈에 띄지 않게 머리를 다듬다니, 털빠진 추한 암탉 같다는 생각이 들어 지금은 몹시 후회스럽다. 이런 곳까지 온다는 것은 스스로를 경멸하는 행동이라는 생각도 들었다. 긴코는 들떠서 무척이나 호들갑스러워졌다.

"이대로 맞선 보러 갈까 보다."

긴코는 내키는 대로 말을 내뱉으며 마치 자신이 맞선이라도 보러 가는 줄로 착각을 한 듯, "이런 머리에는 어떤 빛깔의 꽃을 꽂으면 될까?"라든지 "기모노에는 어떤 허리띠가 좋을까?" 하고 정색하며 물었다.

정말 아무 생각도 없는 가여운 아니, 귀여운 애다.

"누구랑 맞선을 보는데?"

나도 웃으면서 빈정거렸다.

"떡집 주인은 떡집 주인이라야만 하거든."

그녀는 시치미를 떼며 엉뚱하게 대답했다.

"그게 무슨 말이야?"

나는 짐짓 놀라 되물었다.

"절집 딸은 절로 시집가는 게 무엇보다도 편안하다는 말이야. 평생 먹고사는 건 아예 걱정 안 해도 되고 말이야."

긴코는 다시 한 번 나를 놀라게 했다. 긴코는 완전히 눈에 띄지 않는 성격이라고나 할까…… 그런 탓에 여성스러움으로 가득 찬

아이다. 학교에서 바로 옆자리의 친구라는 것뿐 내가 별로 잘해준 것도 없는데, 그녀는 나를 '제일 좋아하는 친구'라고 모두에게 말하는 귀엽기 짝이 없는 애다. 이틀에 한 번씩 내게 편지를 보내기도 하고 이것저것 두루 챙겨주어서 고맙기는 하지만, 오늘은 지나치게 호들갑을 떨어 밉상스럽다.

긴코와 헤어지고 나서 버스를 탔다. 조금 숨통이 트이긴 했지만 어쩐지 우울해졌다. 버스 안에서 마음에 안 드는 여자를 봤다. 목덜미 쪽이 더러운 기모노를 걸쳐 입었는데, 부스스한 붉은 머리를 빗 하나에 휘감아 틀어 올렸고 손도 발도 지저분하다. 게다가 남자인지 여자인지 분간하기도 어려운 화난 표정에 검붉은 얼굴이다. 아아, 가슴이 울렁거릴 만큼 역겨움이 치밀어 오른다. 이 여자는 배가 큼지막했다. 이따금 혼자서 히죽히죽 빈정대듯 웃고 있는 꼴이 털 빠진 암탉이 따로 없다. 남몰래 머리를 다듬기 위해 할리우드 같은 데나 가는 나도 저 여자와 조금도 다를 게 없다.

오늘 아침, 전차에서 마주쳤던 화장이 두꺼운 아주머니가 생각난다. '아아, 더럽다! 너무 더러워. 그런 여잔 정말 싫다. 나도 여자니까 여자 안의 불결함을 잘 알고 있지만, 이가 부득부득 갈릴 만큼 그런 여잔 정말 싫다, 싫어!' 금붕어를 만지면 그 견딜 수 없는 비린내가 온몸에 가득 배어 아무리 씻어도 지워지지 않는 것처럼, 이렇게 하루하루 나도 암컷의 냄새를 내뿜으며 지내게 되는 것은 아닐는지……. 그런 생각을 하다 보면 더욱 아찔해진다. 차라리 이대로 소녀인 채로 죽고 싶어진다. 문득 병에 걸리고 싶다는 생각이 든다. 굉장히 치유하기 힘든 병에 걸려 진땀을 폭포수처럼 흘리고 몸이 깡마르게 되면 그땐 나도 맑고 깨끗해질지도 모르겠다. 이렇게 살아 있는 한 더러움에서 벗어날 수가 없는 게 아닐까? 진정한 종교의 의미도 이제는 알게 된 것 같다.

버스에서 내리니, 조금은 마음이 놓였다. 아무래도 대중교통은 거추장스럽다. 그 안의 공기도 미적지근해서 참을 수 없다. 역시 땅 위가 좋다. 흙을 밟고 다니다 보면 나 자신이 좋아진다. 아무래도 나는 좀 경박한 걸까? 너무 속 편하게 사는 사람이다. "두껍아 두껍아, 헌 집 줄게 새집 다오." 하고 작은 소리로 흥얼흥얼 노래를 부르다가 어쩜 나는 이다지도 태평할까 싶어서 나 스스로도 답답해진 마음에, 키만 멋쩍게 큰 내가 싫어진다. 좋은 아가씨가 되어야겠다고 생각했다.

집으로 돌아오는 시골길은 매일같이 보니까 눈에 너무 익숙해서 얼마나 조용한 시골인지도 느끼지 못하고 있었다. 그냥 나무, 길, 밭두렁밖에 없으니까 말이다. 오늘은 다른 고장에서 처음으로 이곳 시골에 온 외지인 흉내를 내볼까? 그래, 나는 도쿄 간다 근처에 있는 신발 가게 아가씨로, 난생처음 이런 시골 땅을 밟은 거다. 그렇다면 이 시골은 과연 어떻게 보일까? 아주 멋진 곳, 아니면 어설픈 곳? 나는 새삼 진지한 얼굴로 일부러 과장되게 주변을 두리번거렸다. 가로수가 늘어선 좁은 길을 내려갈 때에는, 고개를 들어 막 돋아난 신록의 나뭇가지를 쳐다보면서 "어쩌면 저렇게!" 하고 작은 목소리로 탄성을 자아냈고, 나무다리를 건널 때에는 한참

동안이나 흐르는 시냇물을 물끄러미 내려다보며 수면에 비친 내 얼굴을 비춰보고는 "멍멍, 멍멍!" 하고 개 흉내를 내며 짖어보기도 했으며, 먼 곳에 펼쳐져 있는 밭두렁을 볼 때는 눈을 가늘게 뜨고 넋이 나간 표정으로 "아아, 참 좋구나!" 하고 중얼거리며 한숨을 쉬기도 했다. 신사에서 잠시 쉬었다. 신사가 있는 숲속은 어두침침했기 때문에 "아아, 무섭다 무서워!" 하며 어깨를 잔뜩 움츠리고 서둘러 빠져나왔다. 그러고는 숲 바깥의 밝은 풍경을 보며 일부러 놀란 척하기도 했다. "새롭구나, 새로워!" 하며 시골길을 힘내어 걷다가 문득 견디기 힘들 만큼 외로워지기도 했다.

결국 길가의 풀밭에 털썩 주저앉았다. 풀 위에 앉았더니 좀 전까지 들떠 있던 마음이 '덜커덕' 하는 소리와 함께 사라지고 금세 현실로 돌아왔다. 그러고는 요즘의 나를 조용히, 그리고 느긋하게 돌이켜보았다. 나는 어쩌다가 이렇게 되어버린 것일까? 왜 이다지도 불안한 것일까? 왜 늘 무언가에 대해 겁을 내고 있는 것일까? 참, 얼마 전에도 누군가에게, "왜 너는 점점 속물이 되어가는 거니⋯⋯."라는 말을 들었다.

'그럴지도 몰라. 나는 확실히 잘못되어가고 있는 거다. 틀려먹었어. 안 되지, 안 돼. 나약하다. 너무 나약해 빠졌어.' 느닷없이 아악 하고 큰 소리로 외치고 싶은 충동을 가까스로 참았다. 쳇! 그렇게 큰 소리를 내질러서 연약한 제 모습을 감추려들다니, 어림없어, 어림없다고. 뭔가 다른 묘수를 찾아보란 말이야. 혹시 나는 사랑에 빠진 게 아닐까? 그런 생각이 들어, 나는 푸른 초원에 벌러덩 누워버렸다.

"아빠!" 하고 불러보았다.

'아빠, 아빠, 저녁노을이 아름다워요. 그리고 저녁 안개는 핑크 빛이에요. 석양이 안개 속에 녹아 스며들어서, 안개가 이토록 부드러운 핑크빛이 되었겠지요? 이 핑크빛 안개가 흐르고 흘러 숲 사이를 헤엄치고, 길 위를 거닐고, 초원을 어루만지다가 내 몸을 살며시 감싸버렸어요. 핑크빛 석양은 내 머리카락 한 올 한 올까지 다소곳이 감싸 안으면서 부드럽게 어루만져주어요. 그 무엇보다 고즈넉한 하늘이 아름다워요. 난생처음 머리를 숙이고 싶어요. 지금 이 순간, 하느님을 믿고 싶어요. 이 하늘 빛깔을 어떻게 표현해야 할지…… 장미, 불, 무지개, 아니면 천사의 날개, 큰 사원. 아니, 그것도 아니에요. 좀 더, 좀 더 성스러워요!

눈물이 왈칵 쏟아질 정도로 모든 것을 사랑하고 싶다고 생각했어요. 지그시 하늘을 쳐다보고 있자니 어쩐지 하늘이 조금씩 변해 갑니다. 차츰 푸른빛으로 물들어가고 있어요. 왠지 한숨만 나오고, 실오라기 하나 걸치지 않은 알몸이 되고 싶어졌어요. 그리고 나뭇잎이나 풀잎이 지금처럼 투명하고 아름다워 보인 적도 없습니다. 투명한 풀잎을 살그머니 매만져보았지요. 아름답게 살고 싶다고 생각했습니다.'

집에 돌아오자 손님들이 와 있었다. 엄마도 돌아와 있었다. 언제나 그렇듯이 요란스러운 웃음소리가 들렸다. 엄마는 나와 둘만 있을 때는 얼굴은 웃고 있지만 웃음소리는 내지 않는다. 하지만 손님들과 얘기를 나눌 때엔 얼굴은 전혀 웃지 않는데 웃음소리는 시끌벅적하다. 고성의 웃음소리다. 먼저 인사를 나누고 뒤뜰에 있는 우물가에서 손을 씻고 양말을 벗고 발을 말끔히 씻고 나면, 생선 장수 아저씨가 와서 매번 감사하다는 인사와 함께 큼지막한 생선 한 마리를 꺼내 우물가에 놓고 간다. 무슨 생선인지는 잘 모르지만 비늘이 잔잔한 것을 보니 북쪽 바다에서 잡은 것 같다. 생선을 접시에 옮겨 담고 손을 씻으려니 홋카이도의 여름 향기가 느껴진다. 재작년 여름방학 때 홋카이도의 언니네 집에 놀러 갔을 때의 일이 문득 떠오른다. 도마코마이에 있는 언니네 집은 해변 가까이에 있어 늘 생선 비린내가 나곤 했다. 언니가 덩그러니 넓은 부엌에서 저녁나절 내내 혼자 유난히 희고 여성스러운 손으로 능숙하게 생선 요리를 만들던 모습도 또렷이 떠오른다. 나는 그때 언니에게 응석을 부리고 싶어서 못 견딜 정도였지만, 그때는 이미 조카인 도시가 태어난 뒤라서 언니는 내 가까이에 머물 수 있는 형편이 아니었다. 그런 생각을 하니 문틈으로 들어오는 차가운 바람에 몸이 더욱 움츠러들었고, 언니의 가냘픈 어깨에 안길 수가 없어서 무척 쓸쓸한 기분으로 가만히, 그 어두컴컴한 부엌 구석에 선 채, 정신없이 움직이는 언니의 흰 손가락을 지켜보았던 일도 기억난다. 지나간 일은 모든 게 그립다. 가족이란 이상한 것이다. 다른 사람은 멀어지면 점점 더 희미해지고 잊히기 마련인데, 가족은 더더욱 그립고 아름다운 것만 기억나니 말이다.

우물가에 있는 보리수 열매가 붉은빛을 머금고 있다. 이제 2주일쯤 지나면 먹을 수 있을 정도로 알맞게 익을 것 같다. 지난해에 이런 일이 있었다. 어느 날 저녁에 내가 보리수 열매를 혼자서 따 먹고 있는데, 옆에서 자피가 물끄러미 쳐다보고 있기에 가엾어서 열매 한 개를 던져주었다. 자피가 그걸 얼른 받아먹는 것을 보고 두 알을 더 던져주었더니 덥석 쥐고는 맛있게 먹어치웠다. 그 모습이 너무 재미있어서 나는 연신 나뭇가지를 흔들어 보리수 열매를 마구 떨어뜨려주었고, 자피는 허겁지겁 열매를 먹어댔다. 원, 바보 같은 녀석. 보리수 열매를 먹는 개가 있다는 얘기는 들어본적도 없다. 나는 손을 뻗어 열매를 따 먹었고, 땅바닥에서는 자피가 열매를 주워 먹고 있었다. 참으로 정겨운 추억거리다. 그 기억을 떠올리자 불현듯 자피가 보고 싶어진다.

"자피야, 자피!"

나는 자피를 불렀다. 그랬더니 현관 쪽에서 자피가 쪼르르 달려왔다. 자피가 너무 귀여워 꼬리를 꼬옥 쥐었더니 내 손을 살짝 물었다. 눈물이 찔끔 나올 것만 같은 기분이 들어 자피의 머리를 툭쳤다. 자피는 대수롭지 않은 듯 서성이다가 우물가에서 요란스레 소리 내어 물을 마셔댔다.

방 안으로 들어가니, 어느덧 불이 켜져 있었다. 아빠가 떠난 방은 너무나도 고요하다. 아빠가 안 계시니 집 안 어디엔가 큼지막한 빈자리가 생긴 것 같아서, 서글픈 기분에 그저 몸부림치고 싶어진다. 옷을 갈아입고, 벗어놓은 속옷에 수놓인 장미꽃 자수에 살그머니 입맞춤을 하고 화장대 앞에 앉았는데, 응접실에서 엄마와 손님의 요란스러운 웃음소리가 들려왔다. 나는 울컥 화가 치밀었다. 엄마는 나와 단둘일 때엔 조용하기 이를 데 없는데, 손님이 오면 이상하게 내게서 멀어지고, 어색해지고, 쌀쌀맞아진다. 그럴 때면 나는 아빠가 무척이나 그립고, 슬퍼진다.

거울을 들여다본다. 내 얼굴이 이상할 만큼 발랄해 보인다. 얼굴은 다른 사람이다. 내가 지니고 있는 슬픔이나 괴로움과는 전혀 상관없이, 멋대로 생기가 넘친다. 오늘은 볼터치를 안 했는데도 뺨이 불그스레하고 입술도 빨간 게 제법 예뻐 보인다. 안경을 벗고 방긋 웃어보았다. 해맑고 푸르스름한 눈이 유난히도 마음에 든다. 아름다운 저녁노을을 오랫동안 바라봐서일까…… 눈이 이렇게 예쁠 수가 없다. 아, 기쁘다.

조금 들뜬 마음으로 부엌에 들어가 쌀을 씻었다. 왠지 또 슬퍼진다. 전에 살던 고가네이의 집이 문득 그립다. 가슴이 타들어갈 정도로 그리워진다. 그 멋진 집에 살 때에는 아빠도 있었고, 언니도 있었고, 엄마도 지금보다는 더 젊었다. 학교에서 집으로 돌아오면, 엄마와 언니는 부엌이나 거실에서 뭔가 재미있는 이야기를 나누고 있었다. 간식을 먹은 뒤 나는 엄마와 언니에게 한바탕 응석을 부리거나 언니에게 시비를 걸기도 해서 늘 혼이 나곤 했는데, 그럴 때면 바깥으로 뛰쳐나와 자전거로 멀리멀리 달렸다. 그러고는 저녁때가 되면 집으로 돌아와 즐겁게 저녁 식사를 했다. 정말 즐거웠다! 나 자신을 가만히 응시하거나, 불결함에 안절부절못하는 일도 없이, 그저 어리광만 부리면 됐다. 나는 얼마나 커다란 특권을 누리고 있었던 걸까! 게다가 평온하기 이를 데 없었고, 걱정도, 쓸쓸함도, 괴로움도 전혀 없었다. 멋지고 훌륭한 아빠와 자상한 언니, 나는 그런 언니 곁에 늘 붙어 다녔다. 하지만 차츰 자라면서, 그러니까 내가 스스로 생각해도 징그러워지기 시작하면서부터 그 특권은 어느 사이엔가 사라져버리고 수치스러운 벌거숭이가 되어 버리고 말았다. 추하다, 추해. 차츰 다른 사람에게도 어리광을 부릴 수 없게 되었고, 늘 내 생각에만 찌들어 괴로워하는 일이 잦아졌다. 언니는 먼 곳으로 시집을 가버렸고, 아빠는 이제 내 곁에 안 계신다. 엄마와 나만 단둘이 남겨졌다. 엄마도 한결 쓸쓸해하신다. 얼마 전 엄마가 이렇게 말했다.

"살긴 살아도 이젠 재미가 없어졌어. 너를 보고 있어도 사실 아무런 즐거움도 느끼지 못해 미안하다. 행복도 네 아빠가 없다면 오지 않는 편이 나아."

한낱 모기가 날아다니는 것만 보아도 아빠 생각이 나고, 바느질을 하면서도, 손톱을 깎을 때도, 차가 맛있을 때조차도 아빠 생각이 난다는 것이다. 내가 아무리 엄마를 위로하고 이야기 상대를 해드려도, 역시 아빠를 대신할 수는 없는 것이다. 이 세상에서 부부간의 사랑만큼 크고 고귀한 것은 또 없으리라. 잘 알지도 못하면서 건방진 생각을 한 탓인지 혼자 얼굴이 붉어져서, 나는 젖은 손으로 머리를 쓸어 올렸다. 살살 쌀을 씻으면서 문득 엄마가 불쌍하다는 생각이 들어서 이제부터라도 잘해 드리겠다고 마음속으로 다짐했다. 이런 파마머리는 풀어버리고 머리를 더 길게 늘어뜨려야겠다. 엄마는 전부터 짧은 머리는 싫어하셨으니까 좀 길게 길러서 깔끔하게 묶으면 좋아하실 것이다. 그렇지만 그렇게까지 엄마를 위로해 드리고 싶지는 않다. 아니, 싫다. 곰곰 생각해 보니 요사이 이렇게 짜증이 나는 것은 아마도 모두 엄마와 관계가 있는 듯하다. 엄마 마음에 쏙 드는 착한 딸이 되고 싶은데, 그렇다고 해서 무턱대고 엄마의 비위를 맞춰드리고 싶지는 않다. 가만히 있어도 엄마가 내 마음을 제대로 이해하고 안심하면 좋을 텐데……. 아무리 내가 제멋대로 산다고 해도 세상의 비웃음거리가 될 만한 일을 절대로 하지 않으며, 힘들고 외로워도 중요한 건 꼭 지키고, 엄마와 이 집안을 아끼고 사랑하고 있으니까, 엄마도 나와 같은 믿음으로 그저 편안히, 아무런 걱정 없이 지낸다면 그것으로 충분하다. 나는 반드시 잘 해낼 것이다. 몸이 가루가 되도록 노력할 것이다. 그게 나로서도 가장 큰 기쁨이고 살아갈 길이라고 생각하는데, 엄마는 나를 조금도 믿지 못하고 여전히 아이 취급한다. 내가 어린애 같은 말을 하면 엄마는 기뻐하는데, 며칠 전에도 우쿨렐레를 꺼내 들고 줄을 튕기며 노는 모습을 보여드렸더니 엄마는 정말로 기뻐하셨다.

"웬일이야, 비가 오나? 비 오는 소리가 들려오잖아."

이렇게 시치미를 떼며 나를 놀리기도 했다.

내가 진짜로 우쿨렐레 따위에 빠졌다고 생각하는 것 같아서, 그런 엄마를 보니 어쩐지 눈물이 날 것만 같았다.

'엄마, 이제 나도 어른이에요. 세상 돌아가는 일들은 이미 다 알

고 있어요. 그러니 염려 푹 놓으시고 무슨 일이든 나와 의논해 주
세요. 우리 집안 형편도 모두 털어놓으시고 이런 형편이니까 너도
알고 있으라고 말씀하시면, 예전처럼 멋모르고 신발 사달라고 졸
라대는 그런 짓은 안 할게요. 바짝 정신 차리고 아끼고 절약하는
딸이 될 거예요. 정말이지 진심이에요. 아, 그런데⋯⋯.'

　문득 〈아, 그런데〉라는 가요가 생각나서 혼자서 킥킥 웃어버렸
다. 정신을 차리고 보니, 나는 냄비에 두 손을 담그고 바보처럼 엉
뚱한 생각에 잠겨 있었다.

　안 되지, 안 돼. 손님에게 빨리 저녁 식사를 대접해야 한다. 좀
전의 생선은 어떻게 할까? 일단 생선포를 떠서 된장을 발라놓자.
그렇게 먹으면 정말 맛있을 거다. 요리는 다 감으로 해야 해. 오이
가 조금 남았으니까 그걸로 양념을 해야지. 그리고 자신 있는 계
란말이. 하나 더, 내 단골 메뉴인 로코코 요리도 해야지. 이건 내가
개발해 낸 요리로, 접시 하나하나에 제각기 햄과 계란, 파슬리, 양
배추, 시금치, 그리고 부엌에 남아 있는 반찬거리를 모아서 예쁘
게 버무려 솜씨 좋게 담아내는 요리다. 수고롭지 않고, 한결 경제
적이고, 맛은 어떨지는 모르지만 식탁을 화사하게 만들어 잘 차린
밥상처럼 보이게 한다. 계란 옆에 푸른 파슬리 잎, 그 옆에 붉은
산호초 햄이 고개를 불쑥 내밀고 있고, 노란 양배추 잎은 깃털로
만든 부채처럼 그릇에 깔고, 파릇파릇한 시금치는 목장이나 호수
를 연상시킨다. 식탁에 이런 접시를 두어 개 올리면 손님들은 어
느새 프랑스의 루이 왕조를 떠올린다. 글쎄, 그 정도는 아니더라

도 어차피 나는 맛있는 음식을 만들 줄 모르니 적어도 시각적으로 보이는 아름다움만이라도 차려내어 손님들의 눈과 혀를 속여야 한다. 요리는 눈으로도 먹는 것이니까 모양이 제일 중요한 만큼 아름답게 장식해 내기만 하면 적당히 얼버무릴 수 있다.

하지만 이 로코코 요리는 상당한 예술적인 감각을 필요로 한다. 색깔의 배합에 있어서는 어느 누구보다도 뛰어난 감각으로 배합하지 않으면 실패한다. 적어도 나 정도로 섬세하지 않으면 안 된다는 말이다. 얼마 전에 로코코라는 낱말을 사전에서 찾아보았더니 '화려하지만 내용이 없는 장식 양식'이라고 정의해 놓은 걸 보고 너무도 꼭 맞는 답이어서 멋쩍게 웃어버리고 말았다. 아름다움에 무슨 내용이 필요하단 말인가! 순수한 아름다움에는 의미도 없고 도덕도 없다. 그래서 나는 로코코가 좋다.

늘 그렇지만 요리를 만들며 이런저런 맛을 두루 맛보다 보면 문득 허무해진다. 신경을 너무 많이 쓴 탓에 노력이 포화 상태에 이르러 죽을 만큼 피곤하기도 하고 우울해진다. 어느 순간 '아무려면 어때' 하는 생각도 들면서 '으악' 하고 자포자기 상태에 빠져들어 맛이고 모양이고 간에 엉망진창으로 내던지고 대강 차려놓고 잔뜩 찌푸린 표정으로 손님에게 내놓는다.

오늘 찾아온 손님들은 유난히 더 울적해 보이는데, 오모리에 사는 이마이다 씨 부부와 올해 일곱 살인 그의 아들 요시오다. 이마이다 씨는 벌써 마흔 남짓한 나이인데도 얼굴이 뽀얗다. 그래서 왠지 불쾌하다. 왜 시키시마(일본 개화기에 처음 등장한 필터 담배)

같은 걸 피우는 것일까? 궐련 담배가 아니면 어쩐지 불결한 느낌이 든다. 뭐니 뭐니 해도 담배는 궐련이다. 시키시마 따위를 피우고 있는 모습을 보면 그 사람의 인격까지도 의심스러워진다. 천장을 향해 연신 담배 연기를 뿜어대면서 "하아, 하아, 그렇군." 하고 중얼대는 이마이다 씨는 야학에서 학생들을 가르치는 선생님이라고 한다. 그의 아내는 어쩐지 쭈뼛쭈뼛하고, 몸집이 작고, 품위조차 없어 보인다. 재미가 없는 얘기에도 머리가 바닥에 부딪힐 만큼 몸을 구부려가며 숨이 막힐 정도로 웃어댄다. 웃기지도 않은데 호들갑스레 웃어대는 게 마치 예의를 갖추는 거라고 착각하는 모양이다. 요즘 세상에는 이런 계급의 사람들이 가장 저질이고 지저분한 게 아닐는지…… 소부르주아(노동자와 자본가의 중간 계급)라고나 할까, 하급 관리라고나 할까. 그 집 아이도 어쩐지 건방져 보이고 정직해 보이지 않는다. 마음속으로는 이런 생각을 하면서도 나는 그런 생각을 억누르며, 예의 바르게 인사도 하고, 웃고, 얘기도 나누면서 요시오의 머리를 쓰다듬으며 "참 귀엽구나."라는 맘에 없는 말을 연발한다. 깜찍한 거짓말로 모두를 그럴싸하게 속여넘기는 나에 비한다면, 이마이다 씨 부부는 그래도 순수한 것이지도 모른다. 로코코 요리를 먹으면서 손님들이 내 솜씨를 칭찬했는데 나는 왠지 쓸쓸한 기분이 들었다, 어쩐지 화도 나고 눈물도 날 것 같았지만, 꾹 참고 즐거운 얼굴로 함께 앉아 식사를 마쳤다. 하지만 그칠 줄 모르고 연거푸 뱉어내는 이마이다 씨 부인의 무식한 칭찬에 나는 짜증이 치밀었다.

'그래 좋아, 앞으로는 더 이상 거짓말 같은 건 안 해야지.'

이렇게 마음속으로 다짐하고는 사실대로 말했다.

"음식 맛이 별로지요? 아무것도 없어서 마지못해 궁여지책으로 이렇게라도 차린 거예요."

이마이다 씨 부부는 "궁여지책이라니, 어려운 말을 다 쓰네."라면서 호들갑스럽게 손뼉까지 치며 웃었다. 어쩐지 분하다고나 할까, 못 견딜 것 같은 마음에 젓가락도 밥그릇도 팽개치고 엉엉 목놓아 울어버리고 싶었지만, 꾹 참고 억지로 웃어 보였다. 여기에 엄마마저 맞장구를 치듯이 말했다.

"이 아이도 점점 도움이 되고 있어요."

엄마는 답답한 내 마음을 잘 알면서도 이마이다 씨 비위를 맞추려고 그런 엉뚱한 소리를 하며 어색하게 호호 하고 싱겁게 웃었다.

'엄마, 그렇게까지 이마이다 씨 같은 사람의 기분을 맞추려고 애쓸 필요 없잖아.'

손님을 대할 때의 엄마는 엄마가 아니다. 그저 연약할 여자일 뿐. 아빠가 돌아가셨다고 이렇게 비굴해지다니…… 다정하게 대해 주지도 않는데다가 그런 이상한 말이나 하고 말이다. 너무 한심해서 말문이 막힌다.

'어서 돌아가세요. 돌아가 주시라고요. 우리 아빠는 무척 자상하고 인격이 뛰어난 분이셨어요. 아빠가 안 계신다고 우리를 이런 식으로 대할 거면 당장 돌아가 주세요!' 이마이다 씨에게 꼭 이렇게 단호히 말해 주고 싶지만 현실의 나는 소심해서 요시오에게 햄을 잘라주고, 부인에게 장아찌를 건네주며 그들의 시중을 들었다.

식사가 끝나고 나는 서둘러 설거지를 하러 부엌으로 들어갔다. 빨리 혼자가 되고 싶었기 때문이다. 고상한 척하는 데는 아예 소질이 없지만, 더는 저따위 인간들과 하기 싫은 얘기를 나누며 억지웃음을 날릴 필요가 없다는 생각이 들었다. 저런 인간들에게는 눈곱만치도 예의, 아니, 아부를 떨 필요가 없다고 마음을 다잡았다. 싫다. 더 이상은 싫다. 나도 할 만큼은 했다. 엄마도 오늘 내가 꾹 참고 다소곳하게 행동하는 걸 대견하다는 듯 보고 계셨다. 하지만 과연 그렇게 한 것이 잘한 짓이었을까? 세상 사람들과의 사교 활동은 어디까지나 사교 활동이고, 나는 나라고, 분명히 선을 긋고 처해진 상황에 맞게 일을 처리해 나가는 것이 좋을지, 아니면 다른 사람들에게 비록 욕을 먹는 한이 있더라도 항상 자신을 잃지 않고 본심을 숨기지 않는 것이 더 좋을지 아직도 잘 모르겠다. 평생 자기 자신과 비슷한 처지에 있는, 약하지만 따뜻한 사람들과 삶을 영위할 수 있는 사람들이 부럽다. 평생 고달픔 없이 살 수 있다면, 사서 고생할 필요도 없겠지. 일부러 고생을 자처할 까닭은 없으니까.

자기 자신의 마음을 숨기고 다른 사람을 대할 때 애쓰는 건 분명히 훌륭한 일이긴 하지만, 앞으로 허구한 날 이마이다 씨 부부 같은 사람들에게 억지로 웃어주거나 맞장구를 쳐주어야만 할 신세라면 나는 아마도 정신이상자가 될지도 모른다. 나 같은 애는 절대로 감옥살이도 제대로 할 수 없을 것 같다는 우스꽝스러운 생각마저 들었다. 감옥은커녕 누군가의 하녀나 아내 노릇도 할 수 없을 것 같다. 가만 있자, 아내 노릇은 좀 다를 것 같다. 평생 한 지아비를 섬기며 오롯이 살아갈 각오만 한다면, 아무리 힘들지라도 내 몸을 아끼지 않고 정성스레 일하는 것이 어쩌면 삶의 보람이자, 희망이 아닐까? 나는 그런 일이라면 제대로, 아니 훌륭히 해낼 수 있을 것 같다. 아침부터 밤늦게까지 다람쥐 쳇바퀴 돌리듯 일할 수 있다. 쉴 새 없이 빨래를 할 것이다. 더러운 것들이 많이 쌓였을 때만큼 불쾌한 때는 없다. 좀처럼 풀리지 않는 짜증스러움과 히스테리가 밀려와서 진정이 되지 않아 죽을 만큼 괴로워도 나는 눈을 감지 못할 것이다. 더러운 빨래를 하나도 남김없이 다 빨아 빨랫줄에 걸어 놓고 나서야, 이제 죽어도 여한이 없다는 생각이 든다.

이마이다 씨가 집으로 돌아가는 길에 무슨 볼일이 있다면서 엄마를 데리고 나갔다. "네, 네." 하면서 따라가는 엄마도 엄마지만 이런 경우는 처음이 아니다. 매번 엄마를 이용하는 이마이다 씨 부부의 뻔뻔함이 견딜 수 없을 만큼 가증스럽다. 한 대 때려주고 싶은 충동마저 든다. 문 앞까지 배웅하고 나서 혼자 멍하니 어두운 골목을 쳐다보고 있노라니 하염없이 눈물이 쏟아질 것만 같다.

우편함에는 석간신문과 편지 두 통. 한 통은 엄마 앞으로 마쓰자카야 백화점에서 보내온 여름 세일 안내장이고, 다른 한 통은 사촌인 준지가 내게 보낸 편지다. "이번에 마에바시의 연대로 옮기게 되었는데, 고모님께도 안부를 전해 주어요."라고 간단하게 쓴 쪽지였다. 장교라 하더라도 그렇게 넉넉한 생활을 기대할 수는 없겠지만 매일매일 규칙적으로 생활하는 그 규율이 부럽다. 언제든 몸이 해야 할 일이 정해져 있으니 아무래도 마음이 편할 것 같다. 나는 아무 일도 하고 싶지 않으면 안 해도 되고, 아무리 나쁜 일이라도 하고 싶으면 할 수 있는 상태에 있고, 또 공부하고 싶으면 무한대라고 해도 좋을 만큼 공부할 시간이 있고, 다른 사람에게 소원을 말하면 웬만한 건 다 들어줄 것 같은 기분이 드는데, 여기에서부터 여기까지만 하면 된다는 노력의 한계가 주어진다면 마음이 얼마나 편할까. 몸을 단단히 묶어주면 오히려 고마울 듯싶다. 전쟁터에서 복무하고 있는 군인 아저씨들의 욕망은 단 하나, 그것은 잠을 실컷 자고 싶은 것이라는 얘기를 어느 책에선가 읽은 적이 있는데, 군인 아저씨들의 괴로움이 딱하게 여겨지는 반면, 다른 한편으로는 무척 부럽기도 했다. 불쾌하고 번거롭다고 느끼는 내 감정에는 아랑곳하지 않고 돌고 도는 번뇌, 밑도 끝도 없는 생각의 홍수와 깨끗이 결별하고 오직 자고 싶다, 그저 잠만 자고 싶다고 갈망하는 상태야말로 그 얼마나 해맑고 단순한 것인가! 그런 생각을 하는 것만으로도 상쾌해진다. 나도 한 번쯤 군대 생활을 해서 단단히 고생을 하고 나면, 조금은 모범적이고 얌전한 아가씨가 될지도 모르겠다. 굳이 군대 생활을 하지 않더라도 신처럼 솔직한 사람도 있는데, 나는 정말이지 못된 녀석이다. 아니, 나쁜 계집이다. 신은 준지의 남동생으로 나오는 동갑내기인데 어쩌면 그렇게 착할까. 나는 친척 중에서, 아니, 온 세상에서 신을 제일 좋아한다. 안타깝게도 신은 눈이 보이지 않는다. 아직 어린 나이인데

실명하다니 어떻게 이런 일이 있을 수 있단 말인가! 이렇게 고요한 밤에 방에 혼자 있으면 기분이 어떨까? 나 같으면 쓸쓸해도 책을 읽거나 때론 바깥 풍경을 바라보며 기분을 달랠 수 있지만 그 애는 그걸 할 수 없다. 그저 가만히 있다. 지금까지 다른 사람보다 공부도 훨씬 더 열심히 하고 테니스도 수영도 잘했던 아이인데 지금은 얼마나 쓸쓸하고 괴로울까…… 어젯밤에도 신을 생각하며 이불 속에 누워 5분쯤 눈을 감고 있었다. 고작 5분 남짓이었지만 내게는 너무 길고 답답한 시간이었다. 그런데 신은 아침 점심 저녁으로 아니, 며칠이고 몇 달이고 아무것도 못 본다. 불평을 하거나, 짜증을 내거나, 응석이라도 부리면 나도 마음이 편할 텐데, 신은 아무 말도 하지 않는다, 신이 불평을 하거나 다른 사람을 욕하는 걸 들어본 적이 없다. 항상 늘 밝은 목소리에, 무심한 표정을 짓고 있으니 그것이 더욱 가슴 아프다.

이런저런 생각을 하면서 방을 청소한 뒤 목욕물을 데운다. 물이 데워지기를 기다리면서 굴 상자 위에 앉아, 석탄 불빛에 의지해 학교 숙제를 모두 끝마쳤다. 그런데도 아직 목욕물이 데워지지 않아 나가이 가후의 《묵동기담》(노년에 접어든 소설가 오에 다다스와 20대 중반의 화류계 여성 오유키와의 사랑과 이별 이야기를 계절과 시대 풍속의 변화 속에서 관조적으로 그린 작품)을 읽었다. 내용은 결코 못마땅하거나 불쾌하지 않았지만, 작가의 잘난 체하는 꼴이 군데군데 눈에 띄어 마음에 들지 않았고 시대에 뒤떨어진 느낌이다. 작가가 너무 나이 든 탓일까? 외국 작가들은 아무리 나이가 들어도 더 대담하게 대상을 사랑하는 것 같다. 그래서 오히려 거북하지 않다. 이 작품은 일본 작품 중에서 그나마 나은 편에 속하지 않을까? 비교적 거짓이나 꾸밈이 없고 조용한 체념이 느껴져 기분이 좋아졌다. 나는 이 작가의 작품들 중에서 이 소설이 가장 깊이 있게 느껴져서 제일 좋다. 이 작가는 꽤나 책임감이 강한 것 같다. 그의 작품은 일본의 도덕관에 크게 얽매여 있어서 그 때문에 반발 심리를 불러일으킴으로써 묘하고 강한 느낌을 주는 듯싶다. 넘치는 애정을 주체할 수 없는 사람들에게 있는 위악僞惡(짐짓 악한 척함)한 취미, 일부러 악랄한 도깨비 탈을 쓰고 연약한 작품을 쓴다. 하지만 《묵동기담》에는 꿈쩍하지 않을 쓸쓸함의 강한 힘이 있어 나는, 이 작품이 좋다.

　목욕물이 데워졌다. 목욕탕에 불을 켜고 옷을 다 벗은 뒤 창문을 활짝 열고는 가만히 탕 속으로 들어갔다. 창문에 드리워진 산호수의 푸른 잎이 전등 불빛을 받아 눈부시게 빛나고 있다. 창밖에는 별이 반짝반짝. 아무리 다시 봐도 반짝반짝. 뒤로 몸을 쭈욱 젖히고 고개 들어 하늘을 멍하니 보고 있으려니, 굳이 보려고 하지 않았던 내 뽀얀 살결에 어렴풋이 눈이 비쳤다. 그냥 그대로 가만히 있다 보니, 어린 시절의 그 하얗던 살결과는 뭔가 느낌이 다르다. 더는 참을 수가 없다. 내 기분과는 상관없이 몸만 멋대로 자란 꼴이 참기 힘들 만큼 곤혹스럽다. 성큼 어른이 되어가는 나 스스로를 어떻게 할 수 없어서 슬프다. 그저 시간에 몸을 맡긴 채 내가 어른이 되어가는 것을 가만히 지켜보는 수밖에 없는 것일까?

언제까지나 인형 같은 몸으로 살고 싶다. 물을 첨벙첨벙 튀기면서 어린아이인 것처럼 장난을 쳐보지만, 왠지 마음은 더 무겁기만 하다. 앞으로 살아갈 이유가 없는 것 같아 온몸에 기운이 다 빠진 것처럼 무기력해진다. 그 순간 마당 너머 들판에서 '누나' 하고 반은 우는 소리로 누나를 부르는 이웃집 꼬마의 목소리가 들려왔다. 가슴이 덜컹했다. 나를 부르는 것은 아니지만 방금 저 아이가 울면서 찾는 그 '누나'가 부러웠다. 저렇게 나를 따라다니면서 어리광을 부리는 남동생이 한 명이라도 내게 있다면, 이렇게 혼란스러운 하루하루를 살지는 않을 것이다. 삶에 대한 보람도 있을 거고, 한평생 그런 동생을 보살피며 살겠다는 각오도 할 수 있다. 어떤 어려운 일이라도 버티고 참아낼 수 있다. 혼자서 이렇게 큰소리를 치고는, 내가 너무 가엾게 느껴졌다.

오늘 밤은 유난히 별이 총총하다. 목욕을 마치고 정원으로 나갔다. 마치 별이 쏟아질 듯하다. 아! 여름이 다가오고 있구나. 이곳저곳에서 개구리 우는 소리, 바람이 보리를 스치는 소리가 들려온다. 다시 몇 번이고 쳐다보아도 숱한 별들이 반짝거리고 있다. 지난해에, 아니, 지난해가 아니라 지지난해구나. 내가 산책가고 싶다고 졸라대자 아빠는 몸이 편치 않은데도 따라나서 주었다. 늘 젊었던 아빠는 〈너는 백까지, 나는 아흔아홉까지〉라는 독일 노래를 가르쳐주기도 했고, 별자리 이야기나 즉흥시를 짓기도 했다. 지팡이를 짚고 저만치 침을 뱉기도 하고 눈을 껌벅거리며 함께 걸어주던 좋은 아빠. 가만히 별을 쳐다보고 있자니 아빠에 대한 기억이 또렷해진다. 그로부터 1, 2년이 지났을 뿐인데 나는 점점 더 못된 아이가 되었다. 나 혼자만의 비밀이 너무 많은 아이가 되고 말았다.

방으로 돌아와 책상 앞에 앉아 턱을 괸 채 책상 위에 놓인 백합꽃을 물끄러미 바라보았다. 좋은 향기가 난다. 백합 향기를 맡으면 아무리 지루해도 더럽고 지저분한 생각은 나지 않는다. 이 백합은 어제저녁 무렵에 역 근처까지 산책을 갔다가 돌아오는 길에 꽃가게에서 한 송이 사가지고 온 것인데, 그때부터 내 방은 전혀 다른 방처럼 상쾌해졌다. 미닫이를 열면 방 안에 백합 향기가 가득해 얼마나 좋은지 모른다. 이렇게 가만히 보고 있으면 정말이지 솔로몬의 영화榮華(온갖 영화로 차려 입은 솔로몬도 이 꽃 하나와 같이 잘 입지는 못하였느니라. 마태 6:29) 그 이상의 만족감이 온몸에 실감나게 느껴진다. 문득 지난해 여름에 갔던 야마가타(일본 동북부에 위치하고 있으며 현縣의 대부분이 산간지대에 해당됨)가 생각난다. 산에 올랐을 때 산등성이 중턱에 백합이 흐드러지게 피어 있는 것을 보고 너무 아름다워 넋을 잃을 만큼 놀란 적이 있다. 하지만 깎아지른 듯한 벼랑 중턱에는 절대로 기어 올라갈 수 없었으므로, 너무나 매혹적이었지만 바라볼 수밖에 없었다. 그때 마침 근처에 있던 생면부지의 한 광부가 아무 말 없이 성큼성큼 절벽을 기어오르더니, 순식간에 두 손 가득 백합을 꺾어 내려와 조금도 웃지 않고 그것을 전부 내게 주었다. 그야말로 한아름, 아니, 한아름 이상이었다. 어떤 호화로운 무대나 결혼식장에서도 이처럼 엄청난 꽃다발을 받은 사람은 아마도 없을 것 같다. 꽃 때문에 현기증을 느끼다니…… 나는 그때 난생처음으로 그걸 느꼈다. 새하얗고 커다란 꽃다발을 두 팔 가득 벌려 간신히 안았더니, 앞이 보이지 않을 정도였다. 젊고 착실해 보였던, 무뚝뚝하지만 친절한 그 광부는 지금 어떻게 지내고 있을까? 위험한 곳까지 올라가 꽃을 꺾어다준 것, 그것뿐이지만 그 후 백합꽃을 볼 때마다 꼭 그 광부가 생각난다.

　책상 서랍을 열고 뒤적뒤적하다가 지난여름에 사용했던 부채를 하나 찾아냈다. 새하얀 종이 위에 겐로쿠 시대(1688~1704, 일본 에도 시대 중기에 5대 쇼군 도쿠가와 쓰나요시가 다스린 시기)의 여인들이 제멋대로 앉아 있고 그 옆에 파란 꽈리 두 개가 그려져 있다. 이 부채를 보니 지난여름의 일들이 마치 안개처럼 되살아난다. 야마가타에서의 생활, 기차 안의 풍경, 유카타, 수박, 냇가, 매미, 풍경風聲 소리…… 문득 이걸 가지고 기차를 타고 싶다. 부채를 펼쳤을 때의 느낌이 정말 좋다. 부챗살이 하나하나 펼쳐지는 모습에 마음이 홀가분해진다. 부채를 만지작거리며 놀고 있는데, 엄마가 돌아왔다. 웬일인지 기분이 좋아 보인다.

　"아이고! 피곤해."

　넋두리를 하면서도 그다지 언짢은 표정은 아니다. 다른 사람의 부탁을 잘 들어주다 보니 피곤해지는 것은 어쩔 수 없는 노릇이다.

　"도대체 무슨 얘기가 그다지도 복잡한 것인지 원……."

　혼잣말을 중얼거리며 엄마는 옷을 갈아입고 목욕탕으로 들어갔다.

목욕을 마친 뒤 둘이서 차를 마시면서 엄마가 이상하게 웃는다. 엄마가 무슨 얘기를 할까 싶었는데,

"너 얼마 전에 〈맨발의 소녀〉 보러 가고 싶다고 졸라댔지? 그렇게 가고 싶으면 좋아, 가도 돼. 그 대신 오늘 밤은 엄마 어깨 좀 주물러줘. 일을 한 대가로 보는 건 더 재밌잖아."

정말 펄쩍 뛸 만큼 기뻤다. 꼭 보고 싶은 영화였는데, 요즘 할 일 없이 놀고만 있었기 때문에 참고 있었던 거다. 다행히 엄마가 내 마음을 눈치채고 할 일을 만들어주어 당당하게 영화를 볼 수 있게 해주었다. 정말 기쁘다. 엄마가 좋아서 나도 모르게 웃음이 나왔다.

밤에 이렇게 엄마와 단둘이 오순도순 있는 것도 무척 오랜만이다. 그동안 엄마는 사람들을 만나느라 쓸데없이 바빴으니까. 엄마도 나름대로 세상 사람들에게 바보 취급을 받지 않으려고 열심히 노력한 거겠지. 이렇게 정성껏 어깨를 주무르고 있자니 엄마의 피로가 내게 고스란히 전해지는 것 같다. 엄마께 더 잘해 드려야지. 아까 이마이다 씨 때문에 엄마를 잠시나마 원망했던 게 부끄럽다. "죄송해요!"라고 입속에서 조용히 말해 보았다. 그러고 보니 나는 늘 내 생각만 하려고 들어서, 엄마에게는 아무래도 마음속으로 응석만 부리며 멋대로 굴었다. 그럴 때마다 엄마는 얼마나 가슴이 아프고 괴로웠을까? 나는 애당초 그런 건 모른 척하고 있다. 아빠가 세상을 떠난 후로 엄마는 무척이나 약해졌다. 나는 늘 힘들다고 엄마에게 매달리면서도, 엄마가 조금이라도 내게 기대려고 하면 못 볼 것이라도 본 것처럼 기분 나빠했으니, 나는 정말 어처구

니없는 애다. 엄마도 나와 똑같은 연약한 여자인데 말이다. 이제부터라도 엄마와 단둘이 사는 것에 만족하고 엄마를 잘 보살펴드려야겠다. 옛날이야기나 아빠 이야기를 하고, 단 하루만이라도 좋으니 엄마를 위한 날을 만들어야지. 그리하여 멋지게 사는 보람을 한껏 느끼고 싶다. 그동안 마음속으로는 엄마를 걱정하는 착한 딸이 되겠다고 다짐하면서도, 내 말과 행동을 보면 제멋대로 구는 철부지였으니! 게다가 요즘 나는 어린애다운 순수함마저 잃어버렸다. 지저분하고 부끄러운 일뿐이다. 괴롭다, 고민스럽다, 쓸쓸하다, 슬프다, 그게 도대체 무엇이란 말이냐! 그건 확실히 죽음이다. 잘 알고 있으면서도 한마디라도 그와 비슷한 명사 하나 형용사 하나도 말하지 못하고, 다만 허둥지둥하다가 끝내는 버럭 화를 내는 게 마치 뭣 같다고 할까……. 흔히 사람들은 옛날 여인들을 두고 어쩔 수 없는 노예라느니, 스스로를 무시하는 버러지 같은 인간이라느니, 말 못 하는 인형이라는 등 마구 험담을 하지만, 그녀들은 지금의 나 같은 사람보다는 좋은 의미의 여성스러움을 가지고 있어서 마음의 여유도 있고, 모든 일을 잘 참아낼 수 있는 지혜로움을 지녔고, 순수한 자기희생의 아름다움도 알며, 또한 대가가 전혀 없는 봉사의 기쁨도 잘 알고 있었다.

"아이고, 착하다. 훌륭한 안마사 솜씨잖아? 천재네."

평소처럼 엄마는 나를 놀린다.

"그렇죠? 마음이 담겨 있으니까요. 그런데 제 특기는 온몸을 주무르는 게 다가 아닌데, 그것뿐이라고 생각하시면 섭섭해요. 더 좋은 재주가 얼마나 많은지 아셔야 해요."

생각나는 대로 솔직히 말해 버렸다. 내 귀에도 제법 후련하게 들렸다. 근래 2, 3년 동안 내가 이렇게 순수한 마음으로 내 마음을 확실히 말한 건 이번이 처음인 듯싶다. 자신의 분수를 제대로 알고 안 되는 것을 포기했을 때, 비로소 안정된 모습의 새로운 자신이 태어나는 것인지도 모른다고, 기쁜 마음으로 생각했다.

오늘 밤은 엄마께 여러 가지로 고맙기도 했고, 안마도 제대로 마쳤으므로 덤으로 《쿠오레》(이탈리아 소설가 데 아미치스가 1886년에 발표한 소설로, 《사랑의 학교》라는 제목으로 더 잘 알려져 있음)를 조금 읽어드렸다. 엄마는 내가 이런 책을 읽는다는 것을 대견해하시면서 안심하는 듯한 표정을 지으셨다. 하지만 며칠 전 내가 케셀의 《세브린느》(프랑스 작가 조셉 케셀의 1929년 소설로, 성적 욕망에 사로잡힌 여성인 세브린느의 영육 간의 갈등을 그린 작품)를 읽고 있을 때엔, 내게서 책을 빼앗아 슬쩍 표지를 보더니 어두운 표정으로 아무 말 없이 책을 돌려주긴 했지만, 어쩐지 나도 그 책을 더 읽고 싶은 기분이 들지 않았다. 엄마는 《세브린느》를 읽지도 않았을 텐데, 느낌만으로 나쁜 소설이라고 알아차리신 듯싶다.

고요한 밤에 혼자 소리 내어 《쿠오레》를 읽고 있으려니, 내 목소리가 너무 크고 멍청하게 들려서 읽는 동안 엄마한테 부끄러웠다. 주위가 너무 조용해서 더 바보같이 느껴졌는지 모른다. 《쿠오레》는 언제 읽어도 어린 시절에 받았던 감동과 조금도 다르지 않은 감정이 되살아난다. 내 마음도 순수하고 깨끗해지는 것 같아 역시 좋은 책이라는 생각이 들지만, 소리 내어 읽는 것과 눈으로 읽는 게, 사뭇 느낌이 달라서 놀랍고 당황스럽다. 하지만 엄마는 주인공 엔리코와 가로네의 비극적인 사연이 나오는 부분에선 엎드려 울었다. 우리 엄마도 엔리코의 엄마처럼 훌륭하고 아름다운 엄마다.

엄마는 이미 잠이 들었다. 오늘 아침 일찌감치 외출했으니 많이 피곤하셨던 모양이다. 이불을 제대로 덮어드리고 이불 위쪽을 토닥토닥 두드려드렸다. 엄마는 잠자리에 들면 이내 눈을 붙이신다.

그때부터 나는 목욕탕에서 빨래를 한다. 요즘 이상한 버릇이 생겨 12시가 다 되어서야 빨래를 시작한다. 낮에 빨래를 하면 시간이 아깝다는 생각이 드는데, 어쩌면 그 반대일지도 모른다. 창문 너머로 달님이 보인다. 쪼그리고 앉아 빨래를 하면서 달님을 향해 가만히 웃어 보인다. 달님은 뭔가 아는 듯한 얼굴을 하고 있다. 문득 지금 이 순간, 어디에선가 불쌍하고 외로운 한 소녀가 나처럼 빨래를 하면서, 달님을 보며 살짝 웃고 있을지도 모른다. 아니, 확실히 웃고 있다고 믿고 싶다. 머나먼 시골 산골짜기 산 정상에 있는 외딴집, 깊은 밤 뒷마당 우물가에서 조용히 빨래를 하는 고통스러운 소녀가 지금, 어딘가에 있다. 그리고 다시 파리의 뒷골목에 있는 지저분한 아파트 복도에서도 역시 내 또래의 소녀가 혼자 조용히 빨래를 하면서 달님에게 웃음 짓고 있는 광경이, 조금도 의심할 여지없이, 망원경으로 속속들이 들여다보고 있는 것처럼, 색채도 선명하게 또렷이 떠오른다. 우리의 괴로움을 정말이지 아무도 몰라준단 말인가. 언젠가 어른이 되면, 우리의 괴로움과 외

로움은 우스운 것이었다고 추억할 수 있게 될지도 모르지만, 어른
이 될 때까지 이 길고 짜증나는 시간을 어떻게 보내야 할지…….
아무도 내게 가르쳐주지 않으니 그냥 내버려둘 수밖에 없다. 홍역
같은 병일지도 모른다. 하지만 홍역으로 죽는 사람도 있고, 홍역
으로 눈이 안 보이게 되는 사람도 있다. 그저 내버려두는 것은 안
된다. 우리는 매일같이 이렇게 우울하기도 하고, 벌컥 화가 치밀
기도 하는데, 이러다가 발을 헛디뎌서 나락으로 추락하여 돌이킬
수 없는 몸으로 일생을 보내는 사람도 있다. 또 모진 마음을 먹고
순식간에 자살해 버리는 사람도 있다. 그렇게 되고 나면 세상 사
람들은 '아아, 조금만 더 살았더라면 알게 될 것을, 조금만 더 커
서 어른이 되면 자연히 알게 될 텐데…….' 라며 안타까워하겠지.
하지만 정작 당사자 입장에서 보면 너무 괴로운데도, 그래도 가까
스로 거기까지 참고 견디면서, 뭔가 세상의 얘기를 들으려고 열심
히 귀를 기울여도, 여전히 세상 사람들은 영 알 듯 모를 듯 추상적
인 교훈 따위만 늘어놓으며 '그저, 그저 조금만 참아…….' 하며
다독거릴 뿐이다. 우리는 늘 그 기대에 배반당하곤 했다. 우리는
결코 찰나주의자는 아니다. 그렇지만 세상은 너무나 먼 산을 가리
키며, 거기까지 가면 분명 전망이 좋을 것이라고 말한다. 물론 그
건 틀림없는 말일 것이고, 그게 조금도 거짓이 아니라는 것도 알
고 있다. 하지만 지금 이렇게 격렬한 복통을 앓고 있는데도, 그 복
통에 대해서는 아예 본체만체하고, '자, 자아, 조금만 참아. 저 산
꼭대기까지 올라가면 다 되는 거란다.' 하고 말할 뿐이다. 분명 이

건 누군가의 잘못이다. 나쁜 것은 바로 당신이다!

빨래를 마치고, 목욕탕 청소를 한 다음 조용히 미닫이를 열었더니, 풍겨오는 백합 향기가 기분을 돋운다. 가슴이 후련해졌다. 마음 깊은 곳까지 투명해져서 '숭고한 니힐리즘(허무주의)' 이라고나 할까, 그런 심정이다. 조용히 잠옷으로 갈아입는데, 지금까지 잠든 줄로만 알았던 엄마가 갑자기 말을 해서 자못 놀랐다. 엄마는 가끔 이런 식으로 나를 놀라게 한다.

"여름 신발이 필요하다고 했잖아. 그래서 오늘 시부야에 간 김에 보고 왔어. 신발도 비싸졌더라."

"괜찮아, 그렇게까지 갖고 싶지 않아요."

"그래도 없으면 곤란하잖아."

"그렇긴 해요."

내일도 또, 똑같은 하루가 오리라. 행복은 평생 결코 찾아오지 않으리라. 그건 알고 있다. 그렇지만 반드시 온다, 내일이면 꼭 온다고 믿고 잠드는 것이 좋은 것인지. 일부러 '털썩' 하고 큰 소리를 내며 이불 위로 쓰러진다.

아! 기분이 좋다. 차가운 이불에 등이 시원해져서 기분이 좋다. 문득 이런 말이 생각난다. '행복은 하룻밤 늦게 찾아온다.' 라고 했던가. 행복을 기다리고 기다리다 지쳐 결국 참지 못하고 끝내 집을 뛰쳐나갔는데, 다음 날에야 행복을 알리는 멋진 소식이 버려진 집에 찾아왔으니 때는 이미 늦었다. 행복은 하룻밤 늦게 찾아온다. 행복은……

가와가 정원을 걷는 소리가 들린다. 탁탁탁탁, 탁탁탁탁. 가와의 발소리에는 특징이 있다. 오른쪽 앞다리가 조금 짧고, 게다가 O자 모양으로 휘어져서 발소리에도 쓸쓸한 느낌이 있다. 한밤중에 정원을 돌아다니며 도대체 뭘 하고 있는 걸까? 가와는 정말 가엾다. 오늘 아침엔 가와에게 짓궂게 굴었지만, 내일은 예뻐해 줘야지.

내게는 슬픈 버릇이 있는데, 얼굴을 두 손으로 바짝 감싸지 않고는 잠들지 못한다. 얼굴을 감싸고 가만히 누웠다.

잠에 빠져들 때의 기분이란 정말이지 묘하고 이상하다. 붕어나 뱀장어가 낚싯줄을 물고 끌어당기듯이, 뭔가 묵직한 납덩어리 같은 힘이 내 머리를 실로 묶어 한껏 끌어당기다가, 내가 스르르 잠이 들려고 하면 언제 그랬느냐는 듯이 실을 느슨하게 풀어준다. 그러면 나는 잠이 들려다가 소스라치며 정신을 차린다. 그러다가 납덩이가 또 끌어당기면 스르르 잠에 빠지고 다시 느슨해지면 정신이 들곤 하는 과정을 서너 번 되풀이하다 비로소 푸욱 그대로 아침나절까지 고꾸라져 잠을 잔다.

굿 나이트. 저는 왕자님이 없는 신데렐라 공주. 제가 도쿄의 어디에 있는지 아세요? 이제 두 번 다시 뵙지 않겠어요.

벚나무와
마술 휘파람

벚꽃이 지고 이처럼 새잎이 돋을 무렵이면 저는 항상 그 일이 생각납니다……라며 그 노부인은 이야기를 시작했다.

지금으로부터 삼십오 년 전, 그때까지만 하더라도 아버지는 살아계셨지만 어머니는 그 칠 년 전인 제가 열세 살 때 이미 돌아가셔서 우리 가족은, 하긴 가족이라고 해봐야 아버지와 저, 그리고 여동생 이렇게 단 세 명뿐이었습니다. 아버지는 제가 열여덟 살, 여동생이 열여섯 살이었을 때 시마네현에 있는 어느 바닷가 연안의 인구 2만여 명 남짓한 도시의 중학교 교장으로 부임하셨습니다. 당시 적당한 셋집이 없었던 터라 마을에서 좀 떨어진 변두리의 산 바로 밑에 외따로 서 있는 사찰의 별채 방 2개를 빌렸습니다. 그리고 그곳에서 아버지가 마쓰에의 중학교로 전근가실 때까지 육 년 동안 줄곧 살았습니다.

제가 결혼한 건 마쓰에로 이사 오고 나서 스물네 살 되던 해 가을이었으니까, 당시로서는 퍽 늦은 결혼이었지요. 이른 나이에 어머니를 여의고 아버지는 그저 고지식하고 완고한 학자 기질에 세상일에는 도무지 아는 게 없는 분이다 보니, 제가 없으면 집안 살림이 엉망이 될 게 뻔했습니다. 그렇기 때문에 저도 그때까지 여기저기서 혼담이 들어왔지만 우리 집안을 내팽개치면서까지 다른 곳으로 시집갈 마음은 들지 않았습니다. 그나마 여동생이라도 몸이 튼튼했더라면 저도 조금은 마음이 편했을지도 모르겠습니다. 제 여동생은 저와는 다르게 찰랑찰랑하게 긴 머리에 아주 예쁘고 뭐든 잘하는 착한 아이였는데 단 한 가지, 몸이 너무 약했어요. 아버지께서 그 도시에 부임한 지 이 년째 되던 해 봄, 내가 스무 살이고 여동생이 열여덟 살일 때, 그만 죽고 말았습니다. 지금 말씀 드리는 이야기는 바로 그 무렵의 일이랍니다.

우리 여동생은 그 한참 전부터 몸이 안 좋았어요. 신장결핵이라는 몹쓸 병이었거든요. 그 병인 줄 알았을 때는 이미 양쪽 신장이 모두 망가진 뒤였습니다. 의사 선생님도 도저히 손쓸 도리가 없다며 아버지에게 100일을 넘기지 못할 거라고 분명하게 말씀하시더군요. 한 달이 지나고 두 달이 지나 점점 100일이 바작바작 다가왔지만 우리는 그저 지켜볼 수밖에 없었습니다. 여동생은 아무것도 모른 채 아픈 사람치고는 비교적 생생해 보였습니다. 온종일 자리에 누워 있기는 했지만 그래도 명랑하게 노래도 부르고 우스갯소리도 하고 내게 어리광도 부리곤 했습니다. 하지만 이러다가 앞으로 30여 일 후면 이 아이가 이 세상을 떠난다는 것이 분명한 사실이라는 생각을 하면, 가슴이 미어지고 온몸을 바늘로 찔리는 것 같이 괴로워서 그만 미쳐버릴 것 같았습니다. 3월, 4월, 5월, 그래요. 5월 중순이에요. 저는 그날을 잊을 수가 없습니다.

들에도 산에도 신록이 가득하고 옷일랑 벗어던지고 싶을 만큼 날이 따뜻했습니다. 눈이 따끔따끔 아파올 정도로 신록이 눈부신 그날, 저 혼자 이런저런 생각에 잠겨 허리띠 틈새에 한 손을 살짝 찔러 넣고 고개를 떨어뜨린 채 들길을 걸었습니다. 생각하고 또 생각하는 것마다 모든 것이 고통스러워 숨을 쉴 수 없을 정도로 괴로워하며 걷고 있었습니다. 두웅, 두웅 하고 봄의 땅속 저 깊은 곳에서 마치 극락정토로부터 울려 퍼지는 것처럼 희미하지만 엄청나게 웅장한, 마치 지옥 밑바닥에서 아주 크나큰 북을 두드리는 것처럼 무시무시한 소리가 쉴 새 없이 울려왔습니다. 저는 그 무서운 소리가 왜 나는지도 모르고, 정말로 제가 미쳐버린 게 아닌가 하는 생각에 그대로 온몸이 굳어버린 채 우두커니 서버렸습니다. 그러다 갑자기 '아악' 하고 비명이 터져 나와서 풀밭에 털썩 주저앉아 실컷 울어버렸습니다.

한참 나중에야 알았지만, 그 무섭고 이상한 소리는 해전을 치르는 일본 군함의 대포 소리였습니다. 도고 제독의 명령에 따라 러시아의 발트 함대를 단숨에 격멸하기 위한 대격전이 한창이었다고 하더군요. 그때가 마침 그 무렵이었습니다. 그러고 보니 해군 기념일은 올해도 곧 어김없이 찾아오겠지요. 그 바닷가 시가지에도 연일 대포 소리가 무시무시하게 들려왔으니까 마을 사람들도 너무 무서워 살아도 사는 것 같지 않았을 거예요. 하지만 저는 그런 줄도 모른 채 그저 여동생 일에만 온통 정신이 팔려 있던 상태였기 때문에 그게 무슨 지옥에서 울리는 불길한 북소리라도 되는 양 한참이나 풀밭에 앉아 고개도 못 들고 울었습니다. 해가 저물어갈 무렵에야 겨우 자리에서 일어나 넋이 나간 사람처럼 멍해져서 절집으로 돌아왔습니다.

"언니."

여동생이 저를 불렀습니다. 여동생도 그 무렵에는 바짝 야위어서 기운이 하나도 없으니 자기 스스로도 어렴풋이 이제 살날이 얼마 남지 않았다는 것을 알아차린 것 같았습니다. 더 이상 예전처럼 제게 말도 안 되는 요구를 하며 떼를 부리는 일도 없어져서 저는 그게 더 마음이 아팠습니다.

"언니, 이 편지는 언제 온 거야?"

저는 순간 가슴이 뜨끔해서 금세 얼굴의 핏기가 사라지는 것을 스스로도 또렷이 느꼈습니다.

"언제 온 편지일까?"

여동생은 무심하게 묻는 것 같았습니다. 저는 간신히 정신을 차리고 말했습니다.

"응, 조금 전에 왔어. 네가 잠든 사이에. 너 웃으면서 자고 있더라. 그래서 내가 네 베개 위에 살짝 놓고 갔는데 몰랐지?"

"아이, 난 그런 줄도 몰랐네."

여동생은 땅거미가 지기 시작해 어둑어둑해진 방 안에서 희고 예쁘게 웃으며 말했습니다.

"언니, 나 이 편지 읽었는데 이상해. 내가 모르는 사람이야."

'모를 리가 없잖아.'

저는 그 편지를 보낸 M.T라는 남자를 한 번도 만난 적은 없지만 잘 알고 있었습니다. 똑똑히 알고 있었지요. 대엿새 전에 여동생의 서랍장을 정리하다가 서랍 안쪽 깊숙이, 초록색 리본으로 묶인 편지 한 다발이 감춰져 있는 것을 발견했습니다. 그리고 나쁜 짓인 줄 알면서도 리본을 풀어 읽어봤습니다. 거의 삼십여 통의 편지가 모조리 그 M.T라는 사람에게서 온 것이었습니다. 다만 편지 봉투에는 M.T의 이름을 밝히지 않았고 편지 속에만 적혀 있었습니다. 편지 봉투에는 여자들의 이름이 적혀 있었는데 그것이 모두 여동생의 진짜 친구들 이름이었기 때문에 아버지와 저는 여동생이 남자와 이렇게 여러 통의 편지를 주고받고 있었다는 것을 꿈에도 알지 못했던 것입니다.

분명 이 M.T라는 사람은 아주 조심스러운 성품이어서 여동생에게서 친구들의 이름을 알아내고 그 이름을 이용해서 차례차례 편지를 보냈을 것입니다. 저는 그렇게 단정하고, 젊은 사람들의 대담함에 혀를 내둘렀습니다. 만약 엄격하신 아버지가 이 일을 알게 된다면 대체 어떤 꾸지람이 떨어질지, 생각만 해도 몸서리 칠 정도로 겁이 났습니다. 하지만 날짜별로 한 통 한 통 읽어가는 사이에 저까지 왠지 모르게 설레고 즐거워졌습니다. 때로는 너무 사랑스러워서 혼자 킥킥 웃기도 하고, 마침내는 저한테까지 크고 넓은 세계가 활짝 펼쳐질 것만 같은 기분이 들었습니다.

저도 그때 갓 스무 살이 되었을 때니까 젊은 여자로서 좀 말하기 부끄러운 괴로움도 많았습니다. 서른 통 남짓한 편지를 마치 시냇물이 흘러가듯이 단숨에 줄줄 읽어 내려가던 저는 작년 가을에 보내 온 마지막 한 통을 읽다가 저도 모르게 벌떡 일어섰습니다. 벼락을 맞은 기분이라는 게 그런 것이겠지요. 정말 뒤로 나자빠질 만큼 깜짝 놀랐습니다. 여동생과 그 남자가 마음으로만 연애를 한 게 아니었던 겁니다. 좀 더 딱한 상황이었습니다. 저는 그 편지를 태워버렸습니다. 한 통도 남기지 않고 다 태웠습니다. M.T는 같은 도시에 사는 가난한 시인 같았는데 참으로 비겁하게도 여동생의 병명을 알자마자 그 애를 포기하고, '이제 그만 서로 잊읍시다.'라는 잔혹한 말을 태연히 편지에 써 보낸 후로 다시는 편지한 통 하지 않은 것 같았습니다. 그러니 이 일은 '나만 입 다물고 평생 아무에게도 말하지 않으면 여동생은 순수한 소녀인 채로 남을 수 있어. 그래, 아무도 모르는 거야.'라며 저는 괴로운 마음을 제 가슴속에 묻어두기로 했습니다.

하지만 그 사실을 알고 난 뒤로 여동생이 더욱더 가엾고, 게다가 여러 가지 이상한 공상이 자꾸 떠오르는 바람에 가슴이 저미는 듯한 애절한 마음으로 지냈습니다. 정말 그런 괴로움은 그 나이의 여자가 아니고서는 알 수 없는 생지옥입니다. 마치 제가 직접 그런 슬픈 일을 당한 것처럼 혼자 괴로워했습니다. 그 무렵은 저 자신도 정말이지 좀 이상했습니다.

"언니, 이거 좀 읽어봐. 무슨 얘기인지 하나도 모르겠어."

저는 여동생의 솔직하지 못한 말이 진심으로 원망스러웠습니다.

"읽어도 돼?"

그렇게 작은 소리로 묻고 여동생에게서 편지를 받아드는 제 손끝은 당황스러울 만큼 떨렸습니다. 굳이 읽어보지 않아도 저는 그 편지의 내용을 다 알고 있었으니까요. 하지만 아무것도 모르는 척 시치미를 떼고 읽어야 했습니다. 편지에는 이렇게 적혀 있었습니다. 저는 편지를 제대로 보지도 않고 소리 내어 읽었습니다.

오늘은 당신에게 사죄의 말씀을 전합니다.

제가 오늘까지 꾹 참고 견디며 당신에게 편지를 보내지 않은 것은 모두 제 자신이 보잘것없었기 때문입니다. 저는 가난하고 무능합니다. 당신 한 사람도 책임질 수 없는 사람입니다. 그저 말로만, 그러나 그 말에는 털끝만큼도 거짓은 없습니다. 그저 말로만, 당신을 향한 사랑을 증명하는 것 말고는 무엇 하나 할 수 없는 저 자신의 무력함이 너무 싫습니다.

당신을 단 하루도, 아니 꿈에서조차 잊은 적이 없습니다. 하지만 저는 당신에게 어떤 것도 해드릴 수가 없습니다. 그게 괴로워서 당신과 헤어지려고 한 것입니다. 당신의 불행이 커지면 커질수록, 그리고 저의 애정이 깊으면 깊을수록 저는 당신에게 다가가기가 어려웠습니다.

당신이 이런 제 마음을 알까요? 결코 속이려는 말이 아닙니다. 저는 그것을 제 자신의 정의로운 책임감에서 나온 것이라고 믿었습니다. 하지만 제 생각이 짧았습니다. 저는 분명히 잘못을 저질렀습니다.

사죄드립니다. 저는 당신에게 완벽한 인간처럼 보이려고 욕심을 부렸던 것입니다. 아직 어리고 무능해서 아무것도 할 수 없지만, 적어도 말만이라도 진심을 담아 보내는 것이 참된 겸양의 아름다운 태도라는 걸 이제야 깨달았습니다.

평소에 제가 할 수 있는 범위 내에서 그것을 이루기 위해서 노력해야 한다고 생각합니다. 아무리 작은 것이라도 괜찮겠지요. 민들레꽃 한 송이의 선물이라도 결코 부끄러워하지 않고 내미는 것이 가장 용기 있는 행동이고 남자다운 태도라고 믿습니다.

저는 이제 도망치지 않을 겁니다. 저는 당신을 사랑합니다. 매일매일 시를 써서 보내드리겠습니다. 그리고 매일매일 당신의 집 담장 밖에서 휘파람을 불어드리겠습니다. 바로 내일 저녁 6시에는 군 행진곡을 불어드리겠습니다. 제 휘파람 소리를 기대해 주십시오. 제 휘파람, 아주 멋있어요.

지금으로써는 그것만이 제 힘으로 할 수 있는 봉사입니다. 웃으시면 안 됩니다. 아니, 웃어주십시오. 건강하게 제 곁에 있어 주세요. 신께서는 분명 어디선가 지켜보고 계실 겁니다. 저는 그것을 믿습니다. 당신도 저도 신께서 사랑하시는 딸이고 아들입니다. 언젠가 아름답게 결혼식을 올릴 수 있는 날이 올 겁니다.

기다리고 기다리니

올해도 피었구나
복숭아꽃
하얗다고 들었는데
꽃은 붉디붉구나

저는 열심히 노력하고 있습니다.
모든 일이 다 잘 될 겁니다.
그럼 내일 또 연락드리겠습니다.

M.T

"언니, 나도 다 알아."

여동생이 맑은 목소리로 그렇게 속삭였습니다.

"고마워, 언니. 이거, 언니가 보낸 거지?"

저는 너무도 창피하여 그 편지를 갈기갈기 찢고 제 머리카락을 마구 쥐어뜯고 싶었습니다. 안절부절못한다는 건 바로 이런 경우를 가리키는 말이겠지요. 그렇습니다. 그 편지는 제가 쓴 것입니다. 여동생의 괴로움을 차마 볼 수 없어서 날마다 M.T의 글씨체를 흉내 내어 여동생이 이 세상을 떠나는 날까지 편지를 쓰고, 서툴지만 최선을 다해 시를 짓고, 그리고 저녁 6시에는 살그머니 담장 밖에 나가 휘파람을 불어주기로 결심했던 것입니다.

부끄러웠습니다. 어설픈 시까지 썼다는 게 참으로 부끄러웠습니다. 차마 얼굴을 들 수 없어서 저는 변변히 대답도 하지 못했습니다.

"언니, 걱정 안 해도 돼."

여동생은 이상하리만치 차분한 얼굴로 숭고하리만치 아름답게 미소 짓고 있었습니다.

"언니, 초록 리본으로 묶어둔 그 편지를 읽은 거지? 그거 가짜야. 너무 외로워서 재작년 가을부터 나 혼자 그런 편지를 써서 나한테 보낸 거야. 언니, 바보 같다고 나무라지는 말아줘. 청춘이라는 건 아주 소중한 거야. 나는 몸에 병이 들고서야 그걸 확실히 알았어. 혼자서 내 앞으로 보내는 편지 같은 걸 쓰다니 웃기지? 너무 한심스럽고 바보 같아. 진짜로 남자하고 대담하게 놀아볼 걸 그랬나 봐. 내 몸을 꽉 안겨보고 싶었어. 그런데 언니, 나는 지금까지 한 번도 애인은커녕 다른 남자와 이야기해 본 적도 없어. 언니도 그렇지? 언니, 우리 너무 바보 같았어. 지나치게 순수했어. 아아, 죽는다니 너무 싫어. 내 손이, 손가락이, 머리카락이 너무 가엾어. 죽는 거 싫어, 싫어."

저는 슬프기도 하고 무섭기도 하고 기쁘기도 하고 부끄럽기도 한, 뭐가 뭔지 알 수 없는 감정으로 그저 가슴이 먹먹하여 여동생의 야윈 뺨에 제 뺨을 맞대고 하염없이 눈물을 흘리며 여동생을 껴안아주었습니다.

바로 그 순간이었습니다. 아아! 들렸습니다. 낮고 희미하게, 하지만 분명히 군 행진곡 휘파람 소리였습니다. 여동생도 귀를 기울였습니다. 시계를 보니 6시였습니다. 우리는 너무도 두려워서 서로를 더 세게 꼭 끌어안은 채 미동도 하지 않고 정원의 새잎이 돋은 벗나무 뒤편에서 들려오는 신비한 휘파람 소리에 귀를 기울였습니다.

신은 계신다. 분명히 계신다. 저는 그것을 믿었습니다. 여동생은 그로부터 사흘째 되던 날에 눈을 감았습니다. 의사 선생님은 고개를 갸웃거렸어요. 너무도 편안하게 그리고 예상보다 빨리 숨을 거두었기 때문이겠지요. 하지만 저는 놀라지 않았습니다. 모든 것이 신의 뜻이라고 믿었으니까요.

이제는 나이를 먹고 온갖 물욕이 생겨 부끄럽습니다. 신앙심도 적잖이 희미해진 것 같다고나 할까요. 그 휘파람도 어쩌면 아버지가 하신 것이 아닐까 하는 의심이 들 때도 있습니다. 학교에서 일을 마치고 돌아오셔서 옆방에서 우리 이야기를 우연히 엿듣고 가엾게 생각하셔서, 매사에 엄격하기만 하던 아버지로서는 일생일대의 연극을 하신 게 아닐까 그런 생각이 들기도 합니다. 설마 그건 아니겠지요. 아버지가 살아계신다면 한 번 여쭤볼 수도 있으련만 벌써 돌아가신 지가 그럭저럭 15년이나 되었네요. 아니, 그건 역시 신께서 베풀어주신 은혜였을 거예요.

저는 그렇게 믿고 마음 편히 지내고 싶었습니다. 하지만 아무래도 나이를 먹게 되니 물욕은 생기고 신앙심은 약해지니 참말로 이러면 안 되겠다는 생각이 듭니다.

피부와 마음

작은 콩알만 한 뾰루지 하나가 왼쪽 가슴 아래쪽에 볼록 솟아올랐습니다. 자세히 들여다보니 그 뾰루지 주위에도 작고 오돌토돌한 것들이 오밀조밀하고 벌겋게 마치 안개를 흩뿌려놓은 듯 흩어져 있는데, 처음에는 가렵지 않았습니다. 그래도 계속 신경이 쓰여 목욕탕에 가서 젖가슴 아래쪽을 수건으로 살갗이 벗겨질 만큼 벅벅 문질러댔는데 그게 문제가 된 모양입니다. 집에 돌아와 화장대 앞에 앉아 옷을 풀어헤치고 거울을 들여다보니 살갗이 벌겋게 부어올랐습니다. 목욕탕에서 집까지 걸어서 5분도 채 안 되는 거리인데도 그 잠깐 사이에 젖가슴 아래쪽부터 아랫배에 이르기까지 손바닥 두 개 넓이만큼 작은 딸기 모양의 두드러기가 돋아나, 마치 지옥이라도 본 것처럼 소름이 끼쳤습니다. 그때부터 저는 이제까지의 제가 아니었습니다. 저 자신이 사람 같지 않게 여겨졌습니다. 정신이 아득해지는 기분이란 이런 경우를 두고 하는 말인 듯싶습니다. 저는 한참을 멍하니 앉아만 있었습니다. 먹구름이 온

통 제 주변을 에워싸는 것 같고, 지금까지 살아온 세상에서 동떨어진 것 같았으며, 주변의 소음조차도 환상처럼 아스라이 들렸습니다. 그때부터 지옥의 밑바닥에 깔린 기분이 들기 시작했습니다. 거울 속의 제 알몸을 물끄러미 쳐다보고 있는 동안에도 작고 붉은 뾰루지 비가 내리듯이 이곳저곳에 삐죽삐죽 돋아나더니 목덜미로부터 가슴, 배, 등까지 퍼져나갔습니다. 거울을 앞뒤로 놓고 등을 보니 허연 등줄기를 따라 빨간 안개를 흩뿌려 놓은 것처럼 뾰루지가 솟아나 있어 저는 그만 고개를 떨어뜨리고 말았습니다.

"이런 게 났어요……."

저는 그이에게 제 몰골을 보여주었습니다. 그 사람은 반소매 셔츠에다 짧은 반바지를 입고는 하루 일을 다 마친 듯 책상머리에 멍하니 걸터앉아 담배를 피우다가 성큼 내 쪽으로 다가와 이쪽저쪽을 두루 살폈습니다.

"여긴 정말 가렵겠네."

심한 쪽은 손가락으로 가리키며 걱정스럽다는 듯이 묻기도 했습니다.

저는 괜찮다고 했습니다. 사실 별로 가렵지는 않았습니다.

그이는 고개를 갸웃거리면서 제 알몸을 오후 햇빛이 환하게 비치는 툇마루에 세워놓고 이리저리 돌려가며 꼼꼼히 살펴보았습니다. 그이는 제 몸에 관한 한 지나칠 정도로 신경을 곤두세우는 사람입니다. 말이 없는 편이지만 몸을 함부로 할 때면 짜증을 낸답니다. 저는 그런 마음을 잘 알기에 부끄럼을 무릅쓰고 실오라기

하나 걸치지 않은 알몸을 홀랑 다 보이면서도, 하느님께 기도를 하듯 마음이 편해져서 안도의 한숨을 쉬었습니다. 저는 선 채로 가볍게 눈을 감고 있으면서 이런 자세로 죽을 때까지 눈을 뜨지 않았으면 하는 묘한 기분이 들기도 했습니다.

"이거 참 알 수가 없네, 두드러기라면 가려울 텐데……. 설마 홍역은 아니겠지?"

저는 멋쩍게 웃으며 옷을 입고 매무새를 고쳤습니다.

"쌀겨 때문이 아닐까요? 목욕탕에 갈 때마다 가슴과 목을 박박 문지르거든요."

"그래서 그런가? 그럴지도 모르겠네."

결국 그이는 약국으로 달려가 튜브에 들어 있는 끈적끈적한 하얀 연고를 사가지고 와 다시 알몸으로 세워놓고, 아무 말 없이 피부 깊숙이 스며들게 하려는 듯 손가락으로 강하게 문질렀습니다. 그러자 몸이 시원해지는 느낌이 들며 기분이 한결 나아지는 것 같았습니다.

"그러다가 전염되지는 않을까요?"

"그런 걱정일랑 하지 마."

말은 그렇게 했지만 그이가 저를 안쓰러워하는 마음이 그이의 손끝에서 저의 썩은 가슴으로 아프게 스며들어, 진심으로 빨리 나아야겠다는 마음으로 바뀌었습니다.

그이는 늘 못생긴 제 외모를 자상하게 감싸주곤 합니다. 제 얼굴의 우스꽝스러운 결점을 농담으로라도 빈정대는 말은 절대 하지 않아요. 오히려 청량한 가을 하늘처럼 맑고 깨끗하다고 환한 얼굴로 말하곤 합니다.

"참 괜찮은 얼굴이야. 난 정말 당신 모습이 좋아."

이따금 불쑥 이런 말을 할 때면 저는 몸 둘 바를 모른답니다.

우리는 올 삼 월에 결혼했습니다. 결혼이라는 단어 자체가 제겐 적잖은 걸림돌처럼 느껴지기도 하고, 말을 꺼내기도 쑥스러울 정도로 그 사람에게 어울리지 못했으며 가난했습니다. 스물여덟이나 먹은 노처녀인데다 얼굴까지 넙데데해서 혼담도 들어오지 않았습니다. 스물네댓 살엔 그나마 두어 차례 그런 얘기가 오가기는 했지만 잘될 듯하다가도 막판에는 깨지곤 했습니다. 우리 집은 돈도 없고 편모슬하에 여동생을 포함해 여자 셋만 있는 내세울 것 없는 집안이어서 좋은 혼처란 엄두도 내지 못했습니다. 좋은 신랑감을 욕심낸다는 것은 허황한 꿈에 불과했습니다.

스물다섯 살이 되었을 때 저는 결심했습니다. '평생토록 결혼을 못 해도 상관없다. 오직 어머니를 모시고 동생을 돌보는 것만을 삶의 보람으로 여기고 살아보리라.'

동생은 저보다 일곱 살 아래니까 올해 스물한 살입니다. 얼굴도 예쁘고 착하게 자랐으며 제법 능력도 있는 좋은 신붓감입니다. 동생에게 그럴듯한 남자를 맞게 해주고 저는 저대로 살아가리라 결심했습니다. 그때까지 함께 살면서 제가 모든 일을 도맡아 이 집안을 지키겠다고 마음을 먹으니, 이제껏 내심 골머리를 앓았던 것들이 모두 사라지고 심지어는 괴로움이나 외로움도 멀찌감치 흩어져버렸습니다.

저는 집안일을 돌보는 한편 양재洋裁 공부를 열심히 해서 동네 아이들의 옷 주문도 받게 되었습니다. 그렇게 조금씩이나마 집안 형편이 나아질 무렵에 그 사람에게서 혼담이 들어왔습니다. 이 혼담을 주선한 분이 돌아가신 아버지의 은인이어서 함부로 거절하기도 어려운 상황이었는데, 막상 그쪽 형편을 들어보니 우리 집안보다도 훨씬 못했습니다. 남자 쪽은 소학교만 나왔고 부모 형제도 없는 외톨이여서 아버지의 은인이 거두어 키웠다는 것입니다. 물론 모아둔 재산 따위는 아예 없는 서른다섯 살의 노총각인데, 제법 솜씨 좋은 도안공이어서 월수입은 2백 엔이 넘는 달도 있고 한 푼도 못 버는 달도 있어 월평균 70~80엔 정도라고 했습니다. 더구나 초혼도 아니고 어떤 여자와 육 년 동안이나 동거 생활을 하다가 재작년에 무슨 사연이 있어 헤어졌답니다. 학력도, 재산도 볼 것 없으며 나이도 많아 결혼 따위는 포기하고 홀아비로 평생을 보내려고 단단히 마음먹었다고 합니다. 그런데 중매쟁이인 그분이 설득하여, 그렇게 살면 세상에서 이상한 사람 취급을 받으니 재혼을 권유한 다음 제게도 넌지시 혼담을 넣은 것이라는데, 처음에는 어머니는 물론 저도 무척 난감했습니다. 아무리 제가 못생기고 나이 많은 노처녀라지만 팔다 남은 상품도 아니고, 큰 잘못을 저지른 것도 아닌데…… 화가 나기도 하고 어이가 없기도 했습니다. 거절하고 싶었지만 혼담을 주선하신 분이 아버지의 은인이므로 그분을 실망시킬 수도 없어서, 선뜻 거절의 뜻을 전하지 못하고 망설이는 사이에 제 마음이 서서히 바뀌기 시작했습니다. 연민의 정이 생겼다고나 할까요…….

　분명 여리고 부드러운 분일 거라는 생각이 들었습니다. 하긴 저 역시 여학교밖에 안 나왔고 특별히 배운 것도 없으며 지참금이 많은 것도 아니었습니다. 더구나 편모슬하에 집안 사정도 변변치 않고, 못생긴 데다가 혼기도 놓친 나이다 보니 저야말로 내세울 것 하나 없는 형편이었던 것입니다. 어쩌면 우리는 알맞은 짝일지도 모르고, 어차피 저는 훌륭한 신붓감이 아니었습니다. 굳이 거절하여 돌아가신 아버지의 은인과 서먹한 관계가 되느니 차라리…… 하는 쪽으로 마음이 바뀌었고, 차츰 그 사람에게 끌리면서 부끄럽게도 가슴이 두근거리기까지 했습니다. 좀 더 신중히 생각해서 결정하라는 어머니의 권유를 뿌리치고 저는 직접 아버지의 은인께 승낙 의사를 밝혔습니다.

　결혼하고 저는 행복했습니다. 아니, 꼭 그렇지는 않은 것 같기도 하지만 역시 행복했다고 말하지 않으면 천벌을 받을 거예요. 남편은 항상 저를 소중히 대해 주었습니다. 그이는 마음이 여리고, 함께 살던 여자에게 버림을 받은 탓인지 곧잘 쭈뼛쭈뼛 놀라며 불안해하고 모든 일에 자신이 없어 보였습니다. 왜소하고 깡마른데다 얼굴마저 빈상이었지만 일은 열심히 하는 편이었습니다.

　그이의 도안을 보고 '아니 이건!' 하고 제가 깜짝 놀란 것은 어디선가 본 듯한 낯익은 그림이라고 느꼈을 때였습니다. 세상에 이런 인연이 또 있을까요. 그 사람이 그린다는 도안 이야기를 직접

들은 후부터 비로소 그이와 연애를 하는 듯 가슴이 두근거렸습니다. 도쿄 긴자에 있는 유명한 화장품 가게의 덩굴장미 무늬의 상표를 고안한 사람이 바로 그이였던 거예요! 그뿐만이 아니라 그 화장품 가게에서 잘 팔리고 있는 향수, 고급 비누, 가루분 등의 상표 의장意匠과 그 상품들의 신문 광고들도 대부분 그이의 도안이라고 했습니다.

십 년 전부터 그이는 그 가게에 전속되어 이색적인 덩굴장미 무늬 상표와 포스터, 신문 광고 등 거의 모든 도안 일을 혼자서 도맡아 했답니다. 요즘에는 덩굴장미 무늬가 외국 사람들에게도 널리 알려져서, 그 가게의 이름은 몰라도 덩굴장미가 잘 어우러진 멋진 도안은 누구나 한 번 보고도 잘 기억할 만큼 유명해졌지요. 저도 여학교 시절부터 이 덩굴장미 무늬를 알고 있었어요. 저는 이 도안에 끌려서 여학교를 졸업한 후에도 화장품은 그 가게에서만 샀는데, 말하자면 일종의 팬이었던 거예요. 하지만 저는 단 한 번도 덩굴장미 도안의 고안자에 대해 생각해 본 적은 없었습니다. 저뿐만 아니라 그 누구도 신문에 실린 멋진 광고를 보고 그 도안자가 누구인지를 궁금해하는 사람은 없잖아요. 그때는 도안공이란 인연과는 거리가 멀게만 느껴졌어요. 저도 그이의 아내가 되고 한참이 지나서야 그이가 바로 그 도안자라는 사실을 알고는 얼마나 기뻤는지 모릅니다.

"여학교 시절부터 전 이 덩굴장미 무늬를 정말 좋아했는데, 이걸 당신이 그렸다니 정말 기뻐요. 아이, 좋아라. 전 행복해요. 그러니까 10년이나 전부터 당신과 먼 인연이 닿아 있었던 거네요. 처음부터 당신과 맺어질 운명이었던 게 아닐까요…… 호호."

좀 호들갑스레 애교를 부렸더니 그이의 얼굴이 빨개지며 쑥스럽고 부끄러운 표정으로 눈을 껌벅이며 말했습니다.

"놀리지 마, 직업적으로 하는 일인데……."

그러고는 씁쓸한 표정으로 싱겁게 웃었습니다.

그이는 늘 자기를 비하하곤 합니다. 저는 아무렇지도 않은데 학력이라든가, 재혼한 것, 가난한 것 등에 대해 무척 신경을 쓰고 거기에 얽매여 있는 듯싶습니다. 그런 그이를 어떻게 대해야 할지, 아내인 저로서는 퍽 난감합니다. 우리 부부는 자신감은 없고 조바심만 있어 늘 안절부절못하고 얼굴에는 근심만 가득합니다.

그이는 이따금 제가 애교라도 부려주기를 바라는 눈치인데, 저는 스물여덟이나 먹은 아주머니인데다가 못생겼고 살림밖에는 모르는 멍청이라, 지나치게 스스로를 비하하는 그이의 모습을 보면 저까지 전염이 되어 감싸주거나 위로해 주기는커녕 도리어 냉정한 말이 튀어나오곤 합니다. 그러면 그이는 무척 겸연쩍어합니다. 저는 그 기분을 잘 알기 때문에 더 안절부절못하다가 마치 남남인 것처럼 어색하고 불편해지고 맙니다. 이런 자신 없는 제 모습을 그이 역시 잘 알고 있는 듯, 뜬금없이 제 얼굴 생김새나 옷차림 같은 걸 칭찬하곤 합니다. 그러면 저는 기쁘기보다는 가슴이 뭉클해지면서 안타까운 마음에 왈칵 울어버리고 싶어져요.

그이는 참 좋은 사람입니다. 이전의 여자에 대해서는 조금도 내

색하지 않아서 그 덕분에 전 그 일에 대해서 깡그리 잊어버렸습니다. 결혼 전에 그이는 아카사카에 있는 연립에서 혼자 살았습니다. 이 집은 우리가 결혼하면서 새로 얻은 집인데 좋지 않은 기억은 털어버리고 싶었을 것이고, 또 저를 배려하는 마음이기도 했을 것입니다. 전에 쓰던 살림도구는 모두 팔아치우고 다만 작업용 도구만을 들고 쓰키지의 이 집으로 이사를 온 것입니다. 제게도 어머니가 주신 돈이 조금 있어서 둘이서 돈을 합쳐 당장 필요한 세간을 마련했고, 옷장과 이불은 친정에서 가지고 온 것이므로 예전의 그늘은 전혀 없으니 다른 여자와 6년이나 함께 살았다는 사실조차도 이제는 믿기지 않을 정도입니다.

정말이지 그이가 쓸데없이 자기 비하만 하지 않았더라도, 차라리 제게 큰소리도 치고 야단도 치면서 함부로 대했더라면 저도 별 눈치 안 보고 애교도 곧잘 부리고 노래도 흥얼거리며 밝은 집안 분위기를 만들었을 텐데, 우리는 둘 다 바보였습니다. 그이는 왜 그다지도 스스로를 낮추려고만 드는지, 소학교만 나왔다 하더라도 교양은 대학을 나온 학사 출신과 조금도 다를 바 없고 음반도 좋은 판을 곧잘 수집하는 취미가 있으며, 제가 이름조차 들은 적 없는 새로운 외국 소설가의 작품들을 일하는 틈틈이 읽는 것도 게을리하지 않았습니다. 거기에다 저 세계적인 덩굴장미의 도안까지! 가난을 이따금 자조하긴 하지만 요즘에는 일도 많아져서 백 엔, 2백 엔 같은 뭉칫돈도 곧잘 들어와 얼마 전에는 이즈 온천에도 다녀오는 등 저를 호강시켜주고 있습니다. 그런데도 그이는 장롱이나 이불, 그리고 그 밖의 가재도구를 우리 어머니가 사준 걸 늘 염두에 두고 있는 듯합니다. 저는 모두 싸구려들뿐이라는 생각에 도리어 부끄럽기도 하고, 공연한 짓을 한 것 같아 울고 싶어질 만큼 미안해집니다. 그러다 보니 '동정이나 연민 때문에 결혼한다는 것은 잘못된 게 아닐까. 그냥 혼자 사는 게 더 나았을까.' 하는 엉뚱한 생각에 잠기는 밤도 가끔 있습니다. 좀 더 많은 것을 바라는, 상상해서는 안 될 꺼림칙한 부정한 생각이 고개를 내밀 때도 있는, 저는 나쁜 여자인 것 같습니다. 결혼하고 처음 맞는 청춘의 아름다움을 잿빛으로 보내버린 억울함이 새삼 혀를 깨물고 싶을 정도로 아프게 느껴져, 더 늦기 전에 그 시간들을 어떻게든 메우고 싶은 마음에 둘이서 말없이 저녁밥을 먹다가 쓸쓸함을 견디지 못하고 밥공기와 젓가락을 손에 쥔 채 울음을 터뜨린 적도 있습니다. 모두가 다 제 욕심 탓입니다. 이리 못난 주제에 청춘이라니 말도 안 되지요. 남들이 보면 얼마나 비웃을까요. 저는 지금 이대로도 충분히, 분에 넘치도록 행복합니다. 그렇게 생각해야겠지요. 늘 제멋대로 욕심만 부리다보니 이런 흉측한 두드러기가 올라왔을 거예요. 약을 바르고, 더 이상 번지지 말고 내일이면 다 낫게 해달라고 하느님께 기도하고 오늘 밤엔 빨리 잠자리에 들었습니다.

잠들기 전엔 꼭 심란해져서 뭔가를 골똘히 생각하게 됩니다. 저는 그 어떤 병도 두렵지 않지만, 피부병만큼은 정말이지 걸리고 싶지 않았습니다. 아무리 힘들고 가난하게 살아도 좋고, 설령 다리나 팔이 하나 없더라도 피부병에 걸리지 않는 쪽이 훨씬 나아요. 여학교에서 생물 시간에 여러 가지 피부병의 병원균에 대해 배울 때도 온몸이 근질거려 벌레나 박테리아 같은 사진이 실린 교과서 페이지를 마구 찢어버리고 싶은 충동을 느꼈습니다. 그리고 무신경한 선생님이 원망스럽기도 했지만, 선생님도 직업이 직업이니만큼 억지로 참고 견디고 있을 거라는 생각을 하니 선생님의 아무렇지도 않은 듯한 얼굴이 딱하기까지 했습니다.

  생물 시간이 끝난 다음 저는 친구와 얘기를 나누었습니다. 아픈 것과 간지러운 것과 가려운 것 세 가지 중 어느 게 가장 고통스러울까를 놓고 토론했는데, 저는 단연 가려운 게 제일 끔찍하다고 주장했습니다. 그렇잖아요, 아프거나 간지러움을 느끼는 데는 제각기 한계가 있어요. 그런 고통이 극에 달하면 사람은 아마도 정신을 잃게 되고 그러면 몽환의 경지에 이르러 아무것도 느끼지 못한 채 승천하는 거지요. 즉 고통으로부터 깨끗이 벗어나는 겁니다. 죽는다고 해도 상관없잖아요. 하지만 가려움증이란 파도처럼 일어났다가 부서지고 솟아올랐다가 다시 부서지기를 반복하며, 끝없는 꿈틀거림이 계속되어 고통이 절정에 이르지도 못하고 정신을 잃지도 않습니다. 물론 죽는 일도 없고요. 영원히 어정쩡하게 몸부림쳐야 하는 거예요. 그러니 누가 뭐라 해도 가려움보다 더한 고통은 이 세상에 없습니다. 제가 만일 감옥에서 얻어맞거나 칼로 베이거나 간지럼 고문을 당한다 해도 자백하지는 않을 것입니다. 계속해서 고문을 당해 제가 목숨을 잃을지언정 동지가 숨어 있는 은신처는 불지 않을 거라고요. 그렇지만 이, 벼룩, 또는 옴벌레 같은 것을 대나무 통에 잔뜩 집어넣고 이걸 제 등짝에 쑤셔 넣는다면, 와들와들 떨며 몸부림치면서 "살려주세요!" 하고 의리고 뭐고 다 팽개치고 두 손 들고 애원하게 될 것입니다. 생각하기조차 싫은 일이라고 쉬는 시간에 친구에게 말하자 친구들도 동의해 주었습니다.

언젠가 우리 반 전체가 선생님을 따라서 우에노의 과학박물관에 견학을 간 일이 있었습니다. 그때 저는 3층 표본실에서 깜짝 놀라 '으악!' 하고 비명을 지르고는 분해서 엉엉 울어버렸습니다. 인간의 피부 속에 사는 기생충의 표본이 게만 한 크기로 만들어져 선반에 한 줄로 진열되어 있었는데, 도대체 무슨 짓이냐고 소리를 지르며 몽둥이로 마구 부숴버리고 싶은 심정이었습니다. 그날 이후로 사흘 동안이나 식욕도 뚝 떨어지고 몸 한구석이 근질거리는 것 같아 잠도 못 잤습니다. 저는 국화꽃도 싫어합니다. 조그마한 꽃잎이 오글오글 모여 있는 게 꼭 벌레 같지 않나요? 나뭇등걸이 울퉁불퉁한 것만 보아도 오싹해지며 온몸이 가려워져요.

자잘한 생선 알 같은 것을 거리낌 없이 먹어대는 사람들을 전 정말 이해할 수가 없습니다. 귤껍질, 호박 껍질, 자갈길, 벌레 먹은 잎사귀, 닭 볏, 벼 이삭, 참깨, 작은 문양의 헝겊, 낙지 다리, 각종 차 찌꺼기, 새우, 벌집, 딸기, 개미, 연밥, 파리, 물고기 비늘도 모두 싫어요. 멋대로 쓴 가나(일본 고유의 글자로 모두 50자이며 가타카나와 그 초서체를 따서 만든 히라가나가 있음)도 싫습니다. 이가 기어가는 것 같으니까요. 문살, 깨 열매, 깻잎도 다 싫어요. 달을 확대한 사진을 보고 토할 뻔했던 일도 있었습니다. 자수도 무늬에 따라서 정말 참기 어려울 때도 있습니다. 이처럼 피부 질환을 극도로 꺼렸기 때문에 늘 조심하며 주의를 기울이다 보니 이제까지 뾰루지 하나 생긴 적이 없었습니다. 그런데 결혼하고 나서는 매일 목욕탕에 가서 온몸을 쌀겨로 아플 만큼 싹싹 문질렀는데, 너무 세게 문지른 탓에 상처가 생겼나 봅니다. 정말 속상하고 원망스러워요. 도대체 제가 무슨 잘못을 했기에 하느님께서 이러실까요? 제가 너무너무 싫어하는 일은 제발 일어나지 않게 해주세요. 조그마한 표적의 한가운데를 맞히듯이 제가 가장 두려워하는 구렁텅이에 빠뜨리시다니 저는 정말 이해할 수 없습니다.

이튿날 아침, 새벽녘에 일어나 조심스레 화장대 앞에 앉아 거울을 들여다보고는 '아앗' 하고 신음을 내뱉고 말았습니다! 저는 도깨비였습니다. 이건 제 모습이 아니에요. 온 몸뚱이가 마치 토마토를 짓이겨 발라놓은 듯 엉망인 데다가 목덜미에도 가슴 언저리에도, 배에도 콩알만 한 크기의 뾰루지가 버섯 자라듯 퍼져 있었습니다. 그저 헛웃음만 나올 뿐…… 야금야금 양다리 쪽으로까지 퍼져나가 있었습니다. 괴물! 악마! 사람이 아니에요. 그냥 차라리 죽여주세요. '울어서는 안 돼, 안 돼! 이런 추악한 몰골로 훌쩍훌쩍 울어봤자 그 누가 가엾게 여기겠어. 오히려 으깨진 홍시처럼 우습고 어처구니없어 보일 테니 울어서는 안 돼, 숨겨야 해. 그이는 아직 모를 거야. 보여주고 싶지 않아. 본디 밉게 태어났는데 이렇게 살갗까지 썩어버렸으니 이제 나는 돌이킬 수 없는 쓰레기 신세가 된 거야, 이런 몰골인 나를 그이가 어떻게 위로할 수 있겠어. 위로 따위 받기도 싫어. 만약 이런 추물인 나를 위로해 준다면 그이를 경멸할 거야. 나를 위로하려 들지 마, 싫어. 그이와도 이대로 헤어지고 싶어. 나를 내버려 둬. 내 곁에 있어서도 안 돼. 아! 집이 좀 더 넓었으면. 평생 구석방에서 혼자 지내고 싶어. 결혼을 하는 게 아니었어. 스물여덟 살까지 사는 게 아니었어…… 열아홉 살 되던 겨울에 폐렴을 앓았을 때 죽었더라면 좋았을 텐데. 그때 이승을 하직했더라면 지금 이렇게 괴롭고 험한 꼴을 겪지 않았을 텐데…….' 저는 무겁게 눈을 질끈 감은 채 꼼짝 않고 묵묵히 앉아 거칠게 숨을 몰아쉬고 있었는데 그러다 보니 마음까지 온통 괴물이 되어버린 것 같았습니다. 제 주변의 모든 소리가 일시에 사라져버렸습니다. 분명히 어제까지의 저는 없어져버렸습니다. 저는 짐승처럼 꿈틀꿈틀 일어나 옷을 걸치면서, 옷이란 정말 더할 나위 없이 고마운 것이라고 절실히 느꼈습니다. 아무리 볼썽사나운 몸뚱이라도 말끔히 가려주니 말입니다.

기운을 내서 빨래를 널려고 옥상에 올라갔습니다. 눈을 찌푸리고 해님을 물끄러미 노려보았습니다. 저도 모르게 한숨이 나왔습니다. 마침 라디오에서 체조 구령이 들려왔습니다. 저는 혼자서 하나아, 두울, 셋, 하고 작은 소리로 구령에 맞춰 체조를 하면서 기운을 차리려 해봤지만, 그런 제가 참을 수 없이 처량해서 울음이 날 것 같아 더 이상 체조를 할 수 없었습니다. 그런데다가 갑자기

몸을 움직인 탓인지 목덜미와 겨드랑이 밑의 임파선이 뻐근하게 아려와 살그머니 만져보니, 두 곳 다 한껏 부풀어 올라 털썩 주저 앉고 말았습니다. '저는 얼굴이 못생긴 탓에 그동안 얌전하게 조용히 살아왔는데, 그런 제게 도대체 왜 이러십니까!' 하며 누구에게랄 것도 없이 온 세상을 향한 분노로 이글거리고 있는데 바로 그때, 등 뒤에서 그이가 부드럽게 속삭이는 소리가 들려왔습니다.

"어, 여기 있었네. 왜 이렇게 기운이 없어? 너무 속상해하지 마. 어때, 좀 나아졌어?"

좋아졌다고 대답할 생각이었는데, 제 어깨에 가볍게 놓인 그이의 오른손을 살짝 밀어내며 생각지도 않았던 말이 제 입에서 튀어 나와버렸습니다.

"저 친정에 갈래요."

저도 제 자신을 모르겠습니다. 이제 무엇을 할지, 무슨 말을 할지……. 책임 포기라고나 할까, 저 자신도, 우주도, 아무것도 믿을 수가 없었습니다.

"어디 좀 보자고, 어서 봐요."

그이의 당황한 듯 애절한 목소리가 아주 멀리서 들려오는 것 같았습니다.

"싫어요."

저는 몸을 움츠렸습니다.

"이런저런 곳에 멍울이 생겨서……."

두 손을 겨드랑이에 끼고 엉엉 대놓고 울음을 터뜨렸습니다. 못

생긴 스물여덟 살의 여자가 어리광부리듯 소리 내어 울어대다니, 추하기 그지없다는 걸 알면서도 눈물, 콧물을 모두 쏟았습니다. 저는 정말 볼품없는 여자예요.

"그래그래, 알았어. 이제 눈물은 뚝! 병원에 가자고!"

그이의 목소리가 이제까지 들어본 적 없이 강하고 단호했습니다.

그날은 그이도 일을 쉬었습니다. 신문 광고를 뒤적이다가 저도 두어 번 들어본 적이 있는 유명한 피부과 전문의를 찾아가기로 했습니다.

"제 몸을 다 보이지 않으면 안 되나요?"

나는 외출복으로 갈아입으면서 물었습니다.

"그렇지."

그이가 사뭇 나긋하게 미소를 지으며 대답했습니다.

"의사 선생님을 남자로 생각하면 안 돼!"

제 얼굴이 발그레해졌지만, 내심 기쁘고 흐뭇했습니다.

바깥으로 나오자 눈부신 햇살 아래서 제가 마치 한 마리의 흉측한 벌레처럼 느껴졌습니다. 병이 나을 때까지 세상을 칠흑 같은 밤으로 만들어버리고 싶었어요.

"전차는 싫어요."

결혼 후 처음으로 사치스러운 억지를 부려보았습니다. 언젠가 전차에서 빨간 두드러기가 손등까지 퍼져버린 한 여자를 본 뒤로는, 전차에 매달린 손잡이를 잡는 것조차 꺼림칙하고 병이 옮지 않을까 불쾌했는데 이제는 제가 그 꼴이 됐으니 '신체의 불행'이란 말(신체의 불행은 갑작스럽게 찾아오는 것이므로 함부로 남의 처지를 폄하하지 말라는 교훈이 담겨 있음)이 뼛속까지 아리도록 사무쳤습니다.

"응, 알았어."

그이는 밝은 표정으로 대답하고는 곧 택시를 탔습니다. 쓰키지부터 니혼바시를 지나 다카시마야 백화점 뒤편에 있는 병원까지는 별로 멀지 않은 거리였는데, 마치 장의차에 실려가는 듯한 기분이 들었습니다. 아직 눈만은 말똥하게 살아 있어 차창 밖의 초여름 풍경을 물끄러미 바라다보면서, 거리를 오가는 여자와 남자 그 누구도 저처럼 추한 두드러기가 돋아 있지 않은 것이 너무 이상하고 괜스레 화가 났습니다.

병원에 도착하여 그이와 함께 대기실로 들어갔는데 그곳은 바깥세상과는 전혀 다른 풍경이었습니다. 아주 오래전에 쓰키지의 소극장에서 보았던 〈구렁텅이〉라는 연극이 생각났습니다. 바깥은 짙푸른 신록이 우거지고 눈부시게 밝은데, 이곳은 어찌 된 일인지 어두컴컴하고 오싹하리만큼 차갑고 습한 냉기의 퀴퀴한 냄새가 진동하는 데다, 몸이 불편해 보이는 할아버지와 할머니들이 득실거리는 광경이 그저 놀랍기만 했습니다.

저는 입구에 가까운 기다란 의자 끝자리에 엉덩이를 간신히 걸치고 시체처럼 힘없이 눈을 감았습니다. 문득 이 많은 환자들 중에서 제가 가장 심각한 피부병 환자일지도 모른다는 생각이 들어

놀란 토끼처럼 눈을 크게 뜨고 환자 한 사람 한 사람을 훔쳐보았지만, 역시 저처럼 두드러기가 다닥다닥 엉겨 붙은 환자는 보이지 않았습니다. 병원에 들어오는 길에 이곳이 '피부과' 이외에도 또 하나, 차마 입에 담기에 거북한 다른 병을 전문으로 치료하는 곳이라는 사실을 입구의 간판을 보고서야 비로소 알게 되었습니다. 그렇다면 저쪽에 걸터앉아 있는 젊고 잘생긴 영화배우 같은 청년은 몸 어디에도 두드러기 같은 게 전혀 없는 걸 보아 피부병이 아닌, 그 또 하나의 병에 걸렸을 거란 생각이 들었고, 그러자 갑자기 이 대기실에 시체처럼 멍청히 앉아 있는 사람들 모두가 그 병에 걸린 환자처럼 보였습니다.

"여보, 당신은 밖에 나가 산책이나 좀 하다 들어와요. 여기는 너무 답답해요."

"아직 차례가 멀었나 보네?"

그이 역시 따분해하며 줄곧 제 옆에 서 있었습니다.

"그래요, 제 차례는 아직 멀었나 봐요. 점심 때 가까이나 돼야 할 것 같아요. 여긴 지저분한 곳이에요. 당신은 여기 있으면 안 되겠어요."

제 자신도 놀랄 정도로 힘 있는 목소리였는데, 그이도 제 말을 이해한 듯 고개를 끄덕이며 말했습니다.

"그러지. 당신도 같이 나갔다 올래?"

"아뇨, 저는 괜찮아요."

저는 조용히 미소를 지었습니다.

"저는 여기 있는 게 제일 편해요."

이렇게 그이를 대기실에서 내보내고 나니 조금은 마음이 편안해졌습니다. 하지만 다시 메스꺼워져서 기다란 의자에 걸터앉아 눈을 지그시 감았습니다. 남들에겐 점잔을 빼며 꼴사납게 명상에 잠겨 있는 별난 여자처럼 보이겠지만, 사실 이런 모습으로 있는 게 제일 편했습니다. '죽은 체한다.'라는 말이 문득 떠올라 혼자 속으로 웃기도 했지만 점점 더 불안해지기 시작했고, '누구에게나 비밀은 있다.'라는 말이 귓전에 아른거리면서 가슴이 두근거렸습니다. '혹시나 이 흉측한 피부병도?' 하는 생각이 들자 오싹해지면서 그이의 친절함, 자신감 없는 모습도 모두 그 말 못할 병 때문이 아닐까, 설마…… 하는 생각이 들었습니다. 그 순간, 제가 그이의 첫 결혼 상대가 아니었다는 사실에 대한 가소로움을 실감하며 어떻게 해야 할지 모를 만큼 당황하여 정신이 혼미해졌습니다. '속았어! 사기 결혼?' 당돌하게도 그런 심한 말까지 불쑥 튀어나왔습니다. 그이를 쫓아가 마구 때려주고 싶었습니다. 제가 바보였습니다. 이미 처음부터 그이가 초혼이 아니라는 걸 알고 결혼했으면서 이렇게 못 견디게 분해하고 원망하고 되돌릴 수 없을 만큼 괘씸해하다니……. 갑작스레 그이에게 다른 여자가 있었다는 사실이 실감나면서 그 여자가 끔찍하리만큼 미워지고, 이제껏 한 번도 그 여자를 진지하게 생각해 보지 않았던 저의 게으름이 눈물 날 만큼 분하고 속상했습니다.

이토록 괴로워하다니 이런 게 바로 질투라는 걸까요? 만일 그렇다면 질투라는 것은 그 얼마나 구제할 수 없는 광란이란 말인가요! 그것도 육체뿐인 광란, 아름다움이라고는 조금도 찾아볼 수 없는 추악의 극치! 이 세상에는 아직 제가 알지 못하는 지옥이 있다는 것을 깨달았습니다. 사는 게 싫어졌어요. 제 자신이 한심해서 허둥지둥 무릎 위에 놓인 보따리를 풀어 소설책을 꺼내 책장을 뒤적이다가 아무 대목이나 읽기 시작했습니다. 《마담 보바리》(프랑스 작가 귀스타브 플로베르의 소설로, 삶에 권태를 느낀 여자가 욕망 때문에 몰락하는 내용을 다룬 작품), 엠마의 고통스러운 생애가 언제나 저를 위로해 주었습니다. 그녀의 몰락이 이해되었고, 너무나 여자다워 자연스럽게 느껴졌습니다. 마치 물이 위에서 아래로 흐르듯이, 이 책을 읽으면 몸이 나른해지는 솔직함을 느끼게 됩니다. 이런 게 여자랍니다. 누구나 말할 수 없는 비밀이 있게 마련이지요. 사실 그건 여자의 '타고난 운명' 같은 것이지요. 여자란 누구나 '진흙탕'을 하나씩 가지고 있게 마련입니다. 네, 확실히 그렇습니다. 여자에게는 하루하루가 전부니까요. 남자와는 다르답니다. 죽은 다음의 세계는 생각지도 않고 제대로 사색할 줄도 모르는 속물, 시시각각의 아름다운 완성만을 소원하고 있는 속물, 생활을, 생활의 감촉을 탐닉하는 바보! 여자가 찻잔이나 예쁜 옷을 사랑하는 것은 그것만이 삶의 유일한 보람이라고 여기기 때문입니다. 시시각각의 움직임이 곧 살아가는 목적인 것입니다. 그 밖에 다른 것은 필요하지 않아요. 고상한 리얼리즘이 여자의 표류하기 쉬운 발칙함을 붙잡아주고 가차 없이 파헤쳐준다면 우리 자신은 얼마나 달라지고 편해졌을까 하는 생각도 듭니다. 허나 여자의 끝 모를 '악마성'은 말로 드러나지도 않고 행동으로도 나타나지 않기 때문에 숱한 비극이 일어나는 것입니다. 심도 있는 리얼리즘만이 우리를 진정으로 구원해 줄 수 있을지도 모릅니다.

여자의 마음을 거짓 없이 솔직하게 얘기한다면, 결혼 다음날이라도 아무런 거리낌 없이 다른 남자를 떠올릴 수 있는 속성을 지니고 있는 것입니다. 사람의 마음이 어떻게 변할지 한시도 마음 놓을 수 없습니다. '남녀칠세부동석'이라는 옛날의 가르침이 갑자기 무서운 현실처럼 제 몸속으로 들어왔어요. 가슴이 철렁했습니다. 일본의 윤리라는 게 옴짝달싹할 수 없이 폭력적이라는 사실이 현기증 날 만큼 놀랍게 느껴졌습니다.

무엇이든 모두가 아는 사실이고, 예로부터 진흙탕은 있었던 것이라고 생각하니 도리어 마음이 한결 편안해졌습니다. 비록 이처럼 추악한 피부병으로 온몸이 뒤덮였지만 그래도 아직은 색기가 있는 여자구나 하는 여유를 가지고, 스스로의 어리석음을 비웃고 싶다는 기분도 들었습니다. 곧 다시 책을 들고 읽기 시작했습니다. 루돌프가 살그머니 엠마에게 다가와 달콤하게 속삭이는 대목을 읽으면서, 이번에는 전혀 별개의 기묘한 장면이 떠올라 저도 모르게 그만 피식 웃고 말았습니다. '바로 그 상황의 엠마가 만일 나처럼 흉측한 두드러기가 온몸에 돋아났다면 어땠을까?' 하는 묘한 공상이 자꾸 떠올랐지만 저는 이내 '아니지, 이건 바로 중대한 이데아지.'라고 사뭇 진지하게 마음을 다잡았습니다. 만약 실제로 그런 상황이었다면 그녀는 분명 루돌프의 유혹을 거절했을 것입니다. 그리고 그녀는 전혀 다른 인생을 살았겠지요. 분명 그랬을 겁니다. 그렇게 하는 것 말고는 다른 방법이 없었겠지요. 이런 흉측한 몸뚱이로선 어쩔 수 없는 일이었을 테니까요.

하지만 이런 게 희극은 아니에요. 여자의 생애란 것은 어느 상황에서의 머리 모양이나 옷매무새, 졸음, 또는 몸의 변화 같은 사소한 것들에 따라 전혀 생각지 못했던 엉뚱한 쪽으로 결정되는 법입니다. 너무 졸린 나머지 등에 업은 아이가 귀찮게 보채는 바람에 목 졸라 죽인 보모도 있으니 말입니다. 그런데 더구나 두드러기는 여자의 운명을 역전시키기도 하고 로맨스를 왜곡시킬 수도 있습니다. 결혼식 전날 밤에 이런 뾰루지가 불쑥 솟아올라 미처 손쓸 틈도 없이 눈 깜짝할 사이에 가슴과 팔다리 등으로 마구 퍼져나간다면 어떻게 될까요. 이런 두드러기는 평소에 조심한다고 해서 막을 수 있는 것은 아니지요. 뭔가 하늘의 뜻이 아닌가 싶기도 합니다. 하늘의 악의가 느껴진다고나 할까요. 5년 만에 집으로 돌아오는 남편을 맞이하기 위해 요코하마의 부두에서 가슴 두근거리며 기다리는 젊은 부인이 있다고 가정해 봅시다. 그런데 부둣가에서 기다리는 동안 얼굴의 중요한 곳에 보랏빛 두드러기가 솟아났고, 만지작거리는 잠깐 동안 그 예쁜 젊은 부인의 얼굴이 차마 눈뜨고는 볼 수 없을 정도로 흉측하게 변해 버리는 비극은 얼마든지 일어날 수 있습니다. 남자들은 피부병을 가볍게 넘겨버릴 수도 있겠지만, 여자들은 피부 하나만으로도 위로받으며 살아요. 만일 이를 부정하는 여자가 있다면 그건 말도 안 되는 거짓말쟁이예요. 저는 플로베르라는 작가를 잘 모르지만 굉장한 사실주의 작가라는 생각이 듭니다. 샤를이 엠마의 어깨에 키스하려 하자 엠마가 '싫어요, 옷이 구겨져요!'라며 거절하는 장면이 나오는데, 그렇게 섬세한 눈을 지닌 작가가 왜 여자의 피부병으로 인한 괴로움에 대해서는 쓰지 않았는지 모르겠어요. 남자로서는 좀처럼 알 수 없는 괴로움일까요? 아니면, 플로베르 정도의 작가라면 그걸 알고 있으면서도 두드러기는 로맨스에 어울리지 않는다는 이유로 짐짓 모른 척해 버린 것은 아닐까요? 하지만 그건 너무 비겁합니다. 결혼식 전날 밤, 또는 그리고 그리던 사람을 5년 만에 만나기 직전에 뜻하지 않게 징그러운 두드러기가 마구 솟아올랐다면, 저라면 죽어버렸을 거예요. 창문에서 뛰어내려 자살해 버리는 거지요. 여자란 한순간 한순간 아름다움을 드러내는 기쁨으로 사는 존재예요. 내일 어떻게 되든 말입니다.

"아직 멀었어?"

살짝 문이 열리고 그이가 다람쥐 같은 조그마한 얼굴을 내밀면서 게슴츠레하게 뜬 눈으로 둘러보며 물었습니다. 저는 경박하게 손가락을 까딱 하며 그이를 불러들였습니다.

"저 말이에요……."

마음이 들뜨는 바람에 천박하게 톤이 날카롭게 올라가 어깨를 움찔하며, 최대한 목소리를 가다듬고 말을 계속했어요.

"저기…… 내일은 어떻게 돼도 괜찮다고 생각하는 여자가 진정으로 여자다움을 발휘하는 거라고 생각하지 않아요?"

"뭐라고?"

그이의 얼떨떨한 표정을 보고 저는 조용히 웃으며 말을 이었습니다.

"제가 말주변이 없어서 제대로 표현을 못 하겠어요. 됐어요. 제가 여기서 한참 있다 보니 좀 이상해졌나 봐요. 전 너무 허약해서 주변 분위기에 쉽사리 휩쓸리는 사람이거든요. 상스러워진 것 같아요. 자꾸 한심한 생각만 들고⋯⋯ 타락했나 봐요."

저는 이렇게 말하고 입을 다물어버렸습니다. 매춘부! 실은 그렇게 말할까 했습니다. 여자가 영원히 꺼내서는 안 되는 말, 하지만 한 번쯤은 누구나 고민하게 되는 말. 자존심을 잃었을 때 여자는 꼭 이 말을 떠올립니다.

저야말로 흉측한 두드러기로 엉망이 되고 마음마저 괴물이 돼버렸다는 사실을 어렴풋이 깨달았습니다. 지금까지 집구석에 처박힌 못생긴 여자라며 자신감 없어 하면서도 그래도 피부만은, 고운 살결만큼은 저의 은근한 자랑이었음을 지금 안 거예요. 그동안 제가 자부하던 얌전함이나 인내하고 순종하는 것 따위가 불확실한 가짜였던 것입니다. 실제로는 지각과 촉감에 일희일비하며 살아온, 여느 딱한 여자들과 다를 바 없었습니다. 지각과 감각이 아무리 뛰어나다 해도 그것은 동물적인 것이고 현명함과는 거리가 먼, 정말 우둔한 백치라는 사실을 분명히 알게 됐습니다.

저는 그동안 제 자신을 잘못 알고 있었습니다. 섬세하고 민감한 것을, 고상하고 머리가 좋다고 착각하며 스스로를 위로해 온 것인지도 모릅니다. 저는 결국 어리석고 머리가 나쁜 여자였던 거예요.

"여러 가지 것들을 생각해 봤어요. 전 정말 바보예요. 제정신이 아니었나 봐요."

"알 만해. 그런 생각을 하는 것도 무리가 아니야."

그이는 내 심정을 안다는 듯이 인자하게 웃으며 대답했습니다.

"이봐, 이제 우리 차례야."

간호사를 따라 진찰실로 들어가 허리띠를 풀어 가슴을 드러내고 뾰루지를 슬쩍 보았습니다. 석류 같은 것이 다닥다닥 앞가슴을 시뻘겋게 물들이고 있었습니다. 눈앞에 앉아 있는 의사 선생님보다 등 뒤에 서 있는 간호사에게 제 몸을 보이는 것이 훨씬 더 싫었습니다. 역시 의사 선생님은 남자로 보이지 않았어요. 예사 사람과는 달리 느낌이 둔한 건지, 태연한 건지…… 얼굴이 어떻게 생겼는지도 떠오르지 않습니다. 의사 선생님도 저를 여자로 취급하지 않고, 여기저기 쿡쿡 눌러도 보고 비틀어 보기도 하며 별일 아니라는 듯이 말했습니다.

"식중독이군요. 뭔가 상한 음식을 드신 모양이에요."

"치료가 될까요?"

뒤따라 들어온 그이가 물었습니다.

"그럼요."

저는 멍하니, 마치 다른 방에 혼자 있는 것 같은 느낌으로 듣고만 있었습니다.

"혼자서 훌쩍훌쩍 울고만 있어서 데리고 왔지요."

"곧 나을 겁니다. 자, 우선 주사 한 대 맞으시지요."

의사 선생님은 곧장 일어섰습니다.

"단순한 질환인가요?"

그이가 조심스레 다시 물었습니다.

"그럼요."

주사를 맞고는 병원을 나왔습니다.

"어머, 벌써 손, 팔 쪽은 나은 것 같아요."

저는 햇살 쏟아지는 하늘을 향해 두 손을 들고는 환하게 웃었습니다.

그이가 물었습니다.

"기분 좋아? 기쁘지?"

그 말에 저는 부끄러워 어찌할 바를 몰랐습니다.

달려라 메로스

메로스는 몹시 분하고 노여움이 북받쳐 올랐다. 반드시 저 잔인 무도하고 포악한 왕을 제거하지 않으면 안 되겠다고 다짐하고 또 다짐했다. 메로스는 정치를 모른다. 메로스는 그저 평범한 시골의 목동이다. 들판에서 피리를 불며 양떼와 노닐며 살아왔다. 하지만 유달리 사악한 것에 대해서는 남보다 민감했다.

아직 먼동이 트기 전 이른 새벽에 메로스는 마을을 출발하여 들판을 가로지르고 산을 넘어 이 시라쿠사시市를 찾아왔다. 메로스에게는 모셔야 할 아버지도 어머니도 안 계시다. 여우같은 마누라도 없다. 다만 열여섯 살의 수줍음 많은 여동생과 단둘이 살고 있다. 이 여동생은 같은 마을의 한 우직한 목동과 사랑에 빠져 곧 결혼하기로 했고, 결혼식도 차츰 가까워지고 있었다. 그 때문에 메로스는 결혼식에 필요한 신부의 웨딩드레스와 축하연의 음식 장만을 위해 일부러 멀리 이 도시까지 찾아온 것이다. 우선 필요한 물건들을 산 메로스는 시내 큰길 쪽으로 방향을 잡더니 이내 터벅

터벅 걷기 시작했다. 그에게는 이곳 시라쿠사시에서 석공 일을 하고 있는 세리눈티우스라는 죽마고우가 있었는데, 오랜만에 이 친구를 찾아갈 작정이었다. 한동안 만나지 못했으니까 한결 반가울 것이다.

한참 길을 걷고 있던 메로스는 거리 풍경이 왠지 이상하게 느껴졌다. 사방이 쥐 죽은 듯이 너무 조용했다. 벌써 해가 기울었으므로 거리가 어두운 것은 어쩔 수 없지만, 정확히 뭔지는 몰라도 어둠만이 아닌 도시 전체를 감싸고 있는 싸늘한 기운과 정적이 느껴졌다. 매사에 느긋하고 태평한 메로스도 차츰 불안해졌다. 2년 전 이 도시에 왔을 때엔 밤늦도록 모두가 노래를 부르며 온통 시끌벅적했는데…… 마침 거리를 지나던 젊은이를 붙잡고 대체 무슨 일이 있었는지, 어찌된 영문인지를 다그쳐 물었다. 젊은이는 고개를 저으면서 대답하지 않았다. 잠시 더 걸어가다 마주친 노인장에게 이번에는 한결 강한 어조로 물었다. 노인장 역시 아무런 대답도 하지 않았다. 메로스는 두 손으로 노인장의 두 팔을 꽉 붙들고 거칠게 몸을 흔들며 재차 물었다. 그제야 노인장은 주변을 살피면서 낮은 목소리로 겨우 대답했다.

"왕이 사람을 죽이고 있소."

"뭐라고요! 왜 죽이죠?"

"그게 말이야…… 악심惡心을 품었기 때문이라는데, 악심이라면 누구나 지니고 있지 않소. 도무지 말이 안 되는 소리지."

"많은 사람을 죽였나요?"

"그래요. 처음에는 왕의 여동생 남편을 죽였고, 그러고는 왕자와 여동생 그리고 조카들까지…… 심지어 왕후 마마와 어진 신하인 알렉스마저……."

"놀랍군요, 국왕이 미쳤구먼."

"아니, 미친 게 아니라 사람을 믿지 못한다는 게 정확할 거요. 최근에는 신하들의 마음도 의심해서 조금이라도 사치스러운 생활을 한다 싶으면 바로 인질로 잡아들이고 있소. 어명을 거역하면 무조건 십자가에 매달아 죽이고 있단 말이오. 오늘도 여섯 명이나 생을 달리했으니."

이 말을 들은 메로스는 분노로 온몸을 떨었다.

"정말 어처구니가 없군. 왕을 그냥 둘 수는 없다!"

메로스는 지극히 단순한 사내였다. 샀던 물건을 어깨에 멘 채 살금살금 폭군의 성 안으로 들어갔다. 들어가자마자 그는 순찰병에게 붙들려 몸수색을 받았는데, 메로스의 품 안에서 단검이 나와 순식간에 큰 소동이 벌어졌다. 메로스는 왕 앞으로 끌려갔다.

"이 단검으로 무엇을 하려 했는지 어서 말하라!"

잔인무도한 폭군 디오니스는 조용하지만 위엄 있게 추궁했다. 이때 왕의 얼굴은 창백했고, 미간의 주름에는 골이 깊게 패어 있었다.

"이 도시를 폭군의 손아귀로부터 구해 보려고 했습니다."

메로스는 의연하게 대답했다.

"네깟 놈이 말인가?"

왕은 어이없다는 듯 비웃었다.

"가소로운 놈이로군. 네놈이 내 고독을 감히 알기나 하느냐?"

"닥치시오!"

메로스는 소리 지르며 벌떡 일어나 이렇게 반발했다.

"사람의 진심을 의심하는 것만큼 부끄러운 죄는 없습니다. 왕이 백성과 신하들의 충성심조차 의심하고 있지 않습니까?"

"의심하는 것이 정당한 마음가짐이라고 내게 가르쳐준 것은 바로 너희들이야. 인간의 마음은 결코 믿을 수가 없어. 인간은 태어날 때부터 사리사욕으로 가득한 존재들이지. 도저히 믿을 수가 없단 말이야."

폭군은 침착하게 말을 이어나가다가 잠시 길게 한숨을 내쉬었다.

"나도 평화를 바라고는 있지만……."

"무엇을 위한 평화 말입니까? 자신의 자리를 지키기 위한?"

이번에는 메로스가 비웃으며 말했다.

"아무런 죄도 없는 사람을 죽이고서 무슨 평화?"

"입 닥쳐라, 빌어먹을 놈 같으니!"

왕은 분노로 일그러진 얼굴을 바짝 쳐들며 소리쳤다.

"뚫린 입으로는 무슨 말인들 못 하랴. 그러나 나는 사람의 속이 바닥까지 훤히 들여다보이느니라. 네놈도 이제 곧 십자가에 매달아 처형할 것이니, 아무리 울고불고 용서를 구해도 소용없다. 알겠느냐?"

"아아, 왕은 제법 똑똑하시군요. 마음껏 우쭐대보시구려. 나는 이제 죽을 각오가 되어 있으니 구차하게 목숨을 구걸하지는 않겠소. 다만······."

메로스는 말끝을 흐리고 발밑으로 시선을 떨구더니 한숨을 내쉬며 말했다.

"다만 죽음을 앞둔 내게 자비를 베풀 마음이 있다면 처형하기 전에 딱 사흘만 말미를 주시오. 세상에서 피붙이라고는 여동생 하나밖에 없는데, 여동생에게 짝이라도 지어주고 떠나야 눈을 편히 감을 수 있을 것 같소. 사흘 안에 고향 마을에서 결혼식을 올리고 반드시 이곳으로 돌아오겠소이다."

"어리석은 놈."

폭군은 새된 목소리로 피식 웃음을 날렸다.

"말도 안 되는 거짓말로 왕을 현혹하려 하는가. 놓아준 새가 다시 새장으로 돌아오는 것을 보았느냐?"

"그렇소. 저는 반드시 돌아옵니다."

메로스는 필사적으로 억양을 높여 말했다.

"나는 약속을 지키는 사람입니다. 나를 사흘만 풀어주시오. 여동생이 나를 애타게 기다리고 있소. 그렇게도 나를 믿지 못한다면, 좋소이다. 이 도시에 세리눈티우스라는 석공이 있소이다. 나의 둘도 없는 친구입니다. 이 친구를 인질 삼아 여기에 잡아두시지요. 내가 도망쳐 사흘째 해가 저물기 전에 돌아오지 않으면 그 친구를 죽이십시오. 부탁합니다. 그렇게 해주시지요."

이 말을 들은 왕의 입가에 잔혹한 미소가 번졌다.

'건방진 녀석! 어차피 돌아오지 않을 건 뻔하다. 그래, 이 거짓말쟁이에게 속는 셈치고 놈을 풀어주는 것도 재미있겠군. 그러고는 사흘 정도 미뤘다가 대신 그 사내놈을 죽이는 것도 나쁘지는 않아. 세상에 믿을 놈이란 아예 없다고 울상을 지으며 처형되는 꼴을 보고 싶다. 세상에 정직하다고 까불어대는 녀석들에게 똑똑히 이걸 보여주는 거야.'

"그래, 정 그렇다면 네 소원을 들어주마. 그 대속(예수 그리스도가 십자가에 매달려 죽음으로써 만민의 죄를 대신 속죄하였음을 의미하는 신학 용어)할 녀석을 불러들여라. 셋째 날 해가 지기 전까지는 돌아와야 한다. 만일 조금이라도 늦는다면 네 둘도 없는 친구는 이 세상 사람이 아닐 것이다. 조금 느지막하게 오는 게 좋을지도 모르겠군. 어쨌든 돌아오기만 한다면 네놈의 죄는 영원히 용서할 것이니라."

"아니, 무슨 허튼 말을 하는 겁니까!"

"허허, 세상에 죽고 싶어 하는 사람이 어디 있겠느냐. 네 목숨이 소중하다면 천천히 와야겠지. 네놈의 속셈을 알고도 남느니라."

메로스는 억울하고 분해서 발을 동동거렸다. 더 이상 왕과 말하고 싶지 않았다.

메로스의 죽마고우인 세리눈티우스는 한밤중에 영문도 모른 채 왕궁으로 끌려왔다. 폭군 디오니스의 면전에서 둘도 없는 벗들은 2년 만에 상봉했다. 메로스는 일체의 사정을 친구에게 말했다. 세리눈티우스는 말없이 고개만 끄덕이더니 메로스를 억세게 끌어안았다. 친구와 친구 사이는 그것으로 족했다. 세리눈티우스는 포박을 당하고 메로스는 서둘러 마을로 떠났다. 초여름 밤하늘에 수많은 별들이 반짝이고 있었다.

메로스는 그날 밤 한숨도 자지 않고 10리 길을 재촉했다. 마을에 도착한 것은 이튿날 오전, 해는 이미 중천에 떠 있었고 마을 사람들은 들판에서 한창 일을 하고 있었다. 메로스의 열여섯 살 난 여동생도 오늘은 오빠를 대신해 양 떼를 돌보고 있었다. 쓰러질 듯 비틀거리며 걸어오는 오빠의 괴롭고 지친 모습을 보고 깜짝 놀란 동생은 오빠에게 귀찮을 만큼 질문을 퍼부었다.

"아무 일도 없었다니까."

메로스는 억지로 웃으려고 안간힘을 썼다.

"사실은 시라쿠사시에 일거리를 남겨놓고 와서 곧 다시 가봐야 돼. 내일 네 결혼식을 올리자. 빠를수록 좋겠지?"

여동생의 얼굴이 발그레해졌다.

"기쁘냐? 여기 결혼식 때 입을 고운 옷들도 사왔단다. 자, 이제부터 내려가서 마을 사람들에게 알려야지. 결혼식이 내일이라고."

메로스는 다시 비틀거리며 집으로 돌아가 신들을 위한 제단을 꾸미고, 잔치를 베풀 자리 등을 마련하느라 부지런히 움직였다. 어느 정도 작업을 마무리한 후 이내 마루에 쓰러진 채 숨도 쉬지 않을 만큼 깊은 잠에 빠져들었다.

눈을 떴을 때엔 이미 밤이었다. 메로스는 일어나자마자 곧 신랑 집을 방문했다. 그러고는 사정이 있어서 그러니 내일 날이 밝는

대로 결혼식을 올리자고 부탁했다. 신랑인 목동은 놀라며 그렇게
는 안 된다고 난색을 표했다.

"그럴 수는 없습니다. 저희는 아직 아무런 준비도 안 되어 있어
요. 포도 농사가 끝날 때까지만 기다려주십시오."

메로스도 지지 않고 절대로 기다릴 수 없는 사정이 있으니 제발
내일 결혼식을 치르자고 다시 한 번 간곡히 부탁했다. 신랑인 목
동도 완강했다. 좀처럼 굽히질 않았다. 메로스는 밤새도록 의논을
거듭한 끝에 가까스로 신랑을 다독여 설득에 성공했다.

결혼식은 이튿날 한낮에 치러졌다. 신랑신부의 신전 혼인선서가
끝날 무렵 갑자기 먹구름이 하늘을 뒤덮더니 추적추적 비가 내리
기 시작했고, 이윽고 지축을 흔들 만한 장대비로 바뀌었다. 축하
연에 참석한 마을 사람들은 뭔가 불길함을 느꼈지만, 축제 분위기
를 망치고 싶지 않았다. 그들은 비좁은 집 안에서 후텁지근한 더
위를 이겨내며 밝게 노래도 부르고 박수를 아끼지 않았다. 메로스
도 얼굴에 연신 웃음을 띠며 여동생의 결혼식을 행복하게 지켜보
느라, 한동안 폭군과의 위험한 약속조차 잊고 있었다.

밤이 되자 축하연은 점차 소란 속에 무르익어갔고, 사람들은 바
깥의 장대비를 전혀 의식하지 않을 만큼 축제를 즐겼다. 메로스는
이 순간이 영원히 계속되었으면 하고 생각했다. 이 좋은 사람들과
평생 같이 살고 싶었으나 자신의 몸은 이제 자신의 것이 아니었
다. 메로스는 잠시 망상에 빠져 있던 스스로를 채찍질하며 가까스
로 왕에게 돌아가기로 결심했다. '내일 해가 질 때까지는 아직 시

간이 충분해. 잠깐이라도 눈을 붙이고 나서 출발하자. 그때쯤이면 비도 좀 덜 내리겠지.' 조금만이라도 이 집에서 더 머뭇거리고 싶었다. 메로스 같은 다부진 사나이에게도 왜 미련이 없겠는가. 흔들리는 감정을 추스른 그는 그날 밤 들뜬 환희에 취한 신부에게 다가갔다.

"결혼 축하한다. 난 피곤해서 잠시 자야겠으니 이해해다오. 그리고 내일 아침 일찍 시라쿠사시에 가야 해. 중요한 볼일이 있거든. 내가 없더라도 이제 네겐 든든한 신랑이 있으니 결코 외로울 일은 없을 거야. 이 오빠가 가장 싫어하는 것은 사람을 의심하는 것과 거짓말을 하는 거야. 너도 익히 알고 있겠지? 부부 사이에는 어떠한 비밀도 있어서는 안 된다. 네게 말하고 싶은 것은 그것뿐이야. 네 오빠는 그것만큼은 철저한 사람이었으니까 너도 긍지를 가졌으면 해."

신부는 꿈꾸듯이 고개를 연신 끄덕였다. 여동생과 말을 마친 메로스는 신랑에게 다가가 그의 어깨를 다독이며 말했다.

"준비 없이 혼례를 치른 것은 서로가 마찬가지야. 그러니 이해하게나. 우리 집에 보물이라고는 여동생과 양 떼뿐, 그 밖엔 아무것도 없어. 이 전부를 자네에게 줌세. 그리고 또 한 가지, 메로스의 가족이 되었다는 것을 자랑스럽게 여겨주게나."

신랑은 손을 비비며 수줍은 듯 어찌할 바를 몰라 했다. 메로스는 얼굴 가득 웃음을 머금으며 마을 사람들에게도 인사를 하는 양 떼 우리로 들어가 죽은 듯 깊이 잠들었다. 눈을 뜬 것은 이튿날 먼

동이 틀 무렵이었다. 메로스는 소스라치게 놀라 자리를 박차고 일어나 앉으며 생각했다.

'혹시 늦잠이라도 잔 게 아닐까? 아니, 시간은 넉넉하다. 이제 곧 출발하면 약속된 시각까지는 충분히 도착할 수 있어. 오늘은 반드시 그 잔인한 폭군에게 진정한 신의가 존재한다는 것을 보여주리라. 그러고는 활짝 웃으면서 내 발로 처형대에 올라가리라…….'

메로스는 유유히 떠날 채비를 했다. 빗줄기도 어느 정도 가늘어진 듯했다. 모든 준비를 마친 메로스는 두 팔을 크게 휘저으며 빗속을 쏜살같이 달리기 시작했다.

'오늘 밤 나는 죽음을 맞이한다. 죽기 위해 달려가고 있는 것이다! 아니, 나를 대신해 잡혀 있는 친구를 구하기 위해 달려가는 것이다. 또 폭군의 극악무도함을 깨우쳐주기 위해서 달려가고 있는 것이다. 죽을힘을 다해 달려가지 않으면 안 된다. 그리고 자랑스럽게 죽음을 맞이하리라. 젊은 날로부터의 명예를 지켜야 한다. 두 번 다시 돌아올 수 없는 내 고향이여, 잘 있어라. 안녕!'

젊은 메로스는 가슴이 아팠다. 몇 번이고 멈출 뻔했다. "에이, 에이 그래선 안 돼!" 하고 크게 소리 지르며 스스로를 채찍질했다. 마을을 빠져나와 들녘을 가로지르고 숲속을 지나 이웃 마을에 도착할 무렵에는 비도 멈추고 해는 하늘 높이 떠올라 차츰 더워졌다. 메로스는 이마에 솟는 땀방울을 주먹으로 훔쳤다.

'여기까지 왔으니 안심이다. 이제 고향에 대한 미련도 벗어던지

자. 여동생 부부도 분명히 금실 좋은 부부가 되겠지. 더 이상 내 발목을 잡는 건 아무것도 없어. 곧바로 왕궁으로 내달리면 되는 거야. 너무 서두를 필요도 없어. 느긋하게 걸어가자.'

그렇게 제 딴의 여유로움까지 되찾고는 좋아하는 노래를 능청스레 부르며 어슬렁어슬렁 2리를 걷고, 또 3리를 걸어 어느덧 전체 여정의 절반쯤 이르렀을 때 메로스는 깜짝 놀라 걸음을 멈췄다. 창졸간에 재난이 닥친 것이다. 눈앞에 펼쳐진 강은 말 그대로 재앙 그 자체였다. 어제의 집중호우로 산의 수원지가 범람하여 강바닥을 후벼 판 듯한 탁류가 하류로 모여들며 만들어낸 사납고 거센 물살이 단숨에 다리를 파괴했고, 어마어마한 소리를 지르며 다리 기둥까지 날려버리고야 말았다. 메로스는 망연자실하여 털썩 주저앉고 말았다. 이곳저곳 주위를 살펴보면서 있는 힘껏 소리를 질러보았으나 나룻배는 모두 물살에 휩쓸렸는지 그림자조차 보이지 않고 뱃사공도 보이지 않았다. 물줄기는 더욱 세차게 몰아닥쳐 바다처럼 변해갔다. 메로스는 강가에 엎드려 울부짖으며 제우스에게 애원했다.

"오! 전능하신 신이시여, 이 거친 물살을 제발 멈춰주소서, 화살처럼 시간이 흘러 벌써 한낮이로소이다. 해가 지기 전에 왕궁에 도착하지 못하면 나의 둘도 없는 벗이 나 때문에 목숨을 잃게 됩니다!"

그러나 탁류는 메로스의 울부짖음을 비웃기라도 하듯 더욱 거칠게 소용돌이쳤다. 물살은 또 다른 물살을 삼키며 소용돌이에 소용돌이를 거듭하고 시간은 마구 흘러갔다. 이제 메로스는 결심했다. 헤엄쳐 건너는 수밖에 도리가 없었다.

"오오! 신이시여! 부디 이 불쌍한 영혼을 굽어 살피소서! 이처럼 엄청난 재앙에도 굴하지 않는 사랑과 진실의 위대한 힘을 이제부터 발휘해 보이겠소이다."

메로스는 수백 마리의 구렁이처럼 몸에 달려들어 정신없이 휘몰아치는 거친 급류에 뛰어들어 죽을힘을 다해 싸움을 벌였다. 젖먹던 힘까지 다해 두 팔을 휘저으며 먹이를 향해 막무가내로 덤비는 사자처럼, 닥쳐오는 물살 앞에서 조금도 주저하지 않는 메로스의 모습에 신도 불쌍하게 여겼는지 드디어 연민의 손을 내밀었다. 미친 듯 소용돌이치는 거센 물줄기에 휩쓸리면서도 건너편 기슭의 나무 등걸에 매달릴 수 있었다.

"진정 감사합니다."

메로스는 용감무쌍한 말처럼 온몸에 힘을 주어 소리를 지른 다음 곧장 앞을 향해 달리기 시작했다. 촌각이라도 지체할 수가 없었다. 여름 태양은 이미 서서히 서쪽으로 기울고 있었다. 헉헉거리는 거친 숨을 몰아쉬며 언덕에 가까스로 올라 안도의 한숨을 쉬던 그때, 난데없이 눈앞에 산적 떼가 나타났다.

"멈춰라."

"이거 뭘 하자는 거냐. 나는 해가 지기 전에 왕궁에 가야 하느니라. 비켜라!"

"건방진 녀석, 그렇다면 가진 걸 모두 내놓고 가라."

"내가 가진 것이라고는 이 목숨 하나뿐이다. 그나마 단 하나밖에 없는 목숨도 왕에게 던져주려고 지금 가고 있단 말이다."

"그래, 나도 네놈의 그 목숨이 필요하다."

"그래, 그렇다면 왕의 명령을 받아 여기서 나를 기다리고 있었다는 말이구나."

산적들은 대꾸도 하지 않고 일제히 몽둥이를 휘둘렀다. 메로스는 몸을 구부려 슬쩍 공격을 피하고는 독수리처럼 날쌔게 가까이 있는 산적을 덮쳐 몽둥이를 빼앗았다.

"가엾지만 정의를 위해서다!"

메로스는 이렇게 소리를 지르고 맹렬한 기세로 달려들어 일격을 가해 세 놈을 순식간에 때려눕혔다. 나머지 한 녀석은 잽싸게 꽁무니를 뺐다. 메로스는 단숨에 언덕을 내려왔지만 밀려드는 피로와 오후의 작열하는 뙤약볕의 열기 때문에 몇 번이고 현기증을 느꼈다. '이래서는 안 되는데…….' 정신을 차리려고 안간힘을 썼지만 두세 발자국 내딛고는 그만 털썩 주저앉고야 말았다. 도저히 일어날 수가 없었다. 그는 분을 견디지 못하고 하늘을 우러러 보며 절규하고 말았다.

"아아, 저 거센 탁류를 헤엄쳐 건넜고 산적을 세 놈이나 때려눕히며 여기까지 달려온 메로스여, 진정 용기 있는 자여, 이제 여기서 지쳐 쓰러지다니 한심하구나. 사랑하는 네 벗은 너를 믿은 나머지 그 때문에 결국 죽을 것이다. 너는 희대稀代의 불신자다. 이제 사람을 믿지 못하는 못된 폭군의 의도대로 되는 것이 아니냐."

그렇게 자신을 꾸짖어보았지만 온몸이 축 늘어져 더 이상 꼼짝도 할 수가 없었던 메로스는 끝내 길가의 풀밭에 드러눕고야 말았다. 몸이 피로해지니 정신도 허약해지고 말았다. 이제 될 대로 되라는 식의, 용감한 자답지 않은 약한 마음이 가슴속 한구석에 깊이 자리 잡기 시작했다.

'나는 이만큼 노력했어. 약속을 어길 생각은 티끌만치도 없었다고. 아마 신도 아실 거야, 내가 최선을 다해 움직일 수 없을 때까지 달려왔다는 것을. 나는 결코 신의를 저버린 무리는 아니야. 아아, 할 수만 있다면 내 가슴팍을 열어젖혀 새빨간 이 심장을 보여주고 싶다. 사랑과 신의의 혈액만으로 박동하는 이 심장을 꼭 보여주고 싶어. 하지만 하필 나는 이 중요한 때에 정신도 끈기도 소진하고야 말았구나. 나는 정말이지 불행한 놈이다. 나는 분명 웃음거리가 되고 말겠지. 내 일가도 웃음거리가 되겠지. 그래, 나는 친구를 속였어. 중도에 쓰러지는 것은 처음부터 아무것도 하지 않은 거나 다름없으니까. 아아, 이제 어찌 되어도 좋아. 이것이 나의 정해진 운명인지도 모르겠군. 세리눈티우스여! 용서해 다오. 언제나 네가 나를 믿었던 것처럼 나도 너를 속인 게 아니야. 우리는 정말로 좋은 친구였지. 단 한 번도 어두운 의혹의 구름을 서로가 가슴에 품어본 적도 없었지. 지금도 너는 나를 무작정 기다리고 있겠지. 아아, 기다리고 있을 거야. 고맙다, 세리눈티우스여! 나를 믿어주어서 참 고마워. 그걸 생각하면 견딜 수가 없구나. 친구와 친구 사이의 신의만큼 자랑스러운 보배가 이 세상 어디에 또 있을 것인가. 세리눈티우스여, 나는 달려온 거다. 너를 속일 생각은 추호도 없었어. 믿어주게나! 나는 서두르고 서둘러 여기까지 와 있는 거야. 거센 물살을 뚫고 무자비한 산적의 포위도 거뜬히 물리치고 단숨에 고개를 넘어온 거다. 나니까 가능했던 거라고. 아아, 더 이상 내게 바라지 말아다오. 내버려두게나. 어떻게 해도 좋아. 나는 진 거야. 변명의 여지가 없는 나의 패배를 마음껏 비웃어주게. 왕은 내게 조금 늦게 오라고 했던가. 뒤늦게 온다면 인질을 죽이고 나는 살려주겠다고 약속했거든. 나는 왕의 비열함을 증오했어. 그렇지만 이제 와서 생각하면 나는 왕이 말한 대로 하고 있잖아! 나는 늦게 도착할 거야. 왕은 내심 비웃고는 아무 일 없었다는 듯이 나를 방면하겠지. 그렇게 된다면 그건 차라리 죽는 것보다 괴로울 거야. 나는 영원한 배신자가 될 거고 이 세상에서 가장 불명예스러운 인간이 되고 마는 거야. 세리눈티우스여, 나도 따라 죽을 거다. 너와 함께 죽게 해다오. 너만은 나를 믿어줄 것임에 틀림없어. 아니, 그것도 나 혼자만의 생각일까? 아아, 차라리 악덕한 놈으로 목숨을 이어갈까? 마을에는 내 집이 있고 양 떼도 있지. 여동생 부부가 설마 나를 마을에서 내쫓진 않겠지. 정의니, 신의니, 사랑이니 등등은 골똘히 생각해 보면 다 부질없는 것들이야. 남을 죽여서라도 나는 살겠다는 게 인간 세계의 정법定法이 아니던가. 아아, 아니야 이건 아니야. 온통 뒤죽박죽이 되어버렸어. 누가 뭐래도 나는 추악한 배신자일 뿐이야. 하지만 이제 어찌할 수가 없구나. 될 대로 돼라……'

몸도 마음도 완전히 지쳐버린 메로스는 사지를 길게 뻗은 채 고꾸라지고야 말았다.

시간이 얼마나 흘렀을까. 문득 귓가에 졸졸 물 흐르는 소리가 들려왔다. 메로스는 슬그머니 머리를 들어 숨을 죽인 채 소리가 나는 쪽으로 귀를 기울였다. 발 바로 아래쪽에서 냇물이 흐르고 있는 듯했다. 비틀거리며 일어나보니 갈라진 바위틈에서 가느다랗고 맑은 물줄기가 속삭이듯이 작은 소리로 졸졸 흐르고 있었다. 그 샘물에 빨려 들어가듯이 메로스는 몸을 구부리고 두 손 모아 물을 가득 담아서 한 모금 훌쩍 마셨다. 그러자 안도의 긴 한숨이 나오면서 마치 꿈에서 깨어난 듯한 기분이 들었다. '걸어갈 수 있다. 가자!' 육체의 피로가 회복되고 더불어 가느다란 희망이 움텄다. 의무 수행에 대한 희망, 내 목숨을 바쳐서 명예를 지킬 수 있다는 희망이었다. 노을은 벌건 빛으로 나뭇잎을 물들여 나뭇가지도 잎사귀도 타는 듯이 빛나고 있었다.

'일몰까지는 아직 시간이 있어. 나를 기다리고 있는 사람이 있어. 조금도 의심하지 않고 조용히 기다려주고 있는 벗이 있단 말이야. 그는 오로지 나를 믿고 있는 거야. 내 목숨 따위는 문제가 아니야. 죽음으로써 사죄한다는 따위의 허울 좋은 말을 하고 있을 때가 아니야. 나는 친구의 신뢰에 보답해야만 해. 지금 가장 중요한 건 다만 이 한 가지뿐이야. 달려라! 메로스.

그는 나를 믿고 있어. 기다리고 있다고. 조금 전의 귓전을 두드리던 악마의 속삭임은 한낱 꿈이었어. 지긋지긋한 악몽이었다고.

잊어버려야 해. 원래 육신이 지쳤을 때에는 불쑥 그따위 나쁜 꿈을 꾸기도 하는 거야. 메로스여, 부끄러워할 거 없어. 역시 너는 참으로 용감한 사나이야. 다시 일어나서 달릴 수 있게 되지 않았는가. 고마운 일이다. 나는 정의의 사도가 되어 명예롭게 죽을 수 있게 된 거야. 아아, 해가 저문다. 점점 더 저물어가고 있다. 오! 제우스 신이여, 저는 태어나면서부터 정직하게 살아왔습니다. 마지막 순간까지 정직한 사내인 채로 죽을 수 있게 해주소서.'

길을 걷는 행인들을 밀어제치며 메로스는 검은 바람처럼 달렸다. 술자리를 벌이던 들판 한가운데를 쏜살같이 치달으며 사람들을 크게 놀라고 하고, 길가의 개들도 걷어차고, 작은 개울도 뛰어넘었다. 그렇게 조금씩 기울어져가는 해보다도 열 배는 더 빨리 달렸다. 한 무리의 나그네들을 스쳐 지나는 순간, 불길한 말이 들려왔다.

"지금쯤 그 사내도 교수대에 올라가 있을 거야."

'아아! 그 사내, 그 사내를 위해서 나는 지금 이렇게 달리고 있는 거야. 그 친구를 이대로 죽게 해서는 결코 안 돼. 어서 서둘러라, 메로스여. 절대 늦으면 안 돼. 사랑과 진실의 위대한 힘을 반드시 온 세상에 보여주어야만 해. 내 몰골은 아무래도 상관없어.'

메로스는 지금 거의 벌거숭이가 되어 있었다. 숨도 제대로 쉴 수가 없었다. 두 번, 세 번, 입에서 피가 터져 나왔다. 아, 이제 보인다. 저 멀리 아스라이 시라쿠사시의 누각 탑이 보인다. 탑은 저녁 노을을 받아 반짝반짝 빛나고 있었다.

"아아, 메로스 님!"

어디선가 신음하는 듯한 소리가 바람과 함께 들려왔다.

"거, 누구냐?"

메로스는 달리면서 물었다.

"피로스토라토스올시다. 당신의 친구, 세리눈티우스 님의 제자입니다."

젊은 석공 하나가 메로스의 뒤를 따라 달리면서 이렇게 부르짖었다.

"벌써 늦었습니다. 소용없는 일이라고요. 달리는 건 그만두십시오. 이제 스승님을 구할 길은 없다고요."

"아니야, 아직 해가 지지 않았다고."

"지금쯤 스승님이 사형당할 것입니다. 아아, 당신은 늦었어요. 원망스럽군요. 조금만 더, 조금이라도 더 빨랐으면 좋았을 텐데!"

"아니야, 아직 해가 지지 않았잖아……."

메로스는 찢어질 듯한 아픈 가슴을 움켜쥔 채 서산 너머로 사라져가는 시뻘겋고 커다란 석양을 노려보며 소리쳤다. 달려보는 도리밖엔 다른 수가 없다.

"그만두세요, 달리는 건 그만두시라니깐요. 이제는 메로스 님의 목숨이 소중하다고요. 스승님은 죽으러 가는 순간까지 당신을 믿었고 형장에 끌려가면서도 태연자약했어요. 왕이 아무리 간사한 말로 놀리고 빈정대도 '메로스는 꼭 올 겁니다.' 라고만 대답하며 강한 신념으로 일관하셨습니다."

"그러니까 달리는 거야. 그 친구가 나를 믿고 있으니까 내가 달리는 거라고. 아직 늦지 않았어. 약속을 지키든 못 지키든 그건 문제가 아니야. 인간의 목숨 따위도 문제가 아니고. 나는 뭐랄까, 좀 더 어마어마하게 큰 것을 위해 달리고 있는 거야. 그러니 따라오라고, 피로스토라토스!"

"아아, 당신은 정말 미쳤군요. 그렇다면 한껏 달려보세요. 어쩌면 제 시간에 가게 될지도 모르니까…… 어서요, 어서!"

그래, 아직도 해는 완전히 지지 않았다! 메로스는 죽을힘을 다해 달리고 또 달렸다. 메로스의 머릿속은 하얘졌다. 무엇 하나도 생각나지 않는다. 다만 까닭을 알 수 없는 커다란 힘에 이끌려서 달리고 있는 것이다. 해가 비실비실 지평선으로 떨어지며 마지막 한 가닥 남은 잔광殘光마저 사라지려고 하는 바로 그 순간, 메로스는 질풍처럼 형장으로 돌진했다. 늦지 않은 것이다!

"기다려라. 그 사람을 죽이면 안 된다. 메로스가 돌아왔다. 약속한 대로 지금 돌아왔다."

메로스는 큰 소리로 형장의 군중을 향해 고래고래 외쳤다. 하지만 목구멍이 어찌 된 건지 구겨진 쉰 소리만 가늘게 나올 뿐, 군중들은 단 한 명도 그의 도착을 알아채지 못했다. 이미 교수대는 높이 세워졌고 밧줄이 목에 걸린 세리눈티우스는 집행관에 의해 목덜미가 서서히 졸리고 있었다. 메로스는 이를 목격하고 마지막 남은 용기로, 탁류를 헤엄치듯이 군중을 마구 헤치며 교수대 앞으로 나아갔다.

"나다. 사형 집행관이여! 처형을 당할 사람은 바로 나다. 메로스다. 그를 인질로 삼은 내가 바로 여기에 있다!"

메로스는 쉰 목소리지만 힘껏 외치면서 교수대로 올라가 친구의 다리에 매달렸다. 군중들은 웅성거리며 저마다 부르짖었다.

"정말 장하구나!"

"그들을 용서해라!"

이윽고 세리눈티우스의 목에서 밧줄이 풀렸다.

"세리눈티우스!"

메로스는 눈물을 쏟으며 말을 이었다.

"나를 마구 때려라. 힘껏 내 뺨을 쳐라. 나는 달려오는 도중에 한 번 나쁜 꿈을 꾸었다. 네가 만일 나를 때리지 않는다면 나는 너를 포옹할 자격조차 없는 거다. 자, 어서 때려. 어서."

세리눈티우스는 익히 알겠다는 듯이 고개를 끄덕이더니 형장 어디서나 다 들릴 만큼 메로스의 오른뺨을 힘껏 내리쳤다. 그런 다음 부드럽게 미소 지었다.

"메로스야, 이젠 나를 때려라. 내가 후려친 것처럼 그렇게 소리 나게 내 뺨을 때려다오. 나도 사흘 동안 단 한 차례지만 살짝 너를 의심한 적이 있었다. 태어나서 처음으로 너를 의심했던 거야. 네가 나를 때리지 않으면 나도 너와 포옹할 수 없다."

메로스는 팔에 힘을 실어 세리눈티우스의 뺨을 때렸다.

"고맙구나, 친구야."

두 사람은 동시에 서로 얼싸안고 엉엉 소리 내며 목 놓아 울었다.

군중들 중에서도 흐느끼는 소리가 들려왔다. 폭군 디오니스는 군중들 배후에서 두 사람의 모습을 세심하게 지켜보다 슬그머니 그들 가까이에 다가와서 얼굴을 붉히며 말했다.

"너희의 바람은 이루어졌도다. 너희는 내 마음을 이긴 것이다. 신의와 진실이란 결코 공허한 망상이 아니었다. 나를 너희의 친구로 받아주지 않겠느냐. 부디, 내 바람을 들어다오. 너희와 친구가 되고 싶다."

군중들 사이에서는 환호성이 터져 나왔다.

"만세! 임금님 만세!"

한 소녀가 사람들 틈을 헤치고 나오더니 주홍빛 망토를 메로스에게 바쳤다. 메로스가 어찌된 영문인지 몰라 망설이자 좋은 친구, 세리눈티우스가 잽싸게 귀띔해 주었다.

"메로스, 너는 지금 벌거숭이잖아. 어서 그 겉옷을 걸치라고. 이 귀여운 꼬마 아가씨가 자네의 알몸을 모두에게 그대로 보이는 것을 무척 안타까워하고 있는 거야. 알겠나?"

용감한 정의의 사도 메로스는 얼굴을 벌겋게 붉혔다.

*옛 전설과 실러(독일의 시인이자 극작가)의 시에서 원용援用함

아무도 모른다

아무도 모릅니다만—이라고, 올해 마흔한 살이 되는 야스 부인은 살짝 미소를 띠며 이야기를 시작했다— 이상한 일이 있었습니다. 제가 스물세 살 되던 해 봄에 있었던 일이니까, 지금으로부터 이십 년 전의 옛날이야기입니다. 관동대지진이 일어나기 조금 전의 일이에요. 그 무렵이나 지금이나 도쿄의 우시고메 주변은 별로 바뀌지 않았습니다. 지금은 대로변이 조금 넓어져서 우리 집 정원도 절반 정도는 도로로 편입되고, 마당에 연못이 있었지만 그것도 메워져버렸어요. 변화했다고 한다면 그 정도일 뿐, 지금도 여전히 2층 툇마루에서는 곧바로 후지산이 보이고 군 주둔지의 나팔 소리도 아침저녁으로 들려오고 있답니다.

아버지가 나가사키현의 지사를 맡고 계셨을 때 이쪽 구청장으로 추대되어 막 취임하셨는데, 그때 제 나이는 열두 살이었고 어머니도 그 당시엔 살아 계셨습니다.

아버지는 바로 이곳, 도쿄 우시고메 태생이고 할아버지는 이와

테현의 모리오카 분이십니다. 할아버지는 젊었을 때 홀로 무작정 상경하여 반半은 정치인, 반은 장사꾼 같은 뭔가 알 수 없는 일을 해서, 이를테면 '신상紳商(상인 가운데 상류층에 속하는 점잖은 상인)'이었다고나 할까요. 어쨌든 그런대로 성공하여 중년에는 우시고메에서 이 저택을 장만하여 정착할 수 있었던 것 같습니다. 진짜인지 거짓말인지 잘 모르겠지만 그 옛날 도쿄역에서 암살당한 최초의 비화족非華族 수상인 하라 다카시와는 같은 고향 사람인데다가, 할아버지 쪽이 나이로 보나 또 정치 경력으로 보나 훨씬 선배였기 때문에 할아버지는 그를 보살펴주었다고 합니다. 그러한 인연으로 하라 다카시가 수상이 된 후에도 매년 설날이면 인사차 우리 집에 들렀다고 합니다. 하지만 이 이야기는 꼭 믿을 만한 건 아닙니다. 왜냐하면 할아버지가 제게 그렇게 말씀하신 것은 제가 열두 살 때로, 부모님과 함께 처음으로 이 집에 왔을 무렵이었고 할아버지는 그때까지 홀로 우시고메에서 살고 계신, 이미 여든이 넘은 지저분한 노인이었기 때문입니다.

저는 그때까지 공무원이셨던 아버지를 따라 우라와, 고베, 와카야마, 나가사키 등 여기저기를 옮겨 다녔기 때문에 태어난 곳도 우라와의 관사였습니다. 도쿄의 본가에 놀러 온 것도 손에 꼽을 정도여서 할아버지와는 그다지 정을 나누지 못했습니다. 열두 살 때 처음으로 이 집에 정착해서 할아버지와 함께 살게 된 후에도 어쩐지 남 같다는 생각만 들었습니다. 게다가 왠지 불결해 보이고 말도 동북 사투리가 너무 심해서 무슨 말씀을 하시는지 잘 알아듣지도 못해 답답하고 멀게만 느껴졌습니다.

　제가 조금도 다정하게 대하지 않으니까 할아버지는 제 비위를 맞추려고 무던히 애를 쓰셨던 것 같습니다. 그 예로 하라 다카시의 이야기도 어느 여름밤, 마당에 펴놓은 평상에 책상다리를 하고 앉아 마치 신선이라도 된 듯 커다란 부채를 펼쳤다 접었다를 반복하면서 지루하게 늘어놓으셨는데, 저는 듣다 보니 싫증이 나서 일부러 크게 하품을 했습니다. 그러자 할아버지가 눈치를 채셨는지 급히 말투를 바꾸어 "하라 다카시는 재미가 없나보군. 그러면 옛날 우시고메 7대 불가사의에 대한 얘기를 해주지. 옛날 옛날에……" 하시며 목소리를 낮춰 이야기를 시작하는 것이었습니다. 왠지 할아버지가 교활하다는 느낌마저 들었습니다. 하라 다카시 이야기도 신뢰할 만한 것은 아닌 것 같았습니다. 나중에 아버지에게 그 얘기를 물어보았더니 조금은 쓸쓸하게 웃으시며 "한 번쯤은 하라 다카시 수상이 우리 집에 방문했을 거야. 할아버지는 거짓말은 안 하신단다." 하시며 내 머리를 쓰다듬어주셨습니다.

　할아버지는 제가 열여섯 살 때 돌아가셨습니다. 할아버지를 좋아하지는 않았지만 장례식 날 저는 무척이나 울었답니다. 장례식이 너무 거창해서 그 분위기에 들떠서 울었는지도 모르겠습니다. 장례식 이튿날, 학교에 갔더니 선생님들도 모두 제게 위로의 말을 해주셔서 저는 그때마다 울었습니다. 친구들도 동정어린 말을 건네주어 눈시울이 뜨거워지곤 했답니다.

　이치카야의 여학교에 다니던 무렵의 저는 작은 공주처럼 지냈고, 분에 넘치도록 행복했습니다. 아버지가 마흔 살에 우라와의 학무부장을 맡고 계셨을 때 제가 태어났고, 언니도 동생도 없었으므로 부모님은 물론 주위 사람들도 무척 귀여워해 주었습니다. 저는 무척이나 연약하고 외로움도 많이 타는 가엾은 아이라고 생각해 왔는데, 지금 돌이켜보면 제멋대로 구는 건방진 아이였던 것 같습니다.

이치카야 여학교에 다니면서 금세 세리카와라는 친구가 생겼는데, 그 당시에는 그 친구에게 잘 대해 주었다고 여겼지만 지금 생각해 보면 가까운 친구였음에도 역시 저는 심하게 우쭐대며 친절하게 대하지 못했던 것 같습니다. 반면에 세리카와는 무척이나 솔직한 애였고 고분고분하게 제가 말하는 것을 모두 들어주었기 때문에 우리는 마치 권력 있는 주인과 하인 같은 관계가 되어버렸던 것입니다. 세리카와의 집은 우리 집 바로 건너편에 있었는데, 아실지 모르지만 '하나쓰키도'라는 유명한 과자점을 운영했습니다. 지금도 옛날 그대로 성업 중입니다. 밤으로 만든 소가 들어간 과자인 '이자요이 모나카'로 유명한 가게인데 이제는 세대가 바뀌어 세리카와의 오빠가 주인이 되어 아침부터 밤늦게까지 열심히 일하고 있습니다. 그 부인도 매우 부지런해서 늘 카운터를 지키며 전화 주문도 받고 가게를 잘 관리하고 있습니다.

저와 친구였던 세리카와는 여학교를 졸업하고 삼 년 만에 좋은 사람을 만나 시집을 갔습니다. 그러고는 이십 년 가까이 만나지 못했습니다. 세리카와의 남편은 미타에 있는 의숙 출신으로 점잖은 분인데, 지금은 조선의 게이죠(경성京城, 일제강점기 때 서울을 일 컫던 이름)에서 제법 큰 신문사를 운영하고 있다고 들었습니다. 세리카와와 저는 여학교를 졸업한 이후에도 계속 가까이 지냈지만, 그렇다고 해도 제가 세리카와 집에 놀러간 일은 한 번도 없었고, 언제나 세리카와 쪽에서 저를 찾아온 것이 전부입니다. 우리의 화제는 대부분 소설이었습니다. 여학교 시절부터 세리카와는 나쓰메 소세키나 도쿠토미 로카(일본 소설가로 《톨스토이》, 《불여귀》 등을 남김)의 소설을 탐독했고 작문 솜씨도 제법이었는데, 저는 그 방면에는 도무지 재능이 없었을 뿐만 아니라 조금도 흥미를 느끼지 못했습니다. 그래도 학교를 졸업하고 나서 세리카와가 저를 찾아올 때마다 가지고 온 소설책이 고마워서 지루해하면서도 읽는 동안 조금이나마 소설의 재미를 알게 된 것 같습니다.

하지만 제가 재미있다고 생각한 것은 세리카와가 좋다고 얘기한 소설이 아니었고, 그녀가 좋다고 말한 소설은 저로서는 그 의미를 알 수 없는 것들이었습니다. 저는 모리 오가이(일본의 소설가·평론가·군의관, 《무희舞姬》, 《기러기》, 《아베 일족》 등의 소설을 남겼고 《모리 오가이 전집》은 53권의 방대한 분량에 이름)의 역사소설이 재미있었는데, 제가 그렇게 말했더니 세리카와는 제가 고리타분하다고 웃으면서, 모리 오가이보다는 아리시마 다케오(일본 소설가로 《카인의 후예》, 《미로》 등을 남김)의 작품이 훨씬 깊이가 있다며 그의 책을 두세 권 빌려주었습니다. 곧 읽어보았는데 조금도 이해할 수가 없었습니다. 지금 읽는다면 조금은 다른 느낌을 받을지도 모르지만 아리시마라는 작가는 아무래도 상관없는 일에 대해 그저 논리만 많아서 저는 조금도 재미를 느끼지 못했습니다. 그러고 보면 저는 그저 속된 인간에 지나지 않나 봅니다.

그 무렵의 신진 작가로는 무샤노코지 사네아쓰(일본 소설가 겸 화가로, 주요 저서로 《나도 모른다》, 《사랑과 죽음》 등이 있음)나 시가 나오야(일본 소설가로, 대표작으로 《암야행로》가 있고 1949년에는 문화 훈장을 받음), 다니자키 준이치로(일본 소설가로, 일본 탐미주의 문학의 대표적 인물. 주요 저서로 《미친 사랑》, 《만》, 《시게모토 소장의 어머니》 등이 있음), 기쿠치 칸(일본 소설가 겸 극작가, 주요 저서로 《무명작가의 일기》, 《다다나오경 행장기》 등이 있음), 아쿠타가와 류노스케(일본 소설가로, 대표작으로 《나생문》이 있고, 매년 2회 그를 기념하여 수여하는 아쿠타가와상이 제정되어 있음) 등 많이 있었지만, 나는 그중에서 시가 나오야와 기쿠치 칸의 단편 소설을 더 좋아했습니다. 이에 대해서도 세리카와에게 사상이 빈약하다는 등의 비웃음을 샀지만 저는 너무 논리만 앞서는 작품은 좋아하지 않았습니다. 세리카와는 올 때마다 늘 신간 문예 잡지나 소설집 등을 갖다주며 여러 가지로 소설의 속성이나 작가들의 소문을 들려주었습니다. 그녀가 너무 그것에 빠져 있다고 생각하던 어느 날, 드디어 세리카와가 그런 것들에 열중할 수밖에 없었던 이유를 제게 들키고 말았답니다. 여자 친구끼리는 조금만 친해지면 곧 앨범을 보여주곤 한답니다. 언젠가 세리카와는 사진첩을 가져와서 제게 보여주었는데, 저는 세리카와의 귀찮을 정도로 친절한 설명에 적당히 맞장구치면서 앨범 속 사진들을 한 장 한 장 보고 있었습니다. 그런데 그 가운데 무척 멋진 학생이 장미꽃 화원을 배경 삼아 책을 들고 서 있는 사진이 있었습니다.

"어머나! 정말 멋진 분이네."

저도 모르게 이렇게 말하고선 왠지 얼굴이 빨개졌습니다.

"안 돼, 이리 내놔!"

세리카와는 갑자기 제게서 앨범을 빼앗듯이 가져가버렸습니다. 저도 뭔가 느끼는 것이 있었지요.

"그래 좋아. 하지만 나는 이미 보고 말았는데……"

제가 차분한 목소리로 말하자 세리카와는 갑자기 즐거운 듯이 빙그레 웃었습니다.

"그래, 바로 눈치챘니? 넌 방심할 수 없는 애로구나. 정말 보고 금방 알아차렸어? 사실은 여학교 시절부터 알고 지냈어."

제가 이미 모든 것을 알고 있다고 여긴 세리카와는 묻지도 않은 소소한 이야기까지 모두 털어놓았습니다.

정말로 솔직하고 순진한 친구였습니다. 그 사진 속의 말쑥한 학생과 세리카와는 무슨 투고 잡지의 애독자 통신란을 통해 알게 된 이른바 '글벗'이었습니다. 이 통신란을 통해 처음에는 가볍게 글을 교환하다가, 저속한 저는 잘 이해되지 않지만 차츰 직접적으로 편지 교환을 하게 되었고, 여학교를 졸업한 다음에는 세리카와의 감정도 점점 깊어져 결국 둘이서 마음을 결정했다고 합니다.

그 남자는 요코하마 선박회사 사장의 차남으로 게이오 대학의 수재이고, 머지않아 훌륭한 작가가 될 것이라는 등의 이야기까지 세리카와가 시시콜콜 다 말해 주었지만, 들으면서 저는 굉장히 걱정스러웠고 또 지저분하다는 생각조차 들었습니다. 한편으로는 세리카와에게 샘이 나서 가슴이 탁 막히고 답답했지만 애써 태연한 척, 얼굴에 나타내지 않으려고 노력했습니다.

"그래, 좋은 이야기 잘 들었어. 근데 잘 생각해서 해."

저의 이 말을 세리카와는 민감하게 받아들인 듯 뾰로통해지더니,

"너는 참 짓궂구나. 가슴에 칼을 품고 있어. 너는 언제나 내게 냉담했고 나를 경멸해 왔지. 넌 로마 신화에 나오는 디아나(수렵, 또는 달의 여신으로 그리스 신화의 아르테미스와 동일시 됨)처럼 차가웠어."

세리카와는 전에 없이 강하게 저를 공격했기 때문에 저도 좀 당황했습니다.

"미안해, 정말 경멸한 적은 없어. 디아나처럼 차갑게 보인 것은 내 천성 탓이야. 다른 사람에게서도 곧잘 오해받아. 사실 나는 말이야, 정말이지 너희 사이가 걱정되어서 그러는 거야. 상대방이 너무 잘생겨서 솔직히 질투가 나기도 해."

제가 생각했던 대로 말하자, 세리카와도 얼굴에 화색이 돌며 기분이 좋아지는 듯했어요.

"그래, 맞아. 나도 우리 오빠에게만은 이 사실을 털어놓았는데 오빠도 너와 똑같은 얘기를 하더라고. 한술 더 떠서 절대 반대야. 좀 더 평범한 결혼을 하라는 거지. 더군다나 우리 오빠는 철저한

현실주의자니까 그렇게 말하는 것도 무리는 아니야. 하지만 오빠의 반대 같은 건 신경 쓰지 않아, 내년 봄에 그이가 학교를 졸업하면 결혼하기로 우리끼리 결정해 버렸어."

세리카와는 애교스럽게 어깨를 으쓱하며 자랑스레 말하더군요.

저는 억지로 미소를 짓고 고개를 끄덕이며 듣고만 있었습니다. 그녀의 순진무구함이 너무 사랑스럽고 부러웠지만, 또 한편으로는 저의 저속한 속물근성이 못 견디게 미워지기도 했습니다.

그런 고백이 있고 나서부터 우리 사이는 이전과 달라졌습니다. 여자란 참 이상한 존재예요. 둘 사이에 남자 하나가 끼어들면 아무리 친했던 사이일지라도 조금씩 멀어지고, 태도 또한 새침해지면서 관계도 서먹서먹해지는 것입니다. 아무리 그렇다 해도 우리 사이가 그렇게 심하게 변할 이유는 없었는데도 서로 조심스러워지고 인사조차도 정중하게 하게 되면서 말수가 한결 줄어들며 서먹해졌습니다. 갑작스레 어른스러워졌다고나 할까요. 어느 쪽에서도 그 사진에 대해서는 아예 말을 꺼내지 않게 되었습니다.

그러는 동안에 한 해가 저물어 저와 세리카와는 스물세 살의 봄을 맞이하게 되었습니다. 그해 3월 말의 밤이었습니다. 10시가 다 되었을 무렵, 저는 어머니와 둘이서 방에 앉아 아버지의 겨울 스웨터를 짜고 있었는데, 하녀가 미닫이를 살짝 열고 제게 손짓을 했습니다.

'나?' 저는 눈짓으로 물었습니다. 하녀는 진지하게 두세 차례 가볍게 고개를 끄덕였습니다.

"거, 무슨 일 있어?"

어머니는 안경을 이마 위로 추어올리면서 무슨 일이냐는 듯 물었습니다. 하녀는 가볍게 기침을 하고서,

"저어, 세리카와 씨의 오라버니께서 긴히 아가씨께 여쭐 말이 있다고 하셔서……."

하녀는 조심스레 말을 더듬거리며 두세 차례 기침도 했습니다.

저는 바로 일어나 복도로 나갔습니다. 무슨 일인지 짐작이 갔습니다. '세리카와가 무슨 문제를 일으킨 게 틀림없어. 분명 그거야.'라고 확신하며 응접실로 발걸음을 재촉했습니다.

"아니에요, 바깥쪽으로 가세요."

사뭇 낮은 목소리로 말하고는 마치 무슨 중대사가 일어나기라도 한 듯 하녀는 약간 허리를 굽히고 잽싼 걸음으로 앞장서서 걸어갔습니다.

어두컴컴한 대문 앞 정원에 세리카와의 오빠가 가볍게 웃음을 머금고 서 있었습니다. 여학교에 다닐 때는 세리카와의 오빠와 매일 아침저녁으로 인사를 나누었는데, 오빠는 언제나 가게에서 점원들과 함께 바쁘게 일을 하고 있었습니다. 여학교를 졸업한 다음에도 일주일에 한 번은 우리가 주문한 과자를 직접 배달하러 우리 집에 들르곤 했습니다. 그때마다 저는 흉허물 없이 편하게 대하며, "오빠, 오빠." 하고 따랐습니다. 하지만 이렇게 늦은 시간에 우리 집에 온 적은 한 번도 없었습니다. 더군다나 저만 살짝 불러낸 걸 보니 세리카와의 일이 터진 게 틀림없다고 생각되어 제 쪽에서 먼

저 조심스레 말을 건넸습니다.

"세리카와는 요즘 만나지 못했어요. 꽤 오래되었는데……."

"알고 있었니?"

오빠는 의아한 표정을 지으며 반문했습니다.

"아니요."

"아, 그래. 그 녀석이 없어졌어. 원, 바보 같으니. 문학하는 녀석들치고 제대로 된 놈이 없는데. 너도 전부터 얘기는 들었지?"

"네, 조금은……."

소리가 목구멍에 걸려 말이 잘 나오지 않아 답답한 마음으로 가신히 말했습니다.

"알고는 있었어요. 조금은요……."

"도망쳐버렸어. 하지만 대강 어디에 가 있는지는 알고 있어. 그러니까 그 애가 최근에는 네게 아무런 통사정도 하지 않았구나?"

"네, 요즘에는 제게도 아주 서먹서먹하게 굴었어요. 어떡하지요? 기왕 오셨으니 잠깐 들어오셔서…… 여러 가지 여쭤볼 말씀도 있고……."

"아니. 고맙지만 꾸물거릴 시간이 없을 것 같아. 지금 당장 그 녀석을 찾으러 가야 해."

오빠는 벌써 정장을 차려입고, 여행용 가방을 들고 있었습니다.

"짐작 가는 곳이라도 있어요?"

"응, 알고 있지. 그 두 녀석을 어서 빨리 붙들어 혼을 좀 내주고 그다음에 어떻게 하든 해야겠어."

오빠는 그렇게 말하고 태평하게 웃으며 돌아갔지만 저는 대문 앞에 한동안 멍하니 선 채로 황급히 떠난 오빠를 배웅한 후, 무거운 발걸음으로 방으로 돌아와 어머니가 눈치채지 않도록 태연히 주저앉아 뜨개질하던 스웨터를 두세 바늘 더 떴습니다. 그러다 슬그머니 일어나 복도를 달려 현관에서 게다를 신기가 무섭게 뒤도 돌아보지 않고 마구 뛰었습니다.

그땐 어떤 기분이었을까요? 저는 지금도 그때 기분을 헤아릴 수 없답니다. 오빠를 쫓아가 '죽을 때까지 떨어지지 않을 거야.' 라고 말하고 싶었습니다. 세리카와의 가출 사건은 제게 문제가 아니었습니다. '오빠를 다시 한 번 만나고 싶다, 그래 준다면 무슨 일이든 하겠다. 오빠와 함께라면 어디든 갈 수 있다. 나를 데리고 어디로든 도망가 달라. 나를 정열의 화염으로 불태워 달라.' 혼자 그렇게 생각할 따름이었습니다. 그날 밤 내내 내 몸은 불타올라 어두운 골목길을 개처럼 묵묵히 달렸습니다. 때로는 주저앉아 뒹굴기도 하고, 짓궂게 땅을 파며 울기도 하고…… 지금 생각하면 뭐랄까…… 지옥의 밑바닥에 떨어진 것 같았다고나 할까요?

이치카야 미쓰케의 도시 전철 정류장까지 달렸을 때엔, 거의 숨을 쉴 수 없을 정도로 몸이 저리고 무거웠으며 눈앞이 아물거려 앞이 보이지 않았습니다. 어지러워 실신하기 일보 직전의 상태였지요. 정류장에는 사람 그림자 하나 없었습니다. 저는 마지막으로 염원을 담아, "오빠, 오빠!" 하고 목소리를 쥐어짜면서 애타게 불러보았지만, 아스라이 메아리만 울려 퍼질 뿐이었습니다. 저는 가습을 쥐어짜듯 움켜쥐며 걸음을 재촉했습니다. 집 가까이 와서야 정신이 좀 들었습니다. 옷매무새를 매만진 다음 집으로 돌아와 조용히 방문을 열었더니 어머니는 "무슨 일이 있니?" 하고 물으시며 제 얼굴을 근심스레 쳐다보셨습니다.

"세리카와가 없어졌대요. 큰일이에요."

저는 아무렇지도 않은 듯이 대답하고는 이내 뜨개질을 다시 시작했습니다. 어머니는 제게 계속해서 뭔가를 묻고 싶은 눈치였으나, 생각을 바꾸신 듯 잠자코 뜨개질을 계속하셨습니다.

이렇듯 시시콜콜한 얘기입니다. 세리카와는 앞에서도 말했듯이 미타의 그 남자와 성대한 결혼식을 올렸고, 지금은 조선에서 살고 있는 모양입니다. 저도 그 이듬해에 지금의 남편을 맞이했습니다. 그 후 세리카와 오빠를 만난 적이 있었습니다만 서로 아무런 얘기도 나누지 않았고 별다른 감정도 없었습니다. 그분도 어엿한 과자 가게 주인으로서 예쁘고 귀여운 아가씨를 아내로 맞이했답니다. 요즘도 전처럼 일주일에 한 번쯤은 주문한 과자를 직접 배달해 주고 있습니다. 그러니까 별로 달라진 게 없는 셈입니다.

그날 밤 저는 뜨개질을 하면서 졸다가 꿈을 꾼 것은 아닐까요? 꿈치고는 이상하리만큼 또렷합니다. 당신은 이해가 되십니까? 정말이지 거짓말 같은 이야기입니다. 하지만 이 이야기는 비밀로 해 주세요. 제 딸이 벌써 여학교 3학년이 되니까요.

12월 8일

오늘 일기는 특별히 정성스럽게 쓰려고 한다. 쇼와 16년(1941년) 12월 8일에 일본에 사는 어느 가난한 가정주부가 어떤 하루를 보냈는지를 좀 기록해 두려는 것이다. 100년쯤 더 지나서 일본이 기원 2,700년의 멋진 축제를 올릴 무렵, 나의 일기장이 어딘가의 창고 한구석에서 발견되어 일본의 한 주부가 100년 전의 어느 중요한 날에 이런 삶을 살았다는 것을 알게 된다면 조금이나마 역사에 참고가 될지도 모르니 말이다. 그러므로 비록 문장은 매우 서툴지만 거짓말은 결코 쓰지 않겠다고 다짐한다. 여하튼 기원 2,700년을 고려해서 써야만 하니까 어렵기도 하고 떨린다. 그러나 너무 긴장하지는 않겠다.

남편의 비평에 의하면 내 편지나 일기의 문장은 그저 진솔할 뿐, 감각이나 감성은 턱없이 무디다고 한다. 도대체 '센티멘털'이라는 게 없기 때문에 글이 조금도 아름답지 않다고 했다. ……하긴 나의 어린 시절에는 예의범절만 중시해서 마음이 부드러워질 겨를이 없어 매끄럽지 않게 꿈틀거렸다고나 할까. 그저 순진무구한 탓에 천진난만한 척 응석부릴 줄도 몰라 손해만 보고 있으니······ 어쩌면 욕심이 너무 많은 탓인지도 모르겠다. 이 점은 크게 반성해야 할 일인 것 같다.

기원 2,700년이라고 하면, 금방 떠오르는 일이 있다. 왠지 바보스럽고 우스꽝스럽기도 한 일이지만, 며칠 전 남편 친구인 이우마 씨가 오랜만에 놀러 왔을 때 다정한 친구끼리 응접실에서 대화하는 내용을 옆방에서 들었던 것이다.

"아무래도 이 기원 2,700년의 축제를 음독으로 '니센시치햐쿠넨'이라고 해야 할까, 아니면 훈독으로 '니센나나햐쿠넨'이라고 해야 할까 정말 걱정이야. 무척 신경이 쓰여서 내겐 큰 고민거리야. 자네는 안 그런가?"

이우마 씨가 이렇게 묻자 남편은 심각해진 듯한 표정으로 말했다.

"으음······ 그래, 듣고 보니 무척 신경이 쓰이는군."

"그렇지?"

이우마 씨는 더욱 심각해지는 듯했다.

"아무래도 '나나햐쿠넨'이라고 할 것 같아. 어쩐지 그래야 할 것 같단 말이야. 하지만 내 바람을 말한다면 '시치햐쿠넨'이라고 불렀으면 좋겠어. 나나햐쿠넨은 부자연스럽지 않은가. 전화번호도 아니고······ 어쩐지 거부감이 들잖아. 정확하게 음독을 해야 해. 그러니까 대축제 때에는 반드시 '시치햐쿠넨'이라야 한다고."

이우마 씨는 정말 걱정스러운 말투였다.

"하지만 말이야……."

남편은 매우 거드름을 피우며 나름의 의견을 말했다.

"뭐, 100년 뒤에는 시치햐쿠넨도 아니고 나나햐쿠넨도 아닌, 전혀 다른 발음을 쓰게 될지도 모르잖아. 예컨대 '누누햐쿠넨' 이라고 해도 좋고 말이야."

나는 어처구니가 없었다. 정말 바보 같다. 그 양반은 언제나 대수롭지 않은 얘깃거리도 정색하고 토론을 하려 드는, '센티멘털' 과는 전혀 별개인 사람이었다. 내 남편은 소설을 쓰는 사람이지만 늘 게으름만 피우고 수입도 신통치 않아 그날그날 먹고사는 형편이다. 나는 남편이 쓰는 소설은 읽지 않기로 마음먹었기 때문에 어떤 글을 쓰고 있는 것인지, 어떤 작품을 쓰고 있는지 상상도 할 수 없지만 그렇게 훌륭한 편은 아닌 듯하다.

이런! 내가 그만 처음 의도에서 벗어났다. 이러다간 기원 2,700년까지 남을 만한 좋은 기록을 남길 수 없을 것 같으니 애초의 화두로 되돌아가야겠다.

12월 8일 이른 아침의 일이었다. 이불 속에서 아침 준비 때문에 신경을 곤두세우며 올해 6월에 태어난 소노코에게 젖을 먹이고 있는데, 어딘가에서 라디오 소리가 뚜렷하고 정중하게 들려왔다.

'대본영大本營 육해군 총사령부 발표! 일본제국 육해군은 오늘 8일 새벽 서태평양에서 미국, 영국군과 전투 상태에 진입했습니다.'

닫아놓은 덧문 틈바구니를 통해 칠흑 같은 내 방으로 휘황한 햇살이 몰려오듯, 또렷하고도 강렬하며 카랑카랑한 음성이 흘러 들어왔다. 두 번, 세 번 낭랑하게 반복했다. 이 보도를 가만히 들으면서 나라는 인간은 완전히 달라져버렸다. 강렬한 광선을 받아 온몸이 투명해진 듯한 느낌, 혹은 성령의 숨결을 받아 가슴속에 차가운 꽃잎 하나를 품은 듯한 그런 기분이었다. 일본도 오늘 아침부터 전과는 전혀 다른 나라가 된 것 같은 느낌이다.

옆방에 있는 남편에게 알려야겠다는 생각이 들었다.

"여보, 여보!"

내가 말을 걸자, 남편이 이내 대답했다.

"알고 있어, 알고 있다고."

말투가 거친 것이 남편 역시 긴장한 듯싶었다. 늘 잠꾸러기인 주제에 오늘 아침에 이렇게 일찌감치 눈을 뜬 것은 이례적인 일이다. 이상하다. 예술가란 본디 직감이 빠르다니까 무엇인가 불길한 낌새를 느낀 것은 아닐까. 조금은 감탄했다고나 할까…… 하지만 곧 어처구니없는 말을 던지는 바람에 결국 마이너스가 되었다.

"서태평양이라니 어느 쪽이지? 샌프란시스코인가?"

나는 맥이 풀렸다. 역시 실망이다. 남편은 어떻게 된 사람인지 지리에 대해서는 전혀 지식이 없는 것 같았다. 설마 동서남북도 모르는 게 아닐까? 바로 얼마 전까지만 해도 남극이 가장 덥고, 북극이 가장 추운 곳인 줄 알고 있었으니 말이다. 그 말을 들었을 때 나는 남편의 인격마저 의심했다.

지난해에 니가타를 여행했을 때, 타고 있던 기선에서 멀리 니가

타의 섬을 바라보고는 만주인 줄 알았다는 말을 듣고 머릿속이 뒤죽박죽돼 버리기도 했다. 그런 주제에 용케도 대학에 들어가다니…… 그저 기가 막힐 따름이다.

"서태평양이라면 일본에 가까운 쪽 태평양 아니겠어요."

내가 이렇게 대꾸했다.

"아, 그래."

남편은 조금은 언짢다는 듯이 말하더니, 조금 있다가 하는 말이 더욱 가관이다.

"하지만 그 말은 처음 듣는 말인데. 미국이 동쪽이고 일본이 서쪽이라니 이거 기분 나쁘지 않아, 응? 우리 일본은 해가 뜨는 나라여서 동아시아라고도 하잖아. 태양은 일본에서만 뜨는 걸로 나는 알고 있는데, 이거 안 되지. 일본이 동아시아가 아니라니 참 불쾌한 얘기야. 어떻게든 일본이 동쪽이고 미국이 서쪽이 되는 방법은 없을까?"

하는 말마다 이상하기 짝이 없다. 남편의 애국심은 아무래도 극단적이다. 얼마 전에도 다음과 같이 자랑 아닌 자랑을 내뱉기도 했다.

"게토(서양인을 비하하여 지칭하는 말)가 제아무리 잘난 체해도 가다랑어 젓갈 같은 건 맛보지 못할걸. 하지만 나는 어떤 서양 요리든 다 먹을 수 있단 말이야."

남편의 이상한 군소리에 아랑곳하지 않고 재빨리 일어나 덧문을 활짝 열었다. 좋은 날씨다. 하지만 추위는 여전히 매섭게 느껴진다. 간밤에 처마 밑에 널어놓았던 기저귀도 꽁꽁 얼어붙었고 안 뜰에는 서리가 내렸다. 한기가 정말이지 여간 아니다. 그런데도 동백꽃은 당당하게 피어 있다. 고요하다. 지금 태평양에서는 전쟁이 시작되었는데도 말이다. 기분이 이상하다. 일본이라는 나라에 대한 고마움이 새삼 절실하게 느껴졌다.

우물가에 가서 세수를 하고는 소노코의 기저귀를 막 빨려고 하는데 이웃 아주머니도 나오셨다. 아침 인사를 나누고는 내가 먼저 말을 걸었다.

"이제부터는 힘들어지겠네요."

나는 전쟁에 관한 얘기를 하려 했는데, 이웃 아주머니는 며칠 전 통장이 된 자신의 얘기인 줄로 안 모양이다.

"아, 아뇨. 아직 아무것도 시작하질 못했어요."

부끄러운 듯 말하는 바람에 나는 그만 쑥스러워졌다.

이웃 아주머니도 전쟁에 대해 생각하지 않는 것은 아니겠지만, 그보다는 통장의 무거운 책임에 대해 더욱 긴장하고 있음이 틀림없다. 왠지 이웃 아주머니에게 죄송한 생각이 들었다. 정말로 이제부터는 통반장 일도 힘들어질 것이다. 연습 때와는 달리 막상 공습이라도 당하게 되면 그 지휘의 책임은 중대해질 것이다.

나는 소노코를 들쳐 업고 시골로 피난하게 될지도 모른다. 그러면 남편은 혼자 남아 집을 지키게 될까? 혼자서는 아무것도 못 하는 사람인데……. 한심하기 짝이 없다. 무엇 하나 제대로 해내지 못할 것만 같다. 예전부터 내가 몇 차례나 얘기했는데도 국민복이고 뭐고 아무것도 미리 준비해 두지 않았다. 무슨 일이고 대충하는 게으름뱅이니까 유사시에 곤란해질 게 틀림없다. 내가 잠자코 국민복을 준비해 주면 "뭐 이런 걸⋯⋯." 하고 투덜대면서도 마음속으론 '이제 됐군.' 하며 이내 입겠지만, 치수가 자그마치 '특대'라서 기성복으로는 어림없으니 참 난감하다.

오늘 아침에는 남편도 7시쯤 일어나 아침밥도 빨리 먹고 곧 일을 시작했다. 오늘은 자잘한 일이 많은 모양이다. 아침 식사를 하며, "일본은 정말 괜찮을까요?" 하고 내가 말을 꺼내자 남편은 새삼스럽다는 말투로 "괜찮으니까 시작한 거 아니겠어? 반드시 승리할 거야."라고 대꾸했다. 그 양반의 말은 늘 거짓말투성이고 엉뚱하긴 하지만, 기정사실화하는 듯한 이 말 한 마디는 굳게 믿어보려고 한다.

부엌에서 설거지를 하면서 이런저런 생각이 떠올랐다. '눈 색깔, 머리색이 다르다.'는 말이 새삼 적개심을 불러일으킨다. 가리지 않고 때려 부수고 싶어진다. 중국을 상대로 싸우는 것과는 기분이 전혀 다르다. 정말이지, 짐승같이 아둔한 미국 군대가 이 다소곳하고 아름다운 일본 국토를 어름어름 걸어 다닌다는 생각만 해도 소름이 끼친다. 못 견디겠다. 이 신성한 땅을 한 치라도 밟는다면 녀석들의 다리는 썩어 문드러지리라. 네 놈들에게는 그럴 자격이 없다.

'일본의 순수한 군인들이여, 제발 그놈들을 모조리 물리쳐주어요. 앞으로는 우리 집집마다 물자가 부족해져서 점점 더 살기 힘들어지겠지만, 염려하지 말아요. 우리는 문제없으니까요! 이런 괴로운 시대에 태어나다니…… 하고 후회하기는커녕 오히려 이런 뜻깊은 시대에 태어난 것에 삶의 보람을 느낍니다. 이런 세상에 태어나서 좋다고 생각하고 있습니다.'

아아! 누군가와 실컷 전쟁 얘기를 하고 싶다. '잘했군 잘했어.' '일어나야 할 일이 결국 일어나고야 말았어.' 라는 얘기를 나누고 싶다.

라디오에서는 오늘 아침부터 군가가 계속 흘러나온다. 일사불란하다. 숱한 군가를 계속 쏟아내고 나더니 마침내 동이 나기라도 했는지, '수만의 적들이 몰려와도……' 와 같은 오래되고 퇴색한 군가들마저 마구 흘러나온다. 조금 어처구니없기도 했지만, 방송국의 순수함에 도리어 호감마저 느끼게 된다.

우리 집에서는 남편이 무척 라디오를 싫어해서 제대로 설비를 갖춘 적이 한 번도 없었을 뿐만 아니라 나 역시 지금까지는 라디오를 갖고 싶다고 생각한 적이 없었지만, 그래도 이런 비상시국에는 라디오가 필요하다는 생각이 든다. 뉴스를 많이, 자주 듣고 싶다. 남편과 의논을 해봐야겠다. 사줄 것 같은 기분이 든다.

점심나절에 중대한 뉴스가 속속 발표되었기 때문에 답답하고 견디기 힘들어, 딸을 안고 바깥으로 나가 이웃집 단풍나무 아래 선 채로 그 집 라디오에 귀를 기울였다. '말레이반도에 기습 상륙, 홍콩 공격 개시, 황실의 선전 포고……' 소노코를 안은 채 눈물이 왈칵 쏟아져 어찌할 바를 몰랐다. 곧장 집으로 돌아와 일하는 남편에게 방금 들은 뉴스를 모두 전했다.

"아, 그래."

남편은 시큰둥하게 반응하며 조용히 웃었다. 하지만 앉았다 일어섰다 하며 안절부절못하는 모습을 보니, 마음이 쉬이 안정되지 않는 모양이다.

한낮이 지나고서야 남편은 하던 일이 일단락된 듯 쓰고 있던 원고지를 한데 모아 급히 밖으로 나갔다. 잡지사에 원고를 넘기러 간 듯한데, 그 모습으로 봐서 아마도 오늘은 귀가가 늦을 것 같다. 저렇게 도망치듯이 황급히 외출하는 날에는 으레 늦곤 한다. 아무리 늦어도 외박만 하지 않는다면 나는 아무렇지도 않다.

남편을 배웅하고 말린 정어리를 구워 간단하게 점심을 먹고, 소노코를 업고 역 쪽으로 물건을 사러 나갔다. 가는 도중에 가메이 씨 댁에 들렀다. 남편의 고향에서 사과를 많이 보내줘서 가메이 씨의 다섯 살배기 딸 유노에게 주려고 조금 싸가지고 갔다. 문 앞에 서 있던 유노가 나를 보더니 현관 쪽으로 달려가며 이름을 불러주었다.

"소노코가 왔어요. 엄마!"

소노코는 내 등에 업힌 채 그 집 내외분께 곧잘 재롱을 피웠다.

"아이고, 귀여워라, 예뻐라!"

그 댁 아주머니는 소노코를 굉장히 귀여워했다. 그 댁 바깥양반은 점퍼 차림인 채 현관으로 총총히 나왔다. 지금까지 마루 밑에서 돗자리를 깔고 앉아 있었던 모양이다.

"이런 마루 밑에서 기어 다니는 건 적의 바로 앞에 상륙하는 것만큼이나 고통스러운 노릇이라고요. 이런 너저분한 몰골로 실례……."

나는 좀 멋쩍었다. 마루 밑에 돗자리 멍석을 깔아서 대체 어쩌려는 건지, 만일 적기의 공습에 대비해 피난 연습이라도 했던 것일까…… 좀 별나다. 하지만 이분은 우리 집 양반과는 달리 정말 가정을 아끼고 사랑하는 게 느껴져서 부럽기만 하다. 예전에는 좀 더 가정애가 돈독했다는데 우리가 근처로 이사를 온 후, 우리 집 양반이 술 마시는 법을 가르치는 바람에 조금 달라졌다고 한다. 아주머니는 분명 우리 집 양반을 원망하고 있을 것이다. 미안할 따름이다.

가메이 씨 댁 대문 앞에는 불 끄는 도구와 기괴한 갈퀴 같은 것들이 제대로 갖추어져 있었다. 우리 집에는 아무런 방공 도구도 없다. 남편이 게으르니 어쩔 수 없는 노릇이다.

"어머나, 방공 장비가 잘 갖추어져 있군요."

나의 말에 가메이 씨는 힘주어 대답했다.

"에, 네…… 아무래도 통반장이라서……."

사실 그는 통장이 아니라 부통장이지만, 통장이 나이가 많아 통장 업무를 대리하고 있는 것이라며 부인이 슬그머니 변명해 주었다. 가메이 씨는 정말이지 부지런해서 나무랄 데가 없다. 우리 주인과는 하늘과 땅 차이이다. 맛있는 과자를 대접받고는 현관에서 인사하고 헤어졌다.

그리고 나서 우체국으로 가서 《신초》지에서 보낸 원고료 65엔을 인출한 뒤 시장에 들렀다. 시장에는 여전히 물건이 귀했다. 이번에도 오징어와 말린 정어리를 살 수밖에 없었다. 오징어 두 마리에 40센(일본의 화폐 단위, 엔의 백분의 1), 정어리는 20센. 그때 또 라디오에서 뉴스가 들려왔다. 중요한 뉴스가 속속 발표되고 있었다. 필리핀 제도, 괌 섬 공습, 하와이 대폭격. 미국 대함대 전멸 등 일본제국 성명이다. 내 온몸이 떨려 창피할 정도였지만, 일본인 모두에게 감사하고 싶었다. 내가 시장의 라디오 앞에 꼼짝 않고 서 있자, 부인들이 두세 명 모여들었다.

"우리도 듣고 갑시다."

점차 대여섯 명으로 늘고, 급기야는 열 명 가까이나 모여들었다.

시장을 나와 남편 담배를 사려고 역 구내 매점에 들렀다. 시내 모습은 조금도 달라진 게 없었다. 커다란 구멍가게 앞에 라디오 뉴스 보도와 최신 소식을 자세히 적어 놓은 종이가 붙여져 있을 뿐, 가게나 사람들의 대화도 평소와 별반 다르지 않았다. 동요하지 않는 여유와 조용함, 참 바람직하다. 오늘은 돈도 좀 여유가 있어서 큰맘 먹고 내 신발을 하나 샀다. 이런 싼 물건인데도 이번 달부터는 3엔 이상이면 2퍼센트의 세금이 붙는다니 전혀 몰랐다. 그럴 줄 알았으면 지난달에 샀을 텐데. 하지만 사재기는 졸렬하고 한심해서 싫다. 신발 6엔 60센, 크림 35센, 봉투 31센으로 쇼핑을 마치고 귀가했다.

집으로 돌아온 얼마 후에, 와세다대학에 다니던 사토 씨가 이번

졸업과 동시에 입영이 결정되어 인사차 우리 집에 들렀지만, 마침 공교롭게도 남편이 부재중이어서 만나지 못하고 돌아갔다. 마음속으로 건투를 빌었다. 사토 씨가 돌아간 후, 제국대학을 졸업한 쓰쓰미 씨도 찾아왔다. 졸업 후에 징병 검사를 받았으나 제3을종으로 판정돼 유감스러워했다. 두 젊은이 모두 얼마 전까지만 해도 머리를 길게 늘어뜨리고 다녔는데, 이제는 단정한 까까머리여서 젊은이들도 예전 같지 않구나 싶어 감개무량했다. 저녁나절엔 오랜만에 이마 씨가 지팡이를 짚고 오셨는데 역시 남편이 부재중이라서 서운해했다. 변두리 깊숙이에 자리한 미타카까지 일부러 찾아와 주셨는데, 정말 죄송했다. 돌아가시는 길이 얼마나 서운했을까. 그 마음을 생각하니 나마저 울적해진다.

저녁 준비를 하고 있는데 이웃 아주머니가 찾아와서 나의 의견을 물었다.

"12월분 청주 배급권이 나왔는데 아홉 집에 여섯 장밖에 안 되니 어떻게 할까요?"

아홉 집 모두 욕심을 낼 것 같아 여섯 병을 아홉 집으로 골고루 나누어 갖기로 했다. 서둘러 병을 모아 이세모토 주점에 함께 다녀오기로 했으나, 나는 저녁 준비 때문에 동행하지 못하겠다고 양해를 구했다. 저녁 준비를 마치고 소노코를 업고 이세모토 쪽으로 나가 봤더니, 어느새 이웃들이 제각기 술병을 들고 돌아오고 있었다. 나도 한 병을 받아 통장 집 현관에서 술을 9등분으로 나누었다. 빈 병 아홉 개를 가지런히 세워놓고 고르게 분배하기란 결코 쉬운 일이 아니었다.

석간신문이 배달되었다. 흔하지 않게 4면이나 됐다.

〈일본제국, 미국 영국에게 선전 포고하다〉라는 큼직한 활자로 박힌 머리기사 제목이 눈에 띄었다. 기사 내용은 오늘 들었던 라디오 뉴스와 대동소이했다. 하지만 신문을 구석구석 모두 읽으며 또 한 번 감격했다.

혼자 저녁을 먹고 나서 딸을 업고 목욕탕에 갔다. 아아, 소노코를 욕탕 속에 풍당 담그는 것은 무엇보다 즐거운 일이다. 소노코는 목욕을 좋아해서 탕 속에 들어가면 굉장히 얌전해지는데, 손발을 오므리고는 자신을 안고 있는 내 얼굴을 물끄러미 쳐다보곤 한다. 좀 불안스럽기도 하리라. 옆에 있는 사람들도 자기 아이가 사랑스러워 못 견디겠다는 듯이 목욕을 시킬 때면 모두가 제각기 아이들을 보살피느라 정신이 없어 보였다. 소노코의 배는 컴퍼스로 그려놓은 듯이 동그랗고 마치 고무공처럼 희고 부드러워 '이 안에 조그마한 위와 장이 제대로 갖추어져 있을까?' 하는 엉뚱한 생각마저 들었다. 그리고 그 조그마한 배의 한가운데보다 조금 밑에 앵두꽃 모양의 배꼽이 붙어 있다. 다리와 손이 어찌나 예쁘고 고운지 그저 빠져들게 된다. 아무리 예쁜 옷을 입힌다 해도 이 알몸일 때의 귀여움에는 도저히 미치지 못하리라. 욕탕을 나와 옷을 입힐 때에는 매우 아쉬운 마음이 든다. 좀 더 오래 알몸으로 안고 싶어진다.

목욕탕에 갈 때는 길이 밝았는데 돌아오는 길은 이미 깜깜했다.

등화관제(적의 야간 공습 시, 또는 그런 때에 대비하여 일정한 지역에서 등불을 모두 가리거나 끄게 하는 일)를 하는 것이다. 이것은 이제 더이상 연습이나 훈련이 아니다. 마음이 묘하게 긴장되는 것을 느꼈다. 하지만 이건 좀 너무 어두운 게 아닐까. 이렇게 어두운 길은 이제껏 걸어본 적이 없다. 한 걸음, 한 걸음, 더듬거리듯 나아가고 있지만, 갈 길은 멀고 어둠은 더욱 짙어진다. 두릅밭에서 전나무 숲으로 들어서는 길목은 그야말로 칠흑 같아서 굉장히 무서웠다. 문득 여학교 4학년 때, 노자와 온천에서 기노시마까지 눈보라를 맞으며 스키로 달렸을 때의 공포가 떠올랐다. 그땐 배낭을 짊어졌는데 지금은 딸을 업고 있다. 소노코는 아무것도 모른 채 잠들어 있다.

"우리 장군에게 부르심을 받아……."

등 뒤에서 한 남자가 박자도 맞지 않게 군가를 부르며 거친 발걸음으로 다가왔다. '콜록콜록.' 하고 두 번, 특이하게 기침을 했기 때문에 나는 그가 누구인지 금방 알아차렸다.

"소노코가 힘들어해요."

"뭐라고!"

그이가 크게 소리를 질렀다.

"너희는 신앙이 없으니까 밤길을 두려워하는 거야. 나는 신앙이 돈독하니까 밤길도 마치 한낮 같은 거야. 나를 따라오라고!"

그는 앞서 가기 시작했다. 어디까지가 진실이고, 제대로 된 것인지…… 정말 질렸다. 어처구니없는 양반이다.

오상

1

마치 영혼이 빠져나간 사람처럼 발소리도 내지 않고 현관을 빠져나왔습니다. 저녁을 마친 후 설거지를 하는 동안, 등 뒤로 느껴지는 으스스한 한기에 하마터면 접시를 떨어뜨릴 만큼 기운이 빠져 저도 모르게 크게 한숨을 쉬었습니다. 살짝 발돋움을 하고 부엌의 격자창 너머로 바깥을 내다보니, 호박덩굴이 구불구불 얽혀 있는 울타리를 따라 난 작은 길을 남편이 빛바랜 흰 무명 유카타에 가느다란 헤코오비(어린이 또는 남자가 매는 한 폭으로 된 허리띠)를 둘둘 감고는, 여름날 저녁놀에 둥둥 떠 있는 듯 건들건들하며 마치 유령처럼, 도무지 이 세상에 살아 있는 생물이 아닌 듯한, 하염없이 처량하고 애달픈 뒷모습을 보이며 걸어갑니다.

"아빠는?"

마당에서 놀고 있던 일곱 살짜리 큰딸이, 부엌문 앞에 놓인 물통에 발을 담그고 있다가 무심코 제게 묻습니다. 엄마보다 아빠를 더욱 따르는 딸아이는, 매일 밤 6첩 방(다다미를 여섯 장 깐 방으로,

세 평 정도 됨)에서 모기장을 치고 아빠와 함께 이불을 나란히 덮고 잔답니다.

"응, 절에 가셨어."

입에서 나오는 대로 적당히 대답했는데, 뭔가 이상하고 불길한 말을 한 듯싶어 오싹 소름이 끼쳤습니다.

"절에? 무엇하러?"

"이제 곧 백중이라서 아빠가 절에 참배하러 가신 거지."

이상하리만큼 거짓말이 술술 나왔습니다.

사실 그날은 마침 백중을 이틀 앞둔 13일이었습니다. 다른 집 아이들은 예쁜 때때옷을 입고 대문 밖으로 나가 자랑스레 긴 소맷자락을 나부끼며 노는데, 우리 아이들은 전쟁 중에 좋은 옷이 모두 불타버린 탓에 백중 같은 날에도 여느 날과 다름없이 초라한 양복을 입고 있습니다.

"그래? 빨리 돌아오실까?"

"글쎄, 어떨 것 같아? 마사코가 얌전하게 있으면 빨리 돌아오실지도 모르지."

아이에게는 이렇게 대답했지만, 아까와 같은 상황이라면 오늘 밤도 영락없이 외박일 겁니다. 마사코는 제멋대로 굴다가 집 안으로 들어와 제 방으로 들어가더니 무료한 듯 창가에 기대앉아 물끄러미 창밖을 내다보았습니다.

"엄마, 마사코 콩에 꽃이 피었어."

마사코가 중얼거렸습니다. 그 모습이 왠지 애처로워 눈시울이

뜨거워지는 듯했습니다.

"어디어디? 아이고! 정말이네. 머지않아 콩들이 잔뜩 매달리겠구나."

현관 옆에 열 평 남짓한 자투리땅이 있어서 얼마 전까지만 하더라도 제가 그 밭에 여러 가지 채소를 재배했습니다. 그런데 이제는 애가 셋이나 되다 보니 좀처럼 밭일을 할 짬이 나질 않는데다가, 이따금 일을 도와주던 남편도 최근에는 통 신경을 쓰지 않았습니다. 옆집 밭은 그 집 아저씨가 팔을 걷어붙이고 잘 가꾼 덕에 여러 종류의 채소가 풍성하게 자라고 있습니다. 거기에 비하면 우리 집 밭두렁은 잡초만 우거져서 부끄럽기 짝이 없습니다. 그런데 얼마 전에 마사코가 배급받은 콩 한 알을 땅에 심어놓고는 정성스레 물을 주며 가꾼 덕에, 그게 싹을 뾰족 내밀어 이렇게 자란 거예요. 장난감 하나 없는 마사코에게는 그 콩이 하나뿐인 자랑스러운 재산인 거지요. 이웃에 놀러 가서도 '우리 콩, 내 콩' 하고 마구 뽐낸다니까요.

가난함, 초라함과 쓸쓸함, 아니, 이것은 비단 우리에게만 한정된 상황이 아니고, 지금 일본에서는 특히 도쿄에서 살고 있는 사람들은 누구를 보아도 힘없고 지친 느낌이라고나 할까, 세상만사가 귀찮다는 듯이 어슬렁어슬렁 돌아다니고 있습니다. 우리도 가진 것들이 모두 불타버려 모든 것이 궁색해진 것을 느끼는데, 지금 괴로운 것은 그런 일보다도 밀려오는 압박감이라고나 할까, 이 세상을 살아가는 한 명의 주부로서 무엇보다도 쓰라린 그 어떤 것이 가장 견디기 힘듭니다.

우리 남편은 간다에 있는 제법 유명한 잡지사에서 십 년 남짓 근무했습니다. 팔 년 전에 나와 평범한 맞선 끝에 결혼했는데, 이미 그 무렵의 도쿄에는 전셋집이 동나서 하는 수 없이 전철 중앙선을 따라 교외로 눈을 돌릴 수밖에 없었습니다. 더군다나 한없이 펼쳐져 있는 밭 한가운데 있는 이 조그마한 셋집을 가까스로 찾아, 그때부터 태평양전쟁이 일어날 때까지 줄곧 이곳에서 살아왔습니다.

남편은 몸이 허약해져 군대 소집도, 징용도 면제받을 수 있었기에 무사히 그날그날 잡지사에 출근하고 있었습니다. 그런데 전쟁이 격렬해지면서 우리가 사는 이 변두리 마을에 항공기 제작 공장이 생겼고, 그 바람에 집 근처로 폭탄이 펑펑 날아오기 시작했습니다. 그리고 마침내 어느 날 밤, 집 뒤편의 대나무밭에 포탄이 하나 떨어져, 부엌과 화장실과 3첩 방 한 칸이 엉망으로 부서지고 말았습니다. 이렇게 거의 반파된 집에서 가족 네 명—그 무렵에는 마사코 외에도 큰아들인 요시타로도 태어났습니다—이 살기에는 너무 협소했으므로, 저는 두 아이와 함께 제 고향인 아오모리시로 피난을 가고, 남편만 혼자 그 집에 남아 잡지사에 계속 출근하기로 결정했습니다.

그런데 우리가 아오모리시로 옮긴 지 넉 달도 채 되기 전에, 이번에는 아오모리시가 대공습을 받아 시 전체가 화마火魔에 휩싸였습니다. 그 바람에 도쿄에서 고생고생하며 옮긴 짐은 모두 불타버리고 우리는 겨우 옷만 걸친 채 그야말로 비참한 알거지 신세가 되어, 그곳에 사는 친지의 집에서 지옥 꿈을 꾸는 듯한 심정으로 열흘 남짓 신세를 지게 되었습니다. 그때 일본의 무조건 항복으로 전쟁이 모두 끝이 났습니다.

저는 남편이 있는 집이 그리워서 두 아이를 데리고 거지에 가까운 초라한 모습으로 도쿄로 돌아왔습니다. 달리 마땅한 집을 얻을 만한 여유도 없었으므로 반파된 집을 아는 목수에게 부탁하여 대수리를 했습니다. 그 덕에 가까스로 우리 네 식구가 전과 같이 오붓하게 지낼 수 있게 되어 겨우 한숨을 돌렸는데, 곧 남편 신상에 변화가 일어나게 되었습니다.

다니던 잡지사가 전쟁 중에 큰 재해를 당한 데다, 설상가상으로 잡지사 중역끼리 자본 문제로 다툼이 일어나 결국 회사가 문을 닫게 되었습니다. 남편은 하루아침에 실업자가 되고 말았지만, 그래도 오랫동안 줄곧 잡지사에서 근무해 왔고 그 분야에 지인들도 많았습니다. 그래서 그들 가운데 유력한 분들과 자본을 출자하여 새롭게 출판사를 창립해, 두세 종류의 책을 출간한 것 같습니다. 하지만 출판사 경영 중에 종이를 제때 구매하지 못해 상당한 손실을 보게 되어 남편도 제법 많은 부채를 떠안게 되었답니다. 그 후 남편은 그 뒤처리를 위해 매일 아침 집을 나갔다가 저녁 무렵에야 지친 모습으로 잠자코 돌아오곤 했습니다. 본래 말이 많은 사람은 아니었지만, 그 무렵부터는 한결 더 입을 꽉 다물고 아무 말도 하지 않았습니다. 그러는 동안에 출판으로 입은 손해는 거의 원상

296

복귀가 되었습니다. 하지만 남편은 이제 더 이상 어떤 일을 다시 할 기력조차 잃어버린 듯했습니다. 그렇다고 하루 종일 집 안에만 있는 것도 아니었습니다. 툇마루에 나가 뭔가 생각에 잠긴 채 우두커니 서서 담배를 피워대기도 했고, 때로는 머나먼 지평선을 하염없이 바라만 보기도 했습니다.

'아아, 또 시작이구나!' 하고 제가 가슴을 조마조마해하고 있으면, 아니나 다를까 남편은 고뇌에 겨운 듯 깊은 한숨을 내쉬면서 담배꽁초를 뜰에 휙 던져버립니다. 그러고는 방에 들어가 책상 서랍에서 지갑을 꺼내 호주머니에 넣고는 얼빠진 사람처럼 발소리도 내지 않고 느릿느릿, 그리고 말없이 현관을 빠져나가 어디론가 가는데 그런 날 밤에는 대체로 집에 돌아오지 않는답니다.

그이는 좋은 남편, 자상한 남편이었습니다. 주량은 일본 술일 경우 한 홉, 맥주라면 겨우 한 병 정도이고, 담배는 피우지만 배급되는 담배로 충분했습니다. 결혼한 지 벌써 십 년 가까이 되었지만, 그동안에 한 번도 저를 때리거나 욕설을 퍼부은 적이 없었습니다. 딱 한 번 이런 적은 있었습니다. 손님이 남편을 찾아왔을 때, 그러니까 마사코가 세 살쯤 되었을 무렵이었던 것 같은데, 마사코가 손님 가까이에 기어가서 손님 찻잔을 넘어뜨렸던 모양이에요. 그때 남편이 황급히 저를 불렀는데, 때마침 저는 부엌에서 부채를 파닥이며 풍로를 돌리고 있어서 그 소리를 미처 듣지 못했고, 때문에 곧바로 대답을 못 했습니다. 그때만큼은 남편도 참지를 못하고 마사코를 안고 부엌으로 와 마룻바닥에 털썩 내려놓고는 살기

등등한 눈으로 저를 노려보더니, 한동안 야단칠 듯 말 듯 서 있다가 한 마디도 하지 않고 등을 돌려 방으로 가서 내 뼛속까지 울릴 만큼 세게 '꽝' 하고 미닫이문을 닫아버리더군요. 저는 그때 처음으로 남자에 대한 두려움에 몸을 떨었던 기억이 납니다. 남편이 제게 화를 낸 기억은 정말 그때 딱 한 번뿐이었습니다. 이번 전쟁 때문에 저도 남들처럼 갖은 고생을 다했지만, 그래도 다정한 남편 덕분에 팔 년 동안 정말 행복했다고 말하고 싶습니다.

'하지만 지금은 완전히 다른 사람이 되어버렸다. 도대체 언제부터 그런 일이 일어났던 걸까? 피난 갔던 아오모리에서 돌아와 넉 달 만에 남편을 만났을 때, 그의 웃는 모습이 어쩐지 비굴해 보였다. 내 시선을 피하며 태도가 사뭇 조심스러웠지만, 나를 그것을 그동안의 부자연스러운 독신 생활 탓이라고만 여겨 매우 안쓰럽게 생각했다. 아니면 혹시 그 넉 달 동안에……. 아아, 더 이상 아무것도 생각하지 말자. 생각하면 할수록 고통의 늪에 더욱 깊이 빠져 들어갈 뿐이다.'

어차피 돌아오지 않을 남편의 이부자리를 마사코의 잠자리와 나란히 깔아놓고, 그 위에 모기장을 씌우면서 나는 서러웠고, 무척이나 괴로웠습니다.

2

　이튿날, 점심을 먹기 조금 전에 현관 옆에 있는 우물가에서 금년 봄에 태어난 둘째 딸 도시코의 기저귀를 빨고 있는데, 남편이 마치 도둑놈처럼 떳떳하지 못한 얼굴로 슬그머니 나타났습니다. 저를 보고도 아무 말 없이 고개를 푹 숙이고는 현관으로 들어가 버렸습니다. 아내인 제게 고개를 다 숙이다니 '아아, 남편도 괴로운 모양이구나.' 하고 생각하니 어쩐지 불쌍하고 가엾게 느껴집니다. 저도 왠지 모르게 마음이 뻐근해져 좀처럼 빨래를 계속할 수 없었습니다. 그래서 일어나 남편의 뒤를 따라 집 안으로 들어갔습니다.

　"날이 무척이나 덥지요? 옷을 벗고 계시지 그래요. 오늘 아침에 백중날이라고 맥주 2병을 특별 배급 받았어요. 차갑게 해 두었는데, 한 잔 하시겠어요?"

　남편은 쭈뼛거리며 히죽 웃더니, 갈라진 목소리로 말했습니다.

　"그거 참 잘됐네. 당신이랑 한 병씩 나눠 마실까?"

　속이 빤히 들여다보이는 서툰 아부까지 하더군요.

"대작해 드릴게요."

실은 돌아가신 제 아버지께서 애주가셨는데, 그 탓인지 저는 남편보다도 술이 훨씬 센 편입니다. 결혼한 지 얼마 안 되었을 때, 남편과 둘이서 신주쿠를 걷다 어묵 가게에 들어가 술을 마시면 남편은 첫 잔부터 얼굴이 빨개졌지만, 저는 계속 마셔도 취기가 별로 오르지 않고 다만 귀가 조금 울리는 듯한 느낌이 들 뿐이었습니다.

3첩 방에서 아이들은 밥을 먹고, 남편은 옷을 다 벗은 채 젖은 수건을 어깨에 걸치고 맥주를 마셨습니다. 저는 맥주를 한 컵 따라 대작하고 아까운 마음이 들어 그 후로는 사양하고, 도시코에게 젖을 물렸습니다. 이런 정경이란 겉으로 보기엔 평화롭고 지극히 단란한 가정의 그림 같지만 역시 어색하기만 했습니다. 남편은 제 시선을 애써 피하려고만 들었고, 저 또한 남편의 아픈 데를 되도록 건드리지 않으려고 화제를 세심하게 고르려다 보니 도무지 대화다운 대화가 잘 이루어지지 않았던 것입니다. 큰딸 마사코와 큰아들 요시타로도 엄마 아빠 사이에 뭔가 어색한 기운이 감도는 것을 민감하게 알아차렸는지 너무나 얌전하게 대용식인 찐빵을 둘친(설탕 대용품)을 넣은 홍차에 적셔 먹고 있었습니다.

"낮술은 정말 취하는데……."

"어머나, 정말이네요. 몸이 온통 새빨개요."

그때 저는 흘긋 보았습니다. 남편 턱 밑에 보랏빛을 띤 모기 한 마리가 붙어 있는 것을요. 하지만 자세히 보니 모기가 아니었습니다. 갑자기 기억이 떠오릅니다. 결혼한 직후였지요. 모기 모양의 점을 흘깃 보고 놀란 표정을 짓자, 남편도 제게 들킨 것을 눈치채고 당황하더니, 어깨에 걸치고 있던 수건으로 그 자국을 어설프게 가리더군요. 처음부터 그 모기 모양의 점을 감추기 위해 젖은 수건을 일부러 어깨에 걸치고 있었다는 것을 그때 알게 되었습니다만, 저는 아무것도 눈치채지 못한 것처럼 보이려고 무척이나 애를 썼습니다.

"마사코도 아빠와 함께 있으니 빵이 더 맛있나 보구나."

일부러 농담도 해보았지만, 어쩐지 남편에 대한 빈정거림처럼 들려 오히려 분위기가 냉랭해졌습니다. 저는 너무 괴로워 더 이상 참을 수가 없었습니다. 바로 그때, 갑자기 이웃집 라디오에서 프랑스 국가가 흘러 나왔습니다. 남편은 잠시 그 노래에 귀를 기울이더니 혼잣말처럼 중얼거리며 희미하게 웃었습니다.

"아아, 그래, 오늘은 파리 페스티벌이야."

그리고는 마사코와 제게 들으라는 듯이 말을 시작했습니다.

"7월 14일, 이날은 말이야, 혁명……."

하던 말이 갑자기 끊겨 남편을 쳐다보니 입은 일그러지고 눈에는 눈물이 보였습니다. 가까스로 울고 싶은 것을 참고 있는 얼굴이었습니다. 그러더니 거의 울먹이는 소리로 말을 이었습니다.

"바스티유 감옥을 공격한 거야. 민중들이 이곳저곳 도처에서 봉기했고, 그 이후로 프랑스에 봄이 오고 축제가 영원히, 영원히 이어지고 있는 거야. 영원히 잃어버릴 뻔했던 것인데 말이야. 파괴해 버려야 할 것은 거침없이 파괴해야 했지. 새로운 질서, 새로운 도덕의 재건이 영원히 불가능하다는 것을 짐짓 알고 있으면서도 파괴할 건 파괴해야 했던 거야. 혁명은 아직 이루어지지 않았다며 쑨원은 아쉬움 속에서 숨을 거두었는데, 혁명의 완성은 어쩌면 영원히 불가능한 것인지도 모르지. 그럼에도 혁명은 일으켜야 하는 거야. 혁명의 본질은 그래서 슬프고도 아름다운 거지. 그런 걸 해봐야 무슨 소용이냐고? 그 슬픔과 아름다움, 그리고 사랑……."

이웃집 라디오에서는 여전히 프랑스 국가가 울려 퍼졌고, 남편은 결국 울음을 터뜨렸습니다. 그러고는 쑥스러운 듯 억지로 웃어 보이며 말했습니다.

"이거, 아무래도 아빠가 술을 마셔서 자꾸 눈물이 나오나 보네."

남편은 고개를 돌리고 일어나 부엌 쪽으로 가서 얼굴을 씻었습니다.

"이거, 아무래도 안 되겠어. 너무 취했나 봐. 프랑스 혁명 얘기로 울음보가 터지다니. 눈 좀 붙일게."

이렇게 중얼거리며 6첩 방으로 들어가 그대로 조용해졌지만, 아마도 몸을 웅크리며 몰래 흐느껴 울고 있었을 거예요. 틀림없습니다.

남편은 혁명 때문에 울었던 것이 아니었습니다. 하지만 프랑스에서 일어난 혁명은 가정에서의 사랑과 흡사한 것인지도 모릅니다. 슬프고도 아름다운 것을 위하여 프랑스의 로맨틱한 왕조도, 또 평화스러운 가정도 파괴하지 않으면 안 되는 고통. 남편의 고통도 이해하지만 저 역시도 남편을 사랑하고 있습니다. 아, 그 옛날 가미지[지카마쓰 몬자에몬(1653~1725, 일본의 닌교조루리, 가부키 극작가이며 '가장 위대한 일본의 극작가'로 평가되고 있음)의 동반자살을 소재로 한 일본의 대표적인 전통인형극인 조루리 작품 〈신주 텐노 아미지마〉의 남자 주인공 이름. 오상은 그의 아내임]의 오상은 아니지만,

아내의 가슴에는
귀신이 살고 있는가
아아아,
뱀이 살고 있는가

라는 노래의 탄식처럼, 혁명 사상도 파괴 사상도 아무런 관계가 없다는 표정으로 지나치고, 아내 혼자만 남겨져 언제까지나 같은 장소에서 같은 모습으로 하염없이 한숨만 내쉬고 있다니…… 도대체 왜 이래야만 하나요. 오로지 운명을 하늘에 맡기고 그저 남편의 사랑이라는 바람의 방향이 바뀌기만을 기도하며, 참고 견뎌야만 하는 걸까요? 우리는 아이가 자그마치 셋이나 있습니다. 아이들을 위해서라도 이제 와서 남편과 헤어질 수는 없는 노릇입니다.

이틀 밤을 이어서 외박하고 나면, 아무리 무심한 남편이지만 하룻밤은 집에서 잠을 잡니다. 저녁 식사를 마치면 남편은 아이들과 마당에 나가 함께 노는데, 그럴 때 아이들에게 곧잘 애교를 떨기도 한답니다. 올해 태어난 막내딸을 서툴게 얼싸안고는,

"아이고 살이 통통하게 올랐구나. 우리 아기 정말 미인인데!"
하고 칭찬하기에, 저는 무심코 말했습니다.

"예쁘지요? 아기를 보고 있으면 오래 살아야겠다고 생각되지 않아요?"

"음……."

남편은 갑자기 묘한 표정을 지으면서 신음하듯 씁쓸히 대답했습니다. 저는 아차 싶어 식은땀이 날 만큼 가슴이 덜컥 내려앉았습니다.

집에서 자는 날이면 남편은 여덟 시가 되면 벌써 6첩 방에 자기 이불과 마사코의 이불을 깔고 모기장을 칩니다. 그리고는 아빠와 더 놀고 싶어 하는 마사코의 옷을 일부러 좀 젖게 해 잠옷으로 갈아입힌 다음 억지로 재우고, 마사코가 잠이 들면 불을 끄고 자리에 누워 어느새 잠들어버리곤 합니다.

저는 그 옆의 4첩 반짜리 방에서 큰아들과 둘째 딸을 재우고 나서 11시까지 바느질을 합니다. 그리고 모기장을 친 다음 두 아이 사이로 들어가 '내 천川' 자가 아닌 '작을 소小' 자로 잠을 청합니다. 하지만 좀처럼 잠이 오지 않습니다. 옆방에 누운 남편도 잠이 오지 않는지 연거푸 내쉬는 한숨 소리가 들려옵니다. 저도 덩달아 한숨을 쉬며, 오상의 탄식 노래가 자꾸만 입에서 맴돕니다.

아내의 가슴에는
귀신이 살고 있는가

아아아,

뱀이 살고 있는가

남편이 일어나 제 방으로 건너왔습니다. 저는 바짝 긴장했지만 남편은,

"저기, 수면제 좀 없을까?"

"좀 있었는데, 제가 간밤에 다 먹어버렸어요."

"너무 많이 먹으면 도리어 몸에 안 좋다는데, 여섯 알 정도가 딱 알맞아."

기분이 언짢은 듯한 표정이었습니다.

3

날마다, 날마다 무더운 날이 계속되었습니다. 저는 더위와 걱정 때문에 음식이 목으로 삼켜지질 않아 입맛을 잃었습니다. 얼굴은 핼쑥해졌고 아이에게 물릴 젖도 제대로 나오지 않았습니다. 남편도 입맛을 잃었는지 눈이 움푹 패었지만, 그래도 눈빛만은 매섭게 반짝였습니다. 어떤 때는 자신을 비웃는 듯 가만히 웃으며 큰 소리로 말하기도 했습니다.

"차라리 이대로 미치면 마음은 편하겠지!"

"저도 마찬가지예요."

"올바른 사람은 괴로울 까닭이 없지. 난 문득 느끼는 게 많아. 왜 당신들은 어쩌면 그렇게 정직하고 성실할 수가 있지? 세상을 훌륭하게 살아나가도록 태어난 사람과 그렇지 않은 사람은 처음부터 뚜렷하게 구분되어 있는 걸까?"

"뭔지 모르겠고, 우린 둔감할 뿐이에요. 우리는 말이에요, 다만……."

"다만?"

남편은 정말로 미친 사람처럼 이상한 눈초리로 제 얼굴을 물끄러미 바라보았습니다. 저는 그만 말문이 막혀버렸습니다.

'아아, 말이 안 나와. 구체적인 것은…… 너무 무서워서 아무것도 말할 수 없어.'

"다만, 당신이 괴로워하면 저도 괴로워요."

"뭐야, 시시하게."

남편은 그렇게 말하며 안심한 듯한 미소를 지었고, 저는 무척이나 오랜만에 시원한 행복감을 느꼈습니다.

'그렇구나, 남편의 기분을 편안하게 해주면 내 마음도 편해지는구나. 도덕이고 뭐고 그런 건 아무래도 상관없어. 마음이 편안하면 그것으로 충분해.'

그날 밤, 늦은 시각에 저는 남편의 모기장 속으로 들어가,

"괜찮아요, 괜찮아. 정말로 아무 생각도 하지 않아요."

라고 말하며 드러누웠습니다.

"익스큐즈 미."

남편은 목소리를 낮추며 농담처럼 말하더니, 벌떡 일어나 이부자리 위에 책상다리를 하고 앉아 숨을 크게 쉬며 또 중얼거렸습니다.

"돈트, 돈트."

여름철 달이, 그날 밤에는 보름달이 떴는데, 그 달빛이 덧문 틈으로 네댓 줄기 가늘디가는 은빛 선을 그리며 모기장 안으로 스며들어 깡마른 남편의 가슴팍을 비추었습니다.

"하지만 요즘 너무 말랐어요."

저도 웃으면서 농담처럼 그렇게 말하고 이부자리 위에 일어나 앉았습니다.

"당신도 말랐어. 쓸데없는 걱정을 하니까 그런 거야."

"아니에요, 그러니까 아까도 말했잖아요. 아무 생각도 하지 않는다고요. 괜찮아요. 저는 현명하니까요. 다만 가끔은 소중허게 대해 주슈."

제가 말끝을 흐리며 웃어 보이자 남편도 달빛을 받아 하얘진 이를 드러내 보이며 웃었습니다. 어린 시절에 돌아가신 할아버지와 할머니는 곧잘 부부 싸움을 하셨는데, 그럴 때마다 할머니는 할아버지께 '소중허게 대해 주슈.' 라고 말씀하시곤 했습니다. 저는 어린 마음에도 그 말이 너무 우스워 결혼한 후에 남편에게도 그 얘기를 해주었고, 둘이서 박장대소하며 웃었답니다.

그때는 그렇게 웃어놓고 갑자기 남편이 진지한 얼굴로 정색하며 말했습니다.

"소중하게 여기고 있어. 바람도 맞히지 않고 애지중지 여기며 소중히 대하고 있다고. 당신은 정말 좋은 사람이야. 제대로 된 자존심을 지녔으니 말이야. 시시한 일에 마음 쓰지 말고 편안하게 보내요. 나는 늘 당신만 생각하고 있다고. 그 점에 대해서는 당신, 자신감을 가져도 괜찮아. 진심이야."

저는 그만 어색해져서 고개를 숙이며 속삭이듯 말했습니다.

"하지만 당신, 좀 변했어요."

'나는 차라리 당신이 나를 생각하지 않을 때가, 당신이 싫어하고 미워하는 것이 오히려 속이 후련하고 기분이 좋아요. 나를 그렇게 끔찍이 생각하면서, 다른 여자를 안는 당신 모습이 나를 지옥으로 떨어뜨린다고요.

남자들은 늘 아내를 생각하는 것이 도덕적이라고 착각하고 있나요? 다른 여자가 생겨도 내 아내는 잊을 수 없다고 말하는 것이 좋은 일이다, 양심적이다, 남자는 언제나 그래야만 한다고 여기고 있는 게 아닐까요? 그러다가 다른 여자를 사랑하기 시작하면 아내 앞에서 우울한 한숨만 내쉬면서 도덕적으로 번민하는 모습을 보이게 되고, 그 바람에 아내도 남편의 음침함에 감염되어 함께 탄식하고……. 만일 남편이 태연스레 명랑해 보이면 덩달아 아내도 지옥 같은 기분을 맛보지는 않을 텐데. 다른 여자를 사랑한다면 차라리 아내는 깨끗이 잊고 무심하게 사랑하세요.'

남편은 피식 웃으며 힘없는 소리로 멋쩍게 말했습니다.

"변했다니, 변할 일 없어요. 다만 요즘 날이 덥잖아. 너무 더워서 못 견디겠다고. 정말이지 여름일랑 '익스큐즈 미'야."

더 이상은 기댈 여지가 없었습니다.

"얄미운 사람."

저는 남편을 때리는 시늉을 하고는 벌떡 일어나 모기장에서 나왔습니다. 그러고는 곧장 제 방 모기장으로 들어가 큰아들과 둘째 딸 사이에서 작을 소 자 모양으로 누워 잠들었습니다.

저는 이렇게 해서라도 남편에게 응석을 부리고 웃으며 이야기를 나눌 수 있었다는 것이 흐뭇했고, 가슴의 응어리도 조금 녹아 내리는 기분이었습니다. 그날 밤은 오랜만에 뒤척이지 않고 아침 나절까지 푹 잠을 잤습니다.

'앞으로는 무엇이든지 그런 식으로 남편에게 응석을 부리기도 하고 농담도 해야지. 거짓이든 뭐든 상관없고, 올바른 태도가 아니라도 괜찮아. 그런 도덕 따위 아무래도 좋아. 다만 조금이라도, 잠시만이라도 마음 편하게 살고 싶어. 단 한 시간, 두 시간만이라도 좋으니 즐겁게 살 수 있다면 그것으로 충분해.' 저는 그렇게 마음을 고쳐먹고 남편을 부추겨서라도 밝게 지내려고 애썼습니다. 그런 노력 덕분인지 집안에서 이따금 커다란 웃음소리가 다시 피어나게 되었을 즈음의 일입니다. 어느 날 아침을 먹으며 남편이 느닷없이 온천에 가고 싶다고 했습니다.

"골치가 지끈지끈 아픈데, 더위에 지친 모양이야. 신슈의 그 온천 있잖아. 근처에 아는 사람이 있는데 그 사람이 아무 때나 쌀 걱정은 말고 그냥 오면 된다고 늘 말해 왔거든. 그래서 말인데 2, 3주간 휴양을 하고 싶네. 이대로라면 나는 정말 미쳐버릴 것만 같아. 아무튼 도쿄에서 벗어나고 싶어."

'그 사람으로부터 도망치고 싶어서 여행을 떠나려는 걸까?' 하고 저는 문득 생각했습니다.

"당신이 없는 동안 권총 강도라도 나타나면 어쩌지요?"

제가 웃으면서—아아, 슬픈 사람들은 곧잘 웃는다지요— 이렇게 묻자, 남편이 대답했습니다.

"강도에게 이렇게 말하라고. 우리 집주인은 미치광이라고. 권총 강도라도 미치광이를 감당할 수는 없을걸."

여행 떠나는 것을 굳이 마다할 이유도 없었기 때문에, 남편의 외출용 여름 모시옷을 찾으려고 장롱을 여기저기 뒤적였지만 도무지 찾을 수가 없었습니다.

저는 무척 당황했습니다.

"없네요. 어떻게 된 걸까요? 어디 깊숙한 곳에 넣어두었나?"

"팔아버렸어."

남편은 금방이라도 울음을 터뜨릴 것 같은 얼굴로 억지웃음을 지으며 말했습니다.

나는 까무러치게 놀랐지만 애써 태연한 척 말했습니다.

"어머나, 빠르기도 하셔라."

"그러니까 권총 강도보다도 지독한 거라고."

그 여자 때문에 남몰래 돈이 필요해서 팔아치웠을 거라고 저는 짐작했습니다.

"그럼 뭘 입지요?"

"남방셔츠 한 장이면 돼."

아침에 온천 얘기를 꺼냈는데 바로 그날 낮에 벌써 출발 준비를 마쳤습니다. 남편은 한시라도 빨리 집에서 떠나고 싶었나 봅니다. 하지만 햇볕이 쨍쨍 내리쬐며 찌는 듯한 더위가 계속되던 도쿄에 그날따라 소나기가 쏟아졌습니다. 남편은 배낭을 메고 구두를 신은 다음 현관 마루에 앉아 조금은 상기된 듯 얼굴을 찡그린 채, 소나기가 그치기를 초조하게 기다리며 혼잣말처럼 불쑥 한마디 중 얼거렸습니다.

"백일홍은…… 한 해 걸러 한 번씩 꽃이 피는 건가?"

현관 앞의 백일홍이 올해에는 꽃을 피우지 않았습니다.

"아마 그런가 봐요."

저도 멍청하게 대답했습니다.

이것이 남편과 마지막으로 나누었던 부부다운 대화였습니다.

비가 그치자 남편은 도망치듯 허둥지둥 떠났습니다. 그로부터 시흘 뒤, 스와호 동반 자살에 대한 기사가 신문에 조그맣게 실렸 습니다. 그리고 저는 스와의 여관에서 남편이 부친 편지도 받았습 니다.

"내가 이 여자와 함께 죽는 것은 결코 사랑 때문이 아니라오. 나 는 저널리스트요. 저널리스트는 사람들에게 혁명이며 파괴를 부 추기면서 자신은 언제나 슬그머니 그곳에서 빠져나와 땀이나 닦 고 있지요. 실로 이상한 생물이오. 현대의 악마라고 할 수 있소. 나 는 그런 자기혐오를 견딜 수가 없어 스스로 혁명가의 십자가에 오 르기로 결심했소. 저널리스트의 추문. 이건 일찍이 전례가 없었던 사건이오. 내 죽음이 현대 악마의 낯을 조금이라도 부끄럽게 해서 그들을 반성시키는 데 도움이 된다면 좋겠소."

그 편지에는 정말 하잘것없고 의미 없는 것들만 쓰여 있었습니 다. 남자는 죽는 그 순간까지도 의의니 뭐니 하는 것에 얽매여 이 처럼 거드름을 피우고, 겉치레하며 거짓말을 해야만 하는 걸까요?

남편 친구들에게 들은 바에 의하면, 그 여자는 남편이 전에 근무했던 간다의 잡지사에서 함께 일하던 스물여덟 살의 여기자라고 했습니다. 제가 아오모리에 피난 가 있는 동안 이 집에 들락거리다가 임신을 했다나 뭐 어쨌다나 그랬답니다. 나 원 참, 다만 그런 일을 가지고 혁명이니 뭐니 법석을 떨다가 끝내 목숨을 끊다니, 저는 남편이 정말로 한심한 인간이라는 생각이 듭니다.

혁명이란 인간이 보다 잘, 그리고 편하게 살기 위해서 하는 것 아니겠습니까? 비장한 얼굴의 혁명가를 저는 믿지 않습니다. 남편은 그 여자를 좀 더 당당하고 즐겁게 사랑하고, 아내인 저까지도 즐겁게 살 수 있도록 사랑할 수는 없었던 걸까요? 지옥 같은 사랑 따위, 물론 당사자의 고통도 각별하겠지만 무엇보다 다른 사람을 괴롭히는 일입니다.

마음가짐을 가볍게 확 바꾸는 것이 참다운 혁명이지요. 그렇게 할 수만 있다면 아무런 어려움도 없을 것입니다. 자신의 아내에 대한 마음 하나 바꾸지 못하면서 혁명의 십자가라니, 참으로 기가 막힙니다. 세 아이를 데리고 남편의 시체를 인수하러 스와호로 가는 기차 안에서 저는 비탄이나 분노보다는 참으로 어처구니없고 바보스러운 짓이라는 생각이 불쑥 치밀어 오르면서 온몸이 부르르 떨렸습니다.

작가 연보

1909년	6월 19일, 일본 아오모리현 기타쓰가루군 가나기 마을 414번지에서 대지주였던 아버지 겐에몬과 어머니 다네 사이의 여섯째 아들(11남매 중에서 10번째)로 태어남. 본명은 쓰시마 슈지(津島修治).
1910년 1세	숙모 기에가 본격적으로 다자이의 육아를 담당함.
1912년 3세	다케가 보모로 들어옴. 아버지가 중의원에 당선되면서 부모는 도쿄에서 지내는 일이 많아짐.
1916년 7세	4월 가나기 제1진상소학교에 입학함.
1922년 13세	소학교를 졸업하고 조합립메이지고등소학교에 입학함. 이 학교에서 소설 〈친우교환〉 등에 나오는 고향 친구들을 많이 사귀게 됨.
1923년 14세	3월 귀족원 의원이었던 아버지가 도쿄에서 향년 53세로 별세. 4월 현립 아오모리 중학교 입학함.
1925년 16세	친구들과 동인지에 소설, 희곡, 에세이 등을 발표. 아쿠타가와 류노스케와 기쿠치 간 등의 작품에 관심을 보이며 작가에 대한 동경을 키움.
1927년 18세	4월 히로사키 고등학교 문과학부 입학. 동경하던

	아쿠타가와 류노스케의 자살 소식을 접하고 충격을 받아 학업을 포기하고, 일본 전통음악인 조루리, 기다유우를 배워 화류계에 입문하고자 시도함. 이때 아오모리의 한 요정에서 15세의 게이샤, 오야마 하쓰요를 알게 됨.
1928년 19세	동인잡지 《세포문예》를 창간하고 본격적인 창작 활동에 돌입. 경향소설에 관심을 가지며, 대지주의 생활을 고발한 단편 소설 〈무간나락〉을 발표함.
1929년 20세	프롤레타리아 문학을 의식한 〈지주일대〉 등을 집필. 그해 12월, 자신의 출신 계급과 현실의 이상 사이에서 고민하던 중 수면제인 칼모틴을 다량으로 먹고 자살을 시도했으나 미수에 그침.
1930년 21세	프랑스 문학을 좋아한다는 이유만으로 도쿄제국대학 불문과에 입학. 존경하던 작가 이부세 마스지와 처음으로 만나 사사받음. 아오모리 지방의 동인잡지 《좌표座標》에 〈학생군〉을 게재하지만, 큰형의 압력으로 미완인 채 중단. 술집 '헐리우드'에서 만난 유부녀인 여종업원 다나베 시메코와 가마쿠라에서 다량의 칼모틴을 복용하고 동반 자살을 시도함. 다나베 시메코의 사망으로 자살 방조 혐의를 받고 검사로부터 조사를 받았으나 기소유예로 풀려난 후, 시치리가하마의 요양소에서 치료를 받음.

1931년 22세	도쿄의 고탄다에서 오야마 하쓰요와 동거 생활을 시작함. 비합법 좌익 운동에 가담함.
1932년 23세	공산당 활동에 가담한 혐의로 아오모리 경찰서의 출두 명령을 받음. 큰형과 함께 출두해 조사를 받은 다음 다자이는 비합법적인 활동에서 이탈, 사실상 공산당 활동을 청산함. 요양을 겸해 시즈오카에 머물면서 처녀작 〈추억〉을 집필하기 시작함.
1933년 24세	《선데이 도오쿠》지에 단편 〈열차〉를 발표하면서 저음으로 '나사이 오사무'라는 필명을 사용. 같은 해, 《바다표범》지 동인으로 참가, 창간호에 〈물고기비늘 옷〉, 〈추억〉을 발표. 이 무렵 단 가즈오 등 여러 문우들과 친교를 맺음.
1934년 25세	계간 동인지 《뜸부기》에 〈잎〉과 〈원숭이 얼굴을 닮은 젊은이〉를 발표. 동인지 《세기》에 〈그는 옛날의 그가 아니다〉를 발표함. 12월에는 동인지 《푸른 꽃》 창간에 참여하고 〈로마네스크〉를 발표함.
1935년 26세	《문예》지에 〈역행〉을 발표함. 대학 졸업 가능성이 희박해지자 미야코신문사 입사 시험을 치렀으나 불합격하고 가마쿠라산에서 자살하려 했으나 이마저도 실패함. 동인지 《푸른 꽃》의 동료들과 함께 일본 낭만파에 합류하고, 〈어릿광대의 꽃〉을 발표함. 급성 맹장염이 복막염으로 번져 시노하라 병원

	에 입원, 이때 투여한 진통제 파비날이 원인이 되어 약물 중독에 시달림. 소설 〈역행〉이 제1회 아쿠타가와상 후보에 올랐으나 차석에 그침.《문예춘추》지에 실린 가와바타 야스나리의 아쿠타가와상 심사 후기를 읽고 격노한 다자이 오사무는 그에 대한 반론인 〈가와바타에게〉를 발표함.
1936년 27세	최초의 창작집《만년》이 스나코야서방에서 출판되어 작가로 인정받음. 거듭되는 약물 복용으로 힘들어하던 중, 이부세 마스지의 권유로 무사시노 요양병원에 입원, 파비날 중독을 치료받음.
1937년 28세	약물 중독 치료를 위해 입원한 동안 동거하던 오야마 하쓰요가 불륜을 고백하자 그녀와 다니카와다케 기슭의 온천에서 칼모틴을 먹고 동반 자살을 시도했지만 미수로 끝나고 두 사람은 결별함. 소설집《허구의 방황》이 신조 출판사에서 출판됨.
1938년 29세	스승 이부세 마스지의 초대로 야마나시현의 덴카차야에서 장편《불새》집필에 전념했지만 결국 소설은 미완에 그침. 11월에 하산하여 고후시에서 하숙함. 이때 많은 수필을 발표함.
1939년 30세	스승 이부세 마스지의 소개로 야마나시현 쓰루 고등여학교 교사인 26세 이시하라 미치코를 만나 결혼한 뒤, 고후시에서 신혼생활을 시작함. 결혼 후

	에 안정을 찾은 그는 왕성한 집필 활동을 시작함. 〈후지산 백경〉, 〈황금풍경〉, 〈벚나무와 마술 휘파람〉, 〈개 이야기〉, 〈피부와 마음〉 등을 발표함.《여학생》,《사랑과 미에 대하여》가 출판됨.
1940년 31세	작가로서의 입지가 탄탄해지면서 안정된 작품을 다수 발표함. 〈세속 천사〉, 〈아름다운 형제들〉, 〈직소〉, 〈달려라 메로스〉, 〈갈매기〉, 〈봄의 도적〉, 〈귀뚜라미〉 등을 발표함.《피부와 마음》,《추억》이 출판됨. 경제적인 여유가 생겨 온천 휴양지도 자주 찾았고, 강연 청탁도 많아짐. 12월에《여학생》으로 기타무라 도코쿠상을 수상함.
1941년 32세	한층 안정된 작품으로 문단에서 새로운 지평을 쌓으며 청춘에의 결별을 고하는 작품 〈도쿄팔경〉을 발표함. 6월 7일 장녀 소노코가 태어남. 어머니 병문안 차 10년 만에 고향 가나기의 생가를 방문함.《도쿄팔경》,《신햄릿》,《지요조》,《직소》 등이 출판됨. 11월에 문인 징용령에 의해 징발되었으나 흉부 질환으로 면제 처분을 받음. 12월 8일, 태평양전쟁이 발발함.
1942년 33세	〈정의와 미소〉를 탈고함. 단편집《늙은 하이델베르크》,《여성》이 출판됨. 성서를 바탕으로 한 작품이 많아지는 시기로 어머니가 위독하다는 소식을

	들고 아내와 딸을 데리고 고향을 방문함. 12월 10일, 어머니는 끝내 지병으로 별세함. 향년 70세.
1943년 34세	다른 사람의 일기나 역사적인 사실, 전설 등 소재 발굴이나 직접 취재한 작품이 늘어남. 〈금주하는 마음〉, 〈고향〉, 〈오손선생 언행록〉을 발표함. 《우대신 사네토모》가 출판됨.
1944년 35세	〈좋은 날〉을 발표함. 도호 영화사로부터 이 작품의 영화화 제의를 받아 〈네 번의 결혼〉이라는 제목으로 개봉되어 호평을 받음. 장남 마사키가 태어남.
1945년 36세	루쉰 전기인 《석별》을 탈고, 아사히신문사에서 출판함. 미군의 공습이 심해져 고후의 처가로 피난함. 그 후 고향 가나기로 옮겨가, 8월 15일 고향에서 태평양전쟁 종전 소식을 들음.
1946년 37세	패전 후에 다시 창작에 대한 왕성한 의욕을 보이며 한 해 동안 15편의 작품을 발표함.
1947년 38세	1월에 발표한 〈메리 크리스마스〉를 필두로 이 해에 10편의 작품과 《겨울의 불꽃놀이》, 《비용의 아내》, 《사양》을 출판하는 등 창작에 열을 올림. 3월에 미타카 역전의 우동집에서 전쟁미망인이었던 야마자키 도미에를 만남. 3월 3일, 둘째 딸 사토코가 태어났고, 같은 해에 정부情婦인 오오타 시즈코

	와의 사이에서는 하루코가 태어남. 이때부터 불면 증에 시달림. 《판도라의 상자》가 〈간호부의 일기〉라는 제목으로 영화화 됨.
1948년 39세	〈범인犯人〉, 〈향응부인〉, 〈술의 추억〉 발표함. 기성 문단에 대한 선전포고라고 할 만한 연작 평론 〈여 시아문〉이 《신조》지에 연재되며 문단을 놀라게 함. 아타미 온천에서 《인간 실격》 집필을 시작하여 5월에 탈고, 6월부터 《전망》지에 연재를 시작함.(제2회 이후의 원고는 사후에 발표됨) 〈철새〉, 〈여류〉, 〈앵두〉 등을 주요 문예지에 발표함. 폐결핵이 악화되어 이따금 각혈하기도 함. 6월 13일, 깊은 밤 당시 동거하던 야마자키 도미에와 다마강 상류에 몸을 던져 동반 자살을 시도, 39세의 나이로 생을 마감함. 6월 19에 시체가 발견되어 21일에 시구를 자택에 안치하고 문인들에 의한 장례위원회 주관으로 엄숙히 고별식이 거행됨. 7월 18일, 젠린지에 안장됨. 〈아사히신문〉에 연재 중이던 유머소설 〈굿바이〉가 미완의 유작이 됨. 연작 평론 〈여시아문〉 최종회는 사후에 게재됨.